三起死後斷指案╳偵訊室裡的男人╳活體反應

罪人。

CRIMINAL.つみびと。죄인°

金 | 作者

光明之下，必有黑暗。說自己無罪的，都將接受審判。

Contents

引子（一）

她知道自己就要死了。

之前，凶手趁她不備，用沾有藥劑的布料蒙住她的口鼻。

他的力道極大，一手緊緊勒住她的脖子，另一隻拿布料的手則在她渾身癱軟時微微鬆開。當時她還有知覺，不過因抵抗而強制吸入口鼻的迷藥，一瞬間奪去了她的力氣。她癱在他懷裡，心想自己要逃走，非得逃走不可，但完全力不從心。這個迷暈她的人，就在她滿腦子求生意念時，強灌她喝水，最後她徹底昏了過去。

那應該是氯仿，她猜測。在有限的知識當中，她猜凶手用在布料上迷昏被害人的藥品應該是氯仿，因為她鼻尖聞到一種異常的甜味，彷彿是惡鬼在地獄門口用來吸引靈魂入內的糖。

灌入喉嚨的水或許摻有安眠藥，她嘗到了藥丸的苦味，而且到現在，她的舌尖似乎殘留著些許藥錠粉末。

其實當她聞到氯仿時，就有想要假裝失去意識的想法，也許是環境所致，她曾天真地幻想過自己身陷險境時該如何自處，可惜水中的安眠藥使她的冷靜毫無用武之地，這點在她清醒後使她備感驚慌。

尤其她現在已經明白自己身處凶手隱密的巢穴裡。這個地方灰暗、寒冷，一景一物全然超出她的認知。

迷藥的效力或許還殘留在她體內，她使不上力，好幾次蓄力想掙脫手腕上的捆綁，根本徒勞無功。她曾扯開喉嚨大喊，企盼這個空間之外的路人或訪客、甚至隨便哪個人可以聽見她的呼救，可是躺在這裡好久了，什麼也沒發生。

後來她知道，如果凶手怕人聽見這裡的動靜，就會把她的嘴巴貼上膠帶，而不是放任她宣洩無力的希望。

真好笑！她無法停止自嘲，畢竟這算是她自投羅網。

凶手出現時，她狠狠地瞪著他，看似要把他的模樣烙印在視網膜上，可是他的態度卻讓她不寒而慄。他的視線毫無閃躲地面對著她，她感覺得出來，這個人對隨意剝奪生命的犯行並不感到一絲愧疚自責。

這時，她想起了李麟飛，那個她死心塌地愛著的男人。如果他發現她死了，會不會就像處理一件命案的繁複手續那樣，剖開她的身體找尋凶手的線索？如果是這樣，她必須得留下一些訊息來告知他，好結束凶手夢魘般的行徑。

她的思緒一點一滴慢慢恢復，開始能有條理的整理現況，那個預備殺害她的凶手就在附近，不知在準備著什麼，背對著她。

她努力想在這裡找尋可以指認凶手的證據，並思考該如何把證據留下。凶手會把她的屍體藏得好好的吧，但她知道凶手會刻意截斷她的小指，寄回她的住處。

在她看見周遭的牆角都擺著一幅幅油畫作品時，凶手走了過來。他的目光落在她的臉上，充滿成就感般地微笑著。她看見他手裡拿著一個針筒，裡面已經充填某種液體，是毒藥嗎？她想，這個人想將她毒死？或者那只是一劑麻醉針，她還有機會逃生？

她放棄了掙扎。她的四肢被綁，就算再掙動幾下，還是沒用。她咬緊牙關看著針頭刺入她的身體，液體受到擠壓往她的體內流淌。

「妳還在期待什麼嗎？」凶手抽出針頭時，輕聲問她：「妳太冷靜了，是不是以為一切都還沒結束？妳真傻啊！」

她無畏地盯著那叫人反胃的雙眼，心中反覆想起愛人對她的指導，不要用激烈言語刺激凶手，那可能招致更難堪的境地，不要慌張、不要顯露出自己的意圖，等到有機會時……

「啊——！」

她忽然無法克制地尖叫起來。

她感覺身體裡有一道灼流從手臂上的針孔延伸到心臟，讓她的心臟像過熱的引擎。她無法克制這種生理反應，身體用力地想蜷縮起來。

「沒有人會來救妳的！」凶手狂妄笑道。

她同時察覺死期已至，她真的逃不掉了。

李麟飛的臉孔又浮現在她的腦海。

她痛苦地呻吟一聲，隨即閉上眼睛，彷彿想在愛慕之人的陪伴下走向死亡，可是她耳邊聽見的不是愛人的呼喊，而是凶手笑聲停止後，片刻足以使人窒息的靜默。

她知道凶手正在扯開她手腳上的拘束帶，右手、左手，接著是右腳、左腳……凶手撐起了她的身體，似乎想將她拖到哪裡去。這時候，她忽然用力推開他，衝向牆角的油畫，用十指在油畫上深深地刨著，然後用身體把附近的東西全撞翻。

這舉動讓她看起來就像個無路可逃的可憐動物。

知道她還沒死的凶手很快就反應過來，把她拉過去。

凶手憤怒地喘息著。

她知道他很生氣。在她半張的視野，看見他伸手扼住了她的脖子。

真希望解剖她的屍首時，李麟飛可以看見她的心，全是給他的歉意與愛。

這次，她真的閉上了眼睛。

引子（二）

李麟飛知道凶手就是此刻坐在偵訊室裡的那個男人。

從今年二月開始，接連在本市發生的三起「斷指案」，經過將近九個月的抽絲剝繭，李麟飛總算辨明部分線索，並將最大嫌疑鎖定在潘動明的身上。

偵訊室內，潘動明神態自若，專注在應付警方的提問，偶爾在談話停頓時，他會往魔術鏡瞥去，目光隨即回到桌子對面的人。

潘動明時不時注意魔術鏡的小動作，在其他警察眼裡或許不認為有什麼可疑，畢竟每個進入偵訊室的嫌犯都會對這面鏡子感到好奇。但李麟飛不這麼想，他嚴肅地觀察潘動明的一舉一動，每當潘動明朝魔術鏡望一眼，李麟飛就覺得這是對方給他的挑釁。

李麟飛覺得潘動明知道站在這面鏡子後面的人就是他，而那不時丟來的眼神就如同一枚手榴彈，等著李麟飛哪一刻受不了轟炸而跳出來。

與李麟飛同處一室的警局分局長侯振岳發覺李麟飛的情緒變化，基於多年同袍道義與私交，忍不住輕拍李麟飛的肩膀，示意他不要妄動，暫且把場面交給偵訊室裡面的同僚。

李麟飛擰緊了雙眉，微微鬆開雙拳，知道自己若再走錯一步，也許真的要與決定潘動明犯案的證據失之交臂。他心裡拚命喊著冷靜、冷靜……

這次的訊問由新進的年輕顧問夏展霖擔任，雖然沒有多少現場經驗，不過因為主修心理學，侯振岳便挑了這人上場，再加上八個月來的追緝，他們一致認為凶手是個極負自信且自制力極強的人。

對付這種強硬的角色，侯振岳認為與其硬碰，不如增強凶嫌的自負心態，期待凶嫌會在無意間說漏某些重要線索。可惜偵訊已經過了四十多分鐘，還是沒有問出個所以然來。

而在偵訊室魔術鏡另一邊，等待給潘動明定罪的偵查隊第一隊隊長李麟飛逐漸沉不住氣。

「你別衝動，你已經被趕出這個案子了，照理說我不該讓你觀看這場偵訊。」侯振岳提醒。

「還真不知道是誰在偵訊誰！」

李麟飛再兩年就直奔四十大關，也不曉得是否開始步入新的人生階段，他的脾氣總是很焦躁。

「示弱也要有個限度，完全就是菜鳥一隻！依照這種閒聊進度，扯了八輩子也問不出個狗屁消息！」

「那像你之前那樣強碰，就問出什麼有價值的東西了嗎？」

被這樣一說，李麟飛一時間難以反駁，不甘地閉上嘴。

又過了十分鐘，只聽潘動明悠哉地說：「哎，去問問你上司看夠了沒有？我沒興趣跟男的聊整個下午，如果他對我還有什麼疑問就趕緊說。這次我也是義務配合，你們根本沒有強迫我進行偵訊的理由。」

潘勳明剛說完，就聽見魔術鏡傳來一聲巨響——李麟飛惱怒地捶了鏡子一拳——潘勳明霎時露出得逞一般的竊笑。

夏展霖大概也無計可施了，暫且走出偵訊室請教侯振岳。

「讓他走。」

當侯振岳說要放人，李麟飛再度不滿。

「至少先拘留他！」

「用什麼理由？」

比起李麟飛的態度，侯振岳顯得沉穩許多。

「你也聽到他說的了，義務配合，這三起案件發生的時候，他不是沒有動機就是有不在場證明。你總是用一些勉強的理由把人叫來偵訊，這樣下去不行。」

李麟飛咬牙道：「你自己也認為這傢伙嫌疑重大吧！為什麼就甘願放走他？你看不出來他就是抓住我們沒有證據這一點，故意犯案給我們看的嗎！」

「你對我大聲也沒用！」

侯振岳走出偵訊室隔壁的小房間，同時揮手讓夏展霖放人。

潘勳明走出偵訊室前，伸了個懶腰，緩緩離開，一跨出門就看見李麟飛面色不佳地盯著他。潘勳明故意「咦」一聲，客套說：「好久沒見你啦，李警官，我還以為你在忙別的事。」

李麟飛先是氣憤地瞪著他，接著示威說道：「你儘管得意，收好你的小辮子！」

「說什麼呢？我就是一位小學老師。」潘動明看了看手錶，頗為裝腔作勢。「我還得趕回去給孩子們出作業，先告辭了。」

李麟飛對潘動明這種故作謙卑的姿態很感冒，他看著潘動明逐漸走遠的背影，故意刺激他。

「殺人犯也能當老師？孩子們真可憐！」

語調極輕，但潘動明似乎聽見了。

潘動明停下腳步，轉過身來時，臉上的笑容簡直是專業的黃金比例。

「對了，李警官好像沒有孩子吧？孩子們很可愛，多看看他們天真的樣子，脾氣就不會那麼糟糕了。李警官，不如回去跟老婆商量一下要個孩子吧？」他戲謔一笑。「——咦？打個電話吧！我聽說你老婆好像很久都不在家了。」

此話一出，首先感到不妙的是始終旁觀的侯振岳，他連忙對夏展霖喝令：「擋住他！」

然而李麟飛如同下意識做出攻擊動作的野獸，直接往潘動明撲去。

夏展霖來不及阻擋，李麟飛已經在潘動明的臉上用力揮下一拳，把潘動明整個人打趴在地。

侯振岳連忙擋在李麟飛面前，喝斥：「你還想不想當警察了！」

「是他挑釁我！」

李麟飛憤恨的視線瞪著潘動明。

潘動明踉蹌起身，被揍一拳疼得他眼角飆淚，沒想到卻聽見他一陣開懷的笑聲。

隨後潘動明什麼也沒講，直接走出警局。

「衝動沒好事，你看你……唉！」侯振岳懊惱道。

果不其然，隔天上頭的公文就下來了：偵查隊長李麟飛行為有異，受一個月停職處分，懲戒期結束後轉任巡察佐。

第一章　現今，十一月

1

停職處分的通知單是侯振岳拿來的。

李麟飛才剛抵達辦公室坐下，侯振岳便把通知單一掌拍到李麟飛桌上。

這一聲不僅逼李麟飛無法再視若無睹，也讓局裡其他隊員曉得，他們的隊長在一夕之間變成他們的下屬。

幾名偵查隊員竊竊私語。昨日向潘勳明進行訊問的特聘顧問夏展霖也在行列之中，他默默看著「前隊長」的表情反應。

「你可以回去了。」侯振岳說。

「我手裡還有案子沒解決。」

「我讓小朱接手。」侯振岳使了眼色，讓站在附近的一位偵查隊成員過來，當著李麟飛的面故意交代他：「十分鐘後我要看到這莽撞的小子離開分局。」

被暱稱為小朱的是與李麟飛年紀相仿的刑警朱晉杰，同時也是偵查隊副隊長，這回因為他的拍檔出錯，所以他遞補上隊長的位置。

等分局長離開，朱晉杰壓低聲音揶揄：「我真不知該感謝你還是數落你，託你的福，我升官了。」

李麟飛跟朱晉杰兩人是老交情了，平時總愛互相漏氣，李麟飛漫不經心的把停職通知單放在桌上，供人取閱。

「所以我現在該回去休假了。小朱隊長，現在開始這是你的桌子了對吧？那就交給你處理了。」

李麟飛走得瀟灑。朱晉杰回頭看見自己「新」的辦公桌上布滿泡麵碗和麵包碎屑，旁邊堆了小山一般高的卷宗。那是李麟飛為了打發時間做主接下的案子。

真麻煩！朱晉杰嘆了一氣，現在還有誰會故意忙到連續好幾天不回家的？

湛可欣在分局人事室工作已經五年了，她大學畢業後通過國家初等考試，隨後分發到本市分局擔任文書處理一類的行政工作。

她才二十八歲，在當今女性晚婚的趨勢，她仍有大肆揮霍青春的資本，而且從她清純的外貌看來，被人誤會是大學生也不意外。

不過實際上她對婚姻十分嚮往，甚至希望能趕快擁有一個家庭。遺憾的是，先前她遇過的男性都沒有真正合乎她的心意，嘗試過幾段交往也總是不歡而散，最後她甚至想逼迫自己消極一點，免得找不到合適的另一半，直到她接受分發到分局報到那天遇上李麟飛，一切都改變了。

李麟飛就是她心目中理想伴侶的樣子——身材高大、相貌堂堂，具有強烈的正義感，全身散發出大男人的強勢保護欲。

然而上天彷彿對她開了個大玩笑，她發現李麟飛居然結婚了！而且在旁敲側擊下，聽說李麟飛跟他老婆之間的感情很不錯，加上李麟飛這人根本沒有任何與女性的花邊緋聞，連女嫌犯都毫不留情上銬關進拘留室，這下湛可欣打算藉著兩人婚姻生變趁虛而入的念頭只好就此打消。

湛可欣就任的隔年，人事室又來了一位新的女職員叫郭佩真。郭佩真是從別處調來遞補退休人員的位置，她同樣也是經過國家考試，在別處工作兩年後調來，與湛可欣一拍即合。兩人像是姊妹淘，下班後還一起去逛街購物，感情好得不得了。

有天，郭佩真發現湛可欣魂不守舍，老是盯著門外發呆，詢問之下才曉得原來好姊妹愛上了已婚男子，對象還是偵查隊裡那個鐵面無私的李隊長。

「我說妳，誰不好挑，挑到那個……」

郭佩真能言善道，這下也不曉得該怎麼形容李麟飛了，但為了避免傷及好友的心，便委婉地說：「雖然成熟男性是很好啦，可是妳要當小三喔？不要傻了啦，警察是個很愛面子的職業，不會為了小三放棄正宮的啦！我安排幾場聯誼，我們一起去唄！」

湛可欣鼓起臉頰來。「我沒想當小三，根本沒那個餘地。」她呆呆地望著門外。「妳來這裡之前，去年有一次我看見李隊長的老婆來送飯給他，她是個優雅美麗的女人，隊長他……算了，不說這個了，反正我只是暗戀而已嘛！又不會怎麼樣。」

「天啊！都什麼時代了，還來搞暗戀這一招？不行，妳這麼說，我反而想幫妳了！」郭佩真走近湛可欣的位置，思索似的凝視門外，從那時候開始她才知道原來從湛可欣的位置往門外看，剛好對著偵查隊長李麟飛的辦公桌。

對於敢愛敢恨的郭佩真而言，實在很難想像每天看著喜歡的對象卻什麼都不行動的日子。郭佩真開始藉機找李麟飛攀談，公事私事都好，反正都會帶上湛可欣。

那段時間，湛可欣過得非常快樂，雖然她跟李麟飛沒有講到幾句話，而且李麟飛總是冷淡地用「嗯」、「沒空」回應，她還是因為距離對方近了而感到非常喜悅。

就這樣過了整整三年，直到今天早上，湛可欣來到分局，正在心中默默對李麟飛道早安，卻看見分局長一臉嚴肅地把李麟飛趕走。

怎麼回事？

「可欣，大消息！」

郭佩真到好友身邊說悄悄話，那時李麟飛已經走出分局。

湛可欣焦急地問：「什麼事情？」

「聽說昨天李隊長對嫌犯大打出手哎！就是姓潘的那個國小老師，嗯，就是我們都知道的那件案子，好像還是沒找到什麼證據，結果李隊長氣不過就打了他一拳，處分馬上下來了。停職不打緊，還直接降兩階變成巡佐，不再是刑警了，我看李隊長復職後也會被分配到哪個派出所去吧。」

這一天，湛可欣始終悶悶不樂，郭佩真知道緣由，也就讓湛可欣自己獨處，沒想到下午的時候湛可欣忽然對她說：「我打算辭職了。」

「啊？」郭佩真嚇了一大跳。「不至於吧！李隊長不在就辭職？」

「不是啦，不是因為這個原因。」湛可欣解釋：「其實我之前就打算辭職了，妳知道我爸媽都去世了，剩我外婆一人在鄉下住。上個月醫院通知我，外婆她住院了，病情好像不太樂觀，醫院那邊覺得如果有親人陪伴的話，對病人會是比較好的結果，所以問我願不願意回去……」

「如果是這樣的話，請假就好了嘛。」

「不確定會耽誤多久，恐怕不好意思。而且外婆有一間農舍，我還得回去打理。」

「什麼啊？那些妳根本不懂吧？不找人幫忙嗎？」

「外婆的親人剩我一個了，親戚也都很少來往，我不曉得……唉，靜觀其變吧。」

看著湛可欣的愁容，郭佩真也不由得難過起來，她正思索該講些什麼安慰安慰湛可欣，這時郵差來了，拿著掛號信等人簽收，郭佩真見工作來了，說一聲「妳等我一會兒」，暫且中斷了對話，回來的時候手裡捧著一堆信件和包裹，她從裡面拿了一疊署名給李麟飛的信。

「下班之後去找找李隊長吧！」

郭佩真眨了眨右眼，頗具提示意味。

湛可欣花了五、六秒才反應過來，原來郭佩真是要讓她用這些信件當理由，私下找李麟飛說話。湛可欣的臉倏地紅了起來。

「我……我怎麼……我不敢啦！我不敢……」

「妳不覺得這時機很剛好嗎？李隊長接下來有一個月是停職的欸，而且還跟老婆分居了，正好可以陪妳去鄉下，妳就問一下，撒個嬌，大膽一點，懂不懂？」

「可是……我……」

湛可欣一下拿起信、一下又放下，感覺很猶豫，內心似乎陷入複雜的交戰。

郭佩真實在看不下去了，趕鴨子上架似地說：「我幫妳叫計程車，直接送妳過去！」

2

雖說外表剛強，但李麟飛遇上愛情，就跟全天下所有墜入愛河中的人們一樣，變得容易緊張、患得患失。

他是在七年前遇見劉晏珊的——這位曾就職於五星級飯店的鋼琴師。當其他人的目光全在自己盤子裡的佳餚，李麟飛看見她穿著禮服悠然上臺，輕輕翻過樂譜，彈奏抒情曲調。

極少人會注意當他們吃飯時的背景音樂，對客人而言，鋼琴師或小提琴手不過是飯店招徠顧客的噱頭，也許他們會偶爾瞥幾眼彈琴的是誰，但也就是看看而已。

打在鋼琴那處的燈光很微弱，陰影中幾乎瞧不清彈奏者的臉孔，可是李麟飛卻看得清清楚楚。

當時彈琴的女性姿態優雅，及腰的長髮跟著演奏的律動在她的肩背流瀉。

她穿著露肩的白色禮服——可能有點不太合身，也許是飯店無償供應工作者的服飾——坐下時，她拉拉裙角，好讓鞋底踩在鋼琴底下那三個踏板，每一首曲子幾乎將近十分鐘，一曲稍歇，她會露出充滿成就感的微笑，接著再將雙手擺上琴鍵。

每當李麟飛想起第一次看見劉晏珊這幕，他反而忘記注意劉晏珊的容貌。當下，他就是被一股氣質所吸引，幾乎挪不開目光，連長官的呼喊也置若罔聞，最後害他打算在這場應酬裡提出調整某件案子的搜查方針也忘了。

李麟飛是個幹練的工作狂，然而遇上緣分也會變成傻子。

他想打聽劉晏珊的消息，到櫃檯時，接待人員還以為員工讓客人不滿意，委婉地表示希望客人轉述意見，飯店內部會自行檢討等等。李麟飛簡直恨透那位精明的接待了！他差點出示警察證件讓他閉嘴，再吼一聲「把人交出來！」，後來他猜測這個接待有可能也暗戀劉晏珊，不然怎會一直不讓他跟她接觸，萬幸劉晏珊剛好下班，兩人就這麼在飯店門口遇上。

劉晏珊身著白襯衫與牛仔短裙，綁起了頭髮，似乎已把濃豔的眼妝卸掉了，她看起來比剛才彈琴的樣子年輕三到五歲。

李麟飛差點以為自己認錯人，上前攀談時，支支吾吾地問：「妳……是剛才彈琴的人？啊、抱歉，我是警察……那個……請不要驚慌！我……」

劉晏珊頗感詫異，尤其當對方說明自己是警察，還很順手就亮出證件——那警察根本比自己還要驚慌。

那年劉晏珊二十五歲，李麟飛三十一歲，同年的年底，他們就決定結婚。依照劉晏珊的意思在郊區某座小教堂舉行婚禮，僅宴請幾位親朋好友。

劉晏珊是個文靜乖巧的女人，李麟飛猜測這可能是因為她的母親也是一位賢淑的女性。她的父親早年因工地失事而死，留下一筆保險金和撫卹金，支撐到劉晏珊上大學。她的母親在餐廳兼職工作，母女生活過得很苦，還好房子的貸款已經償清。

劉晏珊是在大學才開始學彈琴的，懷著興趣加入學校社團鋼琴社，只要繳交些許社團經費，就有老師指導基本技巧。劉晏珊學會彈琴的基本指法，其他的曲子幾乎是她自己琢磨練習，大三之後為了家計省錢，她便沒有再接觸鋼琴了，直到就業時，面試飯店晚間的琴師兼差，她才再度碰到琴鍵。

一開始只是為了增加家庭收入，但老天似要憐憫她，給了她一個有緣人。

李麟飛的身家很好，這一部分歸因於他擔任議員的父親，一部分是他就職刑警的獎勵獎金與穩固的薪水。他的房子是父親卸任後留給他的，就在高級住宅區一棟三十二層樓高的電梯大樓第十層；他也有車子，是他從父親眾多收藏裡挑一輛最不顯眼的座車來開。有些得知李麟飛背景的人，會酸葡萄地笑他為什麼要當警察，根本就是為了休閒，但李麟飛從一開始就無意出聲為自己辯駁。

他是個沒有物欲的人，他即使有父親的錢，也沒想去買跑車來開，或者故意表明自己足以自立自強了，另外去買一間房子來住。他並非甘心接受上一代的好處，只不過是因為「無所謂」而已，就算有人嘲弄他的背景，玷汙他從事警職的目的，他也懶得跟那些人囉唆。

父親卸任很久了，這間一層獨戶的房子，給李麟飛夫妻兩人當住所，已經快要七年。

他們生活在這裡很快樂。剛結婚那年，李麟飛因為嫉妒心，讓劉晏珊辭去工作，在家裡當家庭主婦。劉晏珊答應了，但她為了不讓自己變成一隻大肥豬，幾乎每天都回那間她與母親在鄰市的舊居，母女重溫以前相處的祥和時光。

李家的長輩有人不喜歡娶來的媳婦三天兩頭跑回娘家，李麟飛知道後，索性接丈母娘過來住。劉晏珊對此感激不已，在李麟飛懷中喜極而泣。

隔年，劉晏珊的母親竟罹患失智症，不得已只好將人送往醫院接受藥物治療，待病情控制住，又轉往療養院住下，這一切開銷均由李麟飛供給。

李麟飛的議員老爸原本是不在意這幾筆額外開銷，直到他兒子賣掉家裡的古董花瓶以及成套的檜木家具，他才不得不打電話通知兒子注意分寸。

「也沒見你給老子我買什麼禮物，就這樣把財產送人了？」

李父不甘願地埋怨兒子，李麟飛藉口公務繁忙，匆匆掛掉電話。劉晏珊在旁大概是聽見了談話內容，歉疚地流下淚水。

若說這妻子有什麼地方不好，就是她覺得自己擁有得太多、不配擁有。李麟飛覺得劉晏珊應該得到全天下的幸福，但劉晏珊每次收受李麟飛的愛贈，自責的情緒比喜悅之心要多。

她認為每個人可以享受的福分是固定的，一旦超過額度，將會是身旁的人代替自己受害——劉晏珊甚至認為自己就是因為太幸福，所以母親才會忽然罹病，獨自一人在療養院過活。

劉晏珊也是個沒有物欲的人，當她與同樣沒有多餘契求的人結為夫妻，本該是一件美事。

可事情總是會變化的。

李麟飛礙於工作，鮮少在家，有時甚至三天才回家洗一次澡，接著就馬上上工。正是因為如此，所以他用富裕的物質生活滿足妻子。

劉晏珊因為拿了丈夫的錢財支付母親的醫藥費，所以總是盡職地扮演好妻子的角色，家裡的冰箱隨時準備可以用餐的菜餚，居家也打掃得一塵不染，甚至調整作息以配合李麟飛的工作時段。她的所作所為，在這個高歌女性主義的時代，會讓女權主義者怒稱為「男人的玩物」。

事情就發生在十月下旬，天氣剛剛轉涼，隨即一波冷氣團降臨，迫使人們套上厚重大衣。

面對突如其來的溫度驟變，劉晏珊病了。那天早上她感覺有點頭暈，四肢也沉甸甸的，就知道自己可能感冒了。雙人床另一邊的位置毫無溫度，她猜李麟飛大概又在局裡過夜，唯恐將病菌傳給丈夫，她立刻動身去診所看病。

診所醫生在詢問一些基本狀況後便開了感冒藥，劉晏珊先吃了一包，當下感覺身體仍有些不舒服，勉強在診所裡坐了十幾分鐘，心裡只想趕緊回家躺在床上睡覺，那時她一度拿起電話，想撥給李麟飛讓他來接她，可是她終究沒有撥出去。

「如果打擾到他的工作怎麼辦？」

劉晏珊如此考量著，便艱難地走出診所，打算招計程車回家。

無奈地在路邊等了幾分鐘，路過的幾輛計程車都不是空車。劉晏珊就這麼站著，忍著一股反胃的不適感繼續招車，沒想到突然有個醉漢從小巷子裡面竄出來想搭訕她。

劉晏珊被對方抓住手腕，不禁倉皇尖叫。這時診所裡有人注意到外面的動靜。劉晏珊用力甩開醉漢，往前跑了幾步，猛然感到一陣頭重腳輕——

劉晏珊醒來時，發覺自己在急診室入口正被人往醫院裡頭推。大概是有人叫了救護車，她正被送往急診室治療。

看到患者醒了，旁邊的護士連忙問：「小姐，妳有可以聯絡的家人嗎？有誰瞭解妳的狀況嗎？」

她腦海裡立時浮現李麟飛的臉，但來不及作答，猝然昏了過去。

再度清醒時，她吊著點滴，略顯無助的視線從綠色布簾的縫隙往外看。病床被布簾圍了起來。劉晏珊隱隱可聽見外頭人群的聲音。

這時，護士推開布簾走了過來，見劉晏珊醒了，對她說：「小姐，我們從妳的手機電話簿裡撥打電話給妳母親，但她似乎無法過來……」護士露出為難的眼神，劉晏珊聽著護士繼續說：「療養院的人有提供妳老公的電話，可是到現在他都沒有接電話。我們還可以聯絡誰嗎？有些手續恐怕需要妳的親人決定。」

劉晏珊本就知道李麟飛工作繁忙，所以不怪他不接電話，但她對護士所言感到疑惑。

「什麼手續？我不是感冒嗎？」

「不是普通感冒，是流感喔，流感患者我們都會建議住院隔離。現在我們先將妳暫時隔離在這間病房以避免傳染，等妳家屬到院辦理住院手續之後，我們會盡快安排單人房。還有，妳昏倒已經五小時了，剛剛我們施藥前有做抽血檢查，發現妳懷孕了，孕婦用藥為了避免紛爭，我們會建議斟酌情況……嗯？小姐，妳還好嗎？」

「啊！我、我有在聽。」

劉晏珊對於「懷孕」這兩個字實在太驚訝了，忍不住露出茫然的眼神。

護士接著說：「而且妳現在正在發高燒喔，我們已經打了退燒針，但是溫度還沒退下來。因為妳懷孕了，所以我們必須謹慎用藥，妳瞭解嗎？小姐，我們希望妳入院觀察狀況，確保胎兒平安。」

劉晏珊點點頭。經護士這麼一說，她現在好像真的感覺身體很燙，而且微微耳鳴。

「我的手機……我再聯絡一下我丈夫！」

劉晏珊的包包被收在她的被子底下，護士替她拿出手機，順帶給她一個乾淨的口罩使用。

「聯絡到了、或者有什麼事情，麻煩喊我一下，我先去照顧其他病人。」

急診室人聲吵雜，唯有劉晏珊這一角些微寧靜。

她一邊撥打電話，一邊想著自己居然懷孕了！真是不可思議，他們結婚快要七年，總算懷上寶寶了！先前去婦產科檢查，醫生就說因為她的子宮壁比較薄，導致受精卵不易著床，懷孕後也容易流產，所以務必小心。知道這件事後，李麟飛並未表現出失望之色，只說一切不必強求，可劉晏珊一直對自己的不孕耿耿於懷。

沒想到自己居然懷孕了！

劉晏珊越想越歡喜，以為是感冒的難受感，說不定是因為懷孕導致身體不適。她細想到底是哪時候懷上的呢？她的生理週期本就比較長，這個月她以為是因為擔心母親的病情，以至於壓力延後了經期，不料是懷孕了……先前幾天也有跟老公做愛，不過受精之後應該還要一段時間才會確定懷孕吧！所以說，有可能已經懷孕兩個月了？

太好了！真想趕緊告訴他！

話筒裡的鈴聲持續響著，劉晏珊沒有留語音信箱，她想將這消息當成驚喜，親口告訴她愛的人。可惜電話遲遲無人接聽，她最後只好直接打到分局。

接電話的人是人事室的某位小姐，劉晏珊沒聽清楚對方報上的姓名。她詢問李麟飛李警官是否在分局中，那位小姐停頓了一下，隨後回答李隊長不在位置上，並告知她可留下簡短訊息轉述。

劉晏珊表明她是李麟飛的妻子，希望他趕快跟她聯絡。

這一等又是一小時，劉晏珊是被護士小姐強迫叫醒的。

護士小姐輕拍她的臉頰，等劉晏珊終於睜開眼睛，趕忙說：「小姐，妳的狀況有點不對，我們要檢查妳胎兒的狀況。小姐？妳聽得見嗎？已經有妳的聯絡人在來醫院的路上了嗎？」

劉晏珊沒有回應，她不知道該說什麼，只覺得眼前泛起一圈一圈的光暈，每道耳邊的聲音都像在山谷迴盪，拖著長長的尾音，而且漸漸聽不清楚。

當晚，李麟飛趕到醫院時，劉晏珊已經流產了。

她本來就是不易受孕的體質，因為發燒導致子宮收縮異常，沒有及時開刀——或該說沒有及時得到親人開刀的簽名許可，醫護人員發現狀況緊急進了手術室時，情況已不容許他們保住孩子。

出院的隔天，劉晏珊什麼話都沒講，目送李麟飛上班，結果李麟飛回家時，只看見劉晏珊留下的字條。她回去以前那間跟母親一起生活的房子了。李麟飛立刻驅車前往，被劉晏珊擋在門外，那是劉晏珊第一次任性。

其實那天李麟飛不打算上班的，他凌晨就起床了，打電話說想請假在家陪老婆，但侯振岳讓他先把之前追了兩個月的連續竊案報告上交，分局內部就可以依照進度加派人手逮人。李麟飛猶豫再三，最後決定到分局把紙本作業寫完，接著馬上回家。

他以飛快的速度完成工作，兩小時後回到家時，妻子已經不在了。

如果可以重新選擇一次，李麟飛發誓那天他絕不離開劉晏珊；如果可以，他就不該沒注意到手機的多通未接來電——他當時在指揮跟監竊盜集團販售贓物，將手機調成無震無鈴，事情結束之後已經是晚上了。而劉晏珊離家後，他才在分局辦公桌上看見一張字條，是妻子留言要求聯絡的訊息，那張字條被他壓在竊案搜查資料的下面。

一切都肇因於他沒注意到——當他注意到時，他深愛的妻子已經離開他了。

3

李麟飛從分局被趕出來到家時，他累得攤在地板上。

他很疲倦，卻同時很清醒。

寬闊的家宅沒有絲毫聲響，靜得像無人膽敢造訪的鬼屋。李麟飛呆呆望著天花板，心裡想著，他該去打電話，再打一通電話給劉晏珊吧。

昨天在面對潘勳明有意無意的暗示後，他立刻打給她，可是她沒有接電話，打了好多通。最後似乎是故意關機了，鈴聲不再響起，直接轉入語音信箱。

那麼今天的這通電話，她會接嗎？

李麟飛感覺很沮喪，覺得劉晏珊是在用拒接電話表達不滿，想用這種方式表達前陣子她流產當時的心境，可是這件事他一樣很懊悔啊！為什麼她不給他機會解釋呢？就這樣直接離開了這間房子，他們之間不該這樣無聲相抗的。

一星期前，她偶爾還會接起電話，語調沉重地跟他說上幾句，但這幾天就完全斷了音訊。

李麟飛也曾好幾次跑到療養院探視岳母，然而岳母的情況時好時壞，發病時就連他這個女婿也不記得。療養院的護士雖說見過劉晏珊幾次，但並不知悉確切時間，也沒有其他關於劉晏珊的聯絡方式。

倘若這是為了懲罰他的疏忽，冷戰數日也應該夠了，天知道昨天他聽見潘勳明的諷刺時有多憤怒，恨不得把那虛偽的笑臉打爛。結果當天劉晏珊還是沒接電話，他心急地留了語音，像個白痴似地對著語音信箱傾訴情衷，結束後才發覺早就超過留言時間，也不知道錄到哪一句。

他這輩子沒那麼狼狽過。

以前雖然也久久才見妻子一面，但工作時他明白妻子一定在家，所以不曾憂慮過。這是一種關於愛情的信任，比起婚姻的法律效率，這種信任感比任何誓言都要令人感到安全——而此刻，李麟飛感到非常不安。

如果妻子真的不回來了怎麼辦？

李麟飛腦海中忽然冒出這個想法。

當初他追求劉晏珊時尚未如此執著，反倒在真正擁有後，堅持無論如何再也不放手了。他知道自己善妒，而且專橫，依照與先前幾任女友的交往情況，他知道也許自己該收斂一下脾氣。但劉晏珊與眾不同，她如天使一樣包容他的一切，也沒有私下搞什麼不乾淨的人際交往，她令他安心。

有好幾次，李麟飛總覺得自己的性格就像把妻子拴緊在深海中的船艙，深怕有天妻子會真的厭倦而選擇告別；但劉晏珊竟似看透了他，願意自主地在腳踝上繫上錨繩，任由重錨直直沉入這片深海。

誰都曉得他們之間情真意切，可是事情仍然產生如此無預期的變化。

李麟飛覺得他似乎快要不能承受了，如果劉晏珊再不回來，他有可能直接撞開那間舊宅的大門，強勢把她抱回來。每當他這麼想，他又拚命地克制住了，他擔心此舉弄巧成拙，劉晏珊會真的離他而去。

怎麼辦？他該怎麼辦？

屋內的情況仍然保持在妻子離去那天，簡便的字條壓在桌面，拿來壓的還是這間房子的鑰匙。

李麟飛嚇傻了，他知道他們都需要一條退路，他必須冷靜地給妻子一點時間療傷，而不是再像先前一樣強求，那麼妻子只要氣消了，就還能安靜地開門回來。於是那天他趕到妻子舊宅，雖然沒能見上一面，但他還是把鑰匙從鐵門縫隙塞了進去。這是他的示弱，他把僅屬於彼此的天地拉扯到劉晏珊腳邊，希望她往前跨一步就好。

盼著妻子跨出這一步，過了數日仍未如願，李麟飛所剩不多的耐心開始被焦躁占據。

拿起電話，李麟飛撥出妻子的手機號碼，直接轉入了語音信箱。他接著撥打舊宅的室內電話，響了將近兩分鐘都沒人接聽。

一氣之下，他狠狠把電話摔爛了。

他的憤怒不是因為妻子，而是自己。

他厭惡自己有手段可以抓住犯人，卻連想個好方法讓妻子回家都無能為力。這六年多來，劉晏珊靜靜待在這個家裡等他回來，煮兩人份的晚餐，卻總是一個人吃；以前特意買來的情侶裝，有些甚至穿都沒穿過；兩人合照的相片，背景總是單調乏味。

這麼一位甘願等門的妻子，終於還是在偶然發生的期待落空後，放棄等待了嗎？

李麟飛打開蓮蓬頭，用冷水沖著自己的腦袋。

浴室一角放著妻子愛用的洗髮精，那氣味，搭著妻子姣好的容貌，總是讓他心癢難耐。

他頹然地望著那個角落。

李麟飛裹著浴袍，躺在床鋪上，朦朦朧朧地作了一個夢，回到那年與她相遇的時候。

飯店外面，他拿著警察證件對她比手畫腳，開口說的每句話都不俐落，綁著馬尾的她將他拉到一邊，淘氣地說：「請冷靜下來，警察先生，你剛剛是在跟我要電話號碼嗎？」

李麟飛醒來的時候，已經到了下午，這半個月來他幾乎沒睡一頓好覺，尤其是命案跟妻子離家的事情兩頭燒，讓他焦頭爛額。

這時他才曉得妻子的存在給了他多少自由的空間。

稍微睡飽一點，李麟飛即刻反應過來，把電話砸爛實在太魯莽了，要是妻子打電話回來怎麼辦？他趕緊把書房的分機拿出來，同時察看他的手機，當發現毫無任何來自劉晏珊的訊息，他再度感到洩氣。

他拿了瓶威士忌，仰頭就灌。

成為警察之後，他就再也沒醉過。為了不妨礙臨時出現的任務，他滴酒不沾，只有應酬的時候稍微喝點紅酒意思意思，而這次他似乎打定主意要喝醉。

或許喝醉還能出現妻子回家的幻覺。

突然之間，也不知是否他真的醉了，他看見了她。

鬧耳的電鈴迴盪開來，李麟飛愣了一愣，隨即衝去大門。

開了門、仔細端詳之後，他發現眼前的女人不是他的妻子。他用力抓緊這女人的肩膀，靠近一點試圖瞧個仔細，但真的不是她。

真是太可笑了！他的妻子回家何必按電鈴呢？他早該想到的。

看出是誰，他繼續倒酒喝。

審訊過無數名嫌犯，經驗讓他幾乎可以一眼看穿對方究竟是否在說謊。如果要他坦言，他不會拒絕承認自己早就知道人事室那個女職員對他有意思，但他絕不會承認這種愛慕有對他產生任何影響。

毫無影響。

就算對方再年輕、再好看，也比不上他心愛的妻子。

何況，他本來還不知道那女職員叫什麼名字，若不是接連幾天她們一直找藉口過來偵查隊，就算他們一同在分局工作十年，他也不會主動去打聽她的名字。

當李麟飛看見湛可欣，其實並不太驚訝，以為湛可欣是侯振岳派來慰問情況的，而李麟飛又對侯振岳這種做法嗤之以鼻——他才不會背叛他的妻子，不管怎麼樣都不會。

4

這是她生平做過最大膽的事——眼前的門開了，李麟飛一臉無助地望著她，手掌如抓住浮木一般緊緊箍著她的上臂，雙方都愣了幾秒，感覺像是過了幾世紀一樣長。

李麟飛隨即認清事實，再度將武裝過的淡漠掛回臉面，他不發一語想將門甩上，而她下意識伸出手擋住了。李麟飛似乎連送客的客套話都無意多說，逕自返回屋內牛飲，她則順著自己勉強撐開的門縫默默竄入。

那個她一心傾慕的男人半身赤裸，落魄地窩在沙發一角喝酒，與他皮膚顏色相仿的琥珀色液體，順著他突起的喉結，跟著寂寞一口一口往腹內吞。

湛可欣心跳急遽加速，關上大門後，這間她首次踏足的豪華宅邸，就像新大陸似的讓她既驚喜又畏懼。她無聲上前，緊張得膝蓋都在顫抖，好不容易稍微離李麟飛近一點，李麟飛已然看穿她的企圖，逼問道：「妳來這裡做什麼？」

語氣中不含一絲憐香惜玉的感覺，直接把湛可欣的愛意打回票。

湛可欣肩膀一顫，嘴唇也在發抖。「我……我想來看看……你好不好……」

李麟飛半瞇著眼，打量站在他眼前的女人。

這間房子自他結婚以來，再也沒有妻子之外的女性駐足過。

李麟飛忽然感覺有點惱怒，屬於他們夫妻的禁地，好像被這無知的女人侵略了。他對劉晏珊的情感如此純粹、如此濃烈，容不得旁人打擾，而此刻湛可欣的行為無疑讓他對她的印象分數降到最低。

「有什麼好不好的？干妳什麼事？」

沒有職稱包袱，又處於停職的尷尬階段，李麟飛連應酬普通同事都懶。

「如果是分局長讓妳來，妳現在可以回去回覆他了。如果不是，妳也可以走了。」

湛可欣明確地瞭解對方不想理睬她，而她心裡也好幾次勸自己趕快轉身走人，可她還是一動不動的站在原地，畏畏縮縮地解釋：「我想……我想你或許需要跟人聊聊？我……」

「不需要。」

「……」面對李麟飛的無情，湛可欣簡直手足無措。「那我陪你喝酒吧？」

李麟飛呈大字癱在沙發上，手裡的威士忌酒杯逐漸傾斜。

將酒水滾進他的喉中，他的眼神透過杯底模糊的玻璃正對著湛可欣打量，不甚清晰的透鏡稍微模糊了她的臉龐輪廓，李麟飛突然聯想到妻子姣好的身材，在迎接他的觸碰時，欲拒還迎的性感……他真的太思念他的妻子了。

這就是睹物思人嗎？也許吧，只不過眼前不是無生命的物體，而是一具與妻子相似的胴體。

湛可欣不知李麟飛為何一時緘默，本來做足心理準備將遭遇更丟臉的責罵，但李麟飛什麼都沒有說。她緩緩走近，將隨身攜帶的包包與手裡捏著的一疊信件放下。她端詳李麟飛的神情，以為他默許了她的建議，於是拿起酒瓶，替他斟酒。

杯內的黃湯厚度約莫兩指寬，李麟飛一飲而盡，空掉的酒杯狠狠地打在桌面，嚇得湛可欣全身一震。她下意識凝望李麟飛，想藉此猜測他的心境，捉摸可以繼續開口的時機，然而出乎她的意外，李麟飛竟也在看著她。

她的心怦怦直跳。

李麟飛近距離看著湛可欣。

這個偎在他腳邊的女人，有著跟妻子一樣溫順的反應。他不曾對妻子發過脾氣，但有時案子調查不順，難免掛個臭臉回家，而這時妻子總會有點膽怯地貼近他，試圖用體溫融化他嚴肅的嘴角。

劉晏珊的身影霎時充盈腦中，與眼前湛可欣的臉龐相比，映出截然不同的兩張面孔。李麟飛不覺得兩人很像，相反的，他把湛可欣當作另外一個女人看待，正因如此，他才這般明顯感受到妻子不在的事實。

在這個警務生涯遭受極大變故的時刻，摯愛的妻子竟離他而去——李麟飛的手開始收緊成拳，憤怒地晃動。

湛可欣把李麟飛的動作看在眼裡，尋思著該說些什麼緩和氣氛。她是否該問問他老婆的下落？還是慰問他吃過飯沒有？或者暗示一下其實她今晚可以留下？

她對李麟飛的愛戀開始在這間屋子裡發酵，以至於當她聽見李麟飛的要求，她有點恍惚地反問：「……什麼？」

「妳來這裡不就是為了這個？想取悅我的話就把衣服脫了。」

李麟飛字字說得清楚，眼神也嚴厲地像是看一樁笑話般，不含任何挑逗的成分。

湛可欣啞然片刻，匆忙起身，腳步微微後退似要逃離，最後卻像在原地打轉，又回到李麟飛身前。她試探地問：「真的嗎？」

李麟飛沒有承認，直直盯著她看，用鼻子哼了一聲，輕蔑的表情如同炫耀這場賭局他贏了。

沒有哪個女人願意如此的，他想，除非對方就是一個下賤的女人，否則怎能在一個不怎麼認識的男人面前寬衣。他的內心對湛可欣的追求感到厭惡，同時也厭惡著她猶豫的行徑，沒想到下一幕，湛可欣真的開始脫掉她的衣服。

制式的窄裙和白襯衫，輕而易舉就脫了下來，高跟鞋一只倒在一邊，跟半截膚色褲襪疊在一起，湛可欣身上剩下胸罩與內褲，十分彆扭地站在李麟飛面前，接著像是躲開李麟飛的注視，她半跪身子，縮在李麟飛腳邊，不敢抬頭。

李麟飛的情緒從剛才的不屑，到現在添增了不少驚訝。他沒想到湛可欣真的這麼做了，或許他叫她連內衣也脫了，等等她也會照做。可是這是為什麼？

他想起了妻子，想起床上的妻子害羞得不敢用任何嫵媚的手段吸引他，就算他脫去她的衣物，她還會扯過一旁的被子遮掩，怎麼樣也不敢給他看。

分明有著那麼誘人的身體……

李麟飛終於瞭解妻子到底有多愛他，才願意把自己羞怯的一面展現在他眼前。李麟飛幽幽嘆了一口氣，說：「對不起，把衣服穿上吧。」

湛可欣驟然慌了似地說：「你不……」又猛然改口：「我喜歡你！李隊長……請不要這樣對我……」

「我已經結婚了。」

「沒關係！」唯恐對方感覺自己太輕浮，她接著說：「我是說……就這次，好嗎？我有不得已的理由將要辭職離開分局了，請、請你答應我的情求，就這一次！我保證不會纏著你。」

聽到有女人這麼說，李麟飛納悶起來。「為什麼妳願意讓一個不愛妳的人碰妳的身體？」

「啊！」湛可欣露出震驚的眼神，眼眶一下子滿是眼淚在轉，她哽咽地說：「我知道你不愛我，可是我愛你啊！」

這輩子李麟飛沒聽過女人主動告白，不由得第一回感到了詫異，同時心裡又有一種優越感急速湧現。他還是有魅力的，是不是？雖說即將年屆不惑，但依然有年輕的女性愛慕他。李麟飛如此想著，腦子無意間回想妻子離家出走的場面，他頓感一陣難堪。

劉晏珊的出走深深地傷害了他的自尊。

湛可欣知道李麟飛在猶豫了，她所擁有的女性直覺，跟好友郭佩真的聲音一起催促她應該接著表現一點什麼，好讓李麟飛徹底動搖。湛可欣便用身體肌膚輕輕貼近李麟飛，纖細的手指沿著李麟飛圍在腰下的浴袍往內探，裹住了炙熱的性器。

李麟飛沒有抗拒她，而她躍躍欲試。

湛可欣盤踞在李麟飛的兩腿間，用舌頭撫弄他，沒多久李麟飛的慾望就在兩人眼簾底下勃然甦醒，李麟飛的呼吸聲開始變得有點粗糙，他已經鬆開拳頭，將手指插入湛可欣濃密的黑髮。湛可欣還想繼續撫摸他，李麟飛忽然起身，將湛可欣壓在身下。

地上是妻子之前精心挑選過的長毛地毯，雖然說清潔不易，但妻子說這是她夢想的家居擺設，他便欣然應允。此刻，這些東西就像為了提示李麟飛對妻子的縱容，靜靜地陳列昭告劉晏珊離去的現實。

李麟飛更生氣了，為什麼他的心意遭到踐踏了呢？他是如此深愛著她的啊！想到這裡，他故意用力揉捏湛可欣的胸部。湛可欣嘴裡透出呻吟，他變本加厲地將她大腿揚起，啃咬那些隱密的地帶。湛可欣的叫聲，彷彿是李麟飛為了報復妻子而響起的號角。

他為了讓妻子後悔，選擇觸碰其他女人。

李麟飛沒有心思愛撫湛可欣，很快就將自己的性器送入她的體內，湛可欣的聲音微微放大了，眼角溼潤地望著身上的男人，選擇的卻是隱忍。她弓起身，想迎合李麟飛的動作，李麟飛渾然不知自己氣力的極限，深深地占有了對方。

一場稍歇，李麟飛的意識逐漸歸位，看著湛可欣攏起雙腿，想遮蔽其中汩汩冒出的精液，李麟飛的思緒又開始混亂。

要思考的事情太多了，全在這時候一併擠了上來。

這時，湛可欣淚眼婆娑地喊他，似乎是站不起來。湛可欣舉起雙臂，撒嬌般地慫恿李麟飛抱她到床上。李麟飛無暇多想，將那潔白的身軀帶進房中。

5

想起昨天在警局挑釁李麟飛的情景，潘勳明就覺得意猶未盡。雖然左頰還疼，腫成兩倍大，但相比事跡敗露的風險，挨個一拳算是很值得了。

李麟飛從刑警隊卸任的消息，完全符合他的期待，他就差去摩天樓放煙火來表達自己的喜悅了！不過他還有其他慶祝的方法——好比他專程開車到火車站附近一家知名的蛋糕店，買了整整一盒的蛋糕。

他將帶著這些足以使女孩心動的甜點，去看望他的愛人。

時間是晚上十點過半，天色昏沉，在這舊市街一帶，沒有眩目的霓虹燈，一過傍晚便安靜極了，因此流浪貓的叫聲顯得異常惱人。

潘勳明將車子停在遠方的停車場，步行十分鐘左右才抵達目的地。

這次他從下車開始，就沒忘記注意身後是否有人在跟蹤，他故意繞到地下道，轉彎之後等在牆壁後面，想看跟蹤他的人會不會急忙追上來。

他靜靜聆聽地下道內的動靜，隱隱約約聽見有腳步聲越逼越近……是皮鞋，沒錯，那是皮鞋走路的聲音。潘動明腦海中浮現李麟飛的樣子，那名身穿西裝的刑警這次難道又跟蹤他了？

不久，潘動明能聽見皮鞋聲就在轉彎處了，他的後背貼近牆壁，右手漸漸舉起，打算用自衛的理由狠狠將那討人厭的警察打倒在地，可是他看見轉過彎來的是一名女高中生——上完補習班的女高中生顯然被埋伏在地下道的陌生男子驚嚇到了！她倒抽一口氣往後退，戒備地瞪著他。

潘動明發現自己誤會了，連忙放下手。

「不好意思，我認錯人了！」

他兩三步跑出地下道，隨即轉入小巷。陰影覆蓋在身上時，他緊張地喘息。再度往來時路口張望，確定沒有被跟蹤，他才敏捷地拐進巷中的一道後門。

門關上的聲音帶有鏽斑尖銳的刮痕，有點刺耳，卻很能襯托暗巷內的氣氛。

潘動明來到這裡後，心情很快平復。對他而言，這地方簡直就是他的天堂。

這是一間歇業已久的畫室，透明櫥窗已用厚窗簾遮起來了，大門也用舊報紙貼滿，路燈的光線僅在報紙間些微的縫隙滲入。室內牆上長滿霉花，白油漆轉成陰森的黃色，幾幅油畫懸掛在牆壁上，沾滿蜘蛛絲，角落也堆滿畫作與畫具，地板留有未經打掃的顏料，掃具東倒西歪蒙上一層灰。

潘動明從後門進入，把門鍊掛上。觀望這破敗的情況，覺得毫無疑慮之後，接著他打開一扇通往地下室的門。

門前用密碼鎖扣住，而且門板材質裝的是隔音的強化泡棉，無論他想鎖著的人是誰，幾乎不可能逃出來。他打開門後，從地下室透出的光線在畫室內展開一道扇形。

這扇門關上，畫室又繼續處於黑暗，連潘動明下樓梯的腳步聲都聽不到。地下室大概有畫室的一半大，但溫度卻比樓上的畫室低很多，潘動明每次總覺得她待在這裡有可能會感冒，可是這都是為了她好，也只能忍耐。

她就坐在高腳椅上，手持畫筆，正繪畫出女性肖像的髮絲曲線。打稿過一次的油畫線條栩栩如生，接著再一層一層描上顏色。潘動明把她的作品和擺在兩公尺開外的「女性標本」互相對比，覺得兩者極為相像。

潘動明讚賞地摸摸她的頭，然後獻寶似地把他買來的蛋糕打開。結果可能是剛才從地下道衝出來沒注意，盒子裡的蛋糕有一半摔爛混在一起，變成花花綠綠的蛋糕糊。潘動明為難地問：「怎麼辦呀？我真是太不小心了，寶貝，妳別生氣喔！」

被潘動明呵護備至的愛人露出茫然的眼色，無聲地仰望他，她似乎不介意蛋糕摔壞了，徒手拈起破碎的蛋糕往嘴裡塞。

潘動明微笑著斥責：「這樣手會弄髒的。」卻沒有阻止她，反而在她舔了一口蛋糕後，期待地問：「喜歡嗎？」

她微微皺眉，盯著手指上殘留的奶油，好像有點不知該如何是好。

潘動明笑著撫摸她的臉頰，溺愛地在她眼角印上一吻，那裡有他最喜愛的一顆淚痣，妝點在她無瑕的肌膚上。而他的愛人發出迷濛的喉音，在潘動明耳裡聽來像極了求愛的訊息，他感覺身體裡蠢蠢欲動。

這是個值得慶祝的日子！他此刻還能與她安穩地相處一室，全靠他挨了那一拳。想到從今以後還能跟親愛的人在一起，潘動明更歡愉了，他不由自主動手探索她的身體，將她扣錯扣子的上衣緩緩褪下。他的臉上燃滿慾火，目光如火舌在她的軀體上舔動。然而她在這時掙扎了，她有氣無力地推開潘勳明，細瘦的手指往外伸，在蛋糕盒裡摸索，捏起一塊不成形的蛋糕，緩慢地湊近嘴邊，卻沒有吃下。

潘勳明吐了一口氣，莫可奈何地說：「真是的，妳明明不喜歡吃這個。」他的聲音聽起來像在哄孩子睡覺一般，她不知是否聽見了，依然凝視自己滿是蛋糕碎屑的手。

潘勳明注視著她，心中想到的全是往昔他們相處的片刻，他們是那樣的親密，瞞著旁人，在四下無人的教室裡袒裎相對。她在乎他，事隔多年後，她再度找上他，而他也將她視為生命裡最重要的存在——

對啊，潘勳明想起來了，關於她的喜好，他怎能忘記？

注視愛人的目光變得狡猾，他揚起嘴角，解開自己腰間的皮帶，不一會兒就把下半身脫光。

潘勳明拉起襯衫下襬，將剛才被襯衫擋住的下體裸露出來，然後握住她滿是蛋糕的手，裹住他的下體。

疲軟的器官，像是撲粉不均的娃娃，在長滿陰毛的空間裡甩動，潘勳明覺得不太夠，又拿剩下的蛋糕抹在自己的股間。他完全無視奶油的黏膩，這個舉動反而吸引了她的注意。

她湊了過來。

「對了……這就對了……」潘勳明喃喃自語，注視她把臉埋入他的下半身。「我就知道妳最喜歡這樣了……」

6

雖然這種結合不盡然符合她的理想，但總算是好的開始。湛可欣從歡愉的餘韻裡逐漸轉醒，偷偷張眼凝看躺在她身旁的男人。

是李麟飛沒錯！她興奮到感覺底下又溼了。

從五年前暗戀李麟飛至今，到底度過多少憂愁的日子呢？

又不是思春期的少女了！她一開始還對自己的想法感到好笑，可是天天去分局上班，難免會遇見李麟飛，那時候心裡對他的渴求就更強烈。

『如果先遇到的人是我，他會不會跟我結婚？如果鼓起勇氣告白，他會不會動心而跟我在一起？』

湛可欣每天都這麼自問自答，甚至幻想跟李麟飛擁抱的一幕，想像李麟飛的保護欲，如白馬王子一樣將她呵護在精緻的城堡中……

這些妄想在今日終於實現了！湛可欣回想這一切，實在有一種難以置信的驚喜。

知道李麟飛結婚的時候，她不是沒想過勾引他，但她的理智告訴他，多日觀察的結果，對李麟飛獻媚無疑是自找沒趣。李麟飛個性正經，每日除了上下班，沒有其他興趣，這實在很難讓她找話題跟他進一步認識，而偵查隊的事情她也不懂，無法參與公務上的話題，這些攻克李麟飛的難題一直深深困擾著她，直到有一天，她終於靈光一閃。

有了，機會來了。

接起李麟飛妻子來電，她一度懷疑是自己聽錯，那虛弱的聲音，卻努力保持禮貌的口吻，的確跟她的印象相同。

聽說是生病了，被送進急診室，需要丈夫到場協助……

「就麻煩您替我轉達，實在不好意思打擾您辦公，請您原諒。」

電話裡，他的妻子如此恭敬地述說著，而湛可欣緊張兮兮地應允。掛上電話後，她抬頭看著空蕩蕩的偵查隊辦公桌。

偵查一隊的人幾乎都不在了，聽說在追查一宗竊盜集團案，這幾天局裡瀰漫著瀕臨破案的謹慎感。

置放在偵查隊桌面的無線電有一搭沒一搭地響起聒噪的聲音，不知道在傳些什麼訊息……湛可欣走了過去，如果把音頻調準一點就能偷聽到了吧？可是手指碰到無線電又馬上縮回去。

她驚慌地左右張望，人來人往的警察分局裡幸好沒人注意她，她鬆了一口氣。

照程序而言，如果接到緊急來電，會馬上依序通知相關人員。她應該透過幾名還留在局內的一隊成員轉達給李麟飛的消息，或者敲敲分局長的門，侯分局長跟李麟飛是多年朋友，局裡的人都曉得，如果李麟飛的老婆出事，侯分局長肯定有辦法馬上聯絡到人吧。要是這些方法都行不通，至少她可以在他桌面留一張字條，寫明事情經過，等李麟飛回來後可以馬上處理。

她知道很多聯絡李麟飛的方式，但當時，她什麼都沒有做。

時間一分一秒過去，侯分局長忽然從獨立辦公室裡衝出來，讓接電話的小高去餐廳訂位。大概是提早得知破案的消息了，侯分局長樂不可支。

而她依然靜靜待在人事室裡，待在可以眺望李麟飛辦公桌的位置，等啊等、等啊等，鄰近晚間九點過後，一行人浩浩蕩蕩抓著一批上銬的犯罪者回來了。

不少媒體齊聚分局門口，侯分局長清清喉嚨，僵硬地宣告破案，鎂光燈閃個不停，局內的弟兄們臉上盡是喜悅之色。李麟飛則在眾人的歡呼聲裡露出得意的笑容，而後又一絲不苟地安排偵訊，分批把這些竊盜集團的成員送入拘留所。

全部的事情辦完後已經很晚了，侯分局長正在吆喝大家參加慶功宴，李麟飛還在替公文蓋章，桌上疊著滿滿的卷宗與資料、飲食垃圾等等。侯分局長等候片刻，催促他的朋友趕快完事，順便打電話給老婆報平安，說今晚不回家是因為要應酬去了，李麟飛這時才拿出手機。

手機好像沒電了，李麟飛用局內的電話打回家裡，在電話響的時候，她能窺見李麟飛的神情漸漸有變化。

李麟飛等待電話被接聽，同時看著牆上的時鐘，一方面猜測老婆是否就寢，卻又不知道顧慮什麼，把隔壁桌上順手擺的行動電源拿來替自己手機充電。

等手機可以開機了，李麟飛總算注意到老婆的情況不對，聽完語音留言，拔腿衝出分局。

隔天，李麟飛提早上工，兩小時之後就早退。

而後就有他跟老婆分居的消息傳出來。

這一切的始末，湛可欣都看在眼裡，當她知道她唯一的情敵離開了，心裡雖然充斥歉疚，但同時感到欣喜。

女人對於情愛都是自私的，如果他的老婆真的足夠愛他，也不會輕而易舉就鬧出走吧，她如此安慰自己。沒有忘記，她為了掩飾自己做主忽略掉的那通電話，在李麟飛衝出分局後，才把通知聯絡老婆的紙條壓在竊盜案的公文底下，這樣看起來就像因為處理剛剛的案子而沒注意到字條一樣。

她把李麟飛夫妻鬧不和的責任甩得乾乾淨淨。

李麟飛進入她身體的感覺依然清晰，湛可欣回憶自己奪取幸福的計畫，篤定自己已經占有李麟飛的現況。劉晏珊的不聞不問，對李麟飛的打擊很大，但她的告白無疑讓李麟飛意識到真心被踩躪的下場。

男人啊，雖然很堅強，可某些地方意外的脆弱。就好像雞蛋，握在掌心想將它捏碎，怎麼樣都不能成功，可是輕輕一敲就行了。

湛可欣覺得自己已經更瞭解李麟飛了。

此刻，她的內心不再有橫刀奪愛的歉意。她的角色是安慰失意男子的女性，李麟飛缺乏愛意的背影，就由她上前擁抱，她會用愛語填補李麟飛空虛的內心，她將取代劉晏珊，成為李麟飛的妻子，不過在此之前……

湛可欣望著離開床鋪、獨自前往客廳的寂寞男人——她知道他已對老婆失望了，而她現在要做的，就是不動聲色地火上澆油。

她裹著床單走了過去。

酒勁退了，李麟飛開始懊惱。

他不該這麼做的！色慾之心跟爭功之心一樣，一旦動搖就難以抑止，他擔任刑警這麼多年，對名利看得很淡，才能面對那些流言蜚語。可是他在湛可欣的挑逗下，還是躊躇失足了。

怎麼辦？接下來他該如何面對與劉晏珊的感情？

他雖然很氣妻子的冷漠，但不至於用這種方式宣告誰擁有主權。他是一直愛著妻子的啊！他原本打算等妻子回來，便不去計較這一切，彼此就跟先前一樣好好過日子。可若是妻子發現他跟別的女人上床了呢？

李麟飛換個角度想，倘若妻子在這時躺在其他男人的床上……他大概會提槍殺了那個男的。

李麟飛沉悶地走到客廳，地上的長毛地毯留有歡愉過後的痕跡，擺在几上的酒杯也倒了，弄髒了一大塊。李麟飛煩惱地想，把地毯拿去送洗好了，等湛可欣醒了，也要跟她說明，他無法給她任何承諾，每對夫妻都會吵架，而他根本不在意妻子因一時的不愉快而離開。

捲起長毛地毯時，李麟飛同時把地毯上的東西挪開，那裡有湛可欣的衣褲、包包，跟她拿來的一堆信件，他撿起那些東西，看見了那疊信，是從分局拿來的。晚點再看吧，他想著，正打算丟到一邊，眼角忽然瞥見一個特別的信封。

信封就夾雜在那疊信件裡，是八開的褐色牛皮紙袋，內部微微隆起，用印刷出的字體寫著收信人與郵遞區號，乍看之下毫無特別，但李麟飛還是察覺出它的異樣。

李麟飛幾乎是愣在當場，過了五、六秒才意識到自己該有所行動。

他慢慢探出手，從那疊信件裡拿出這個牛皮信封，認真盯著封面看，之後像是獲得確認，才到處找尋剪刀想把信封剪開。

剪刀就在酒櫃旁邊；酒櫃上，還放著一張與妻子的合照。李麟飛嚥了嚥口水，忽然感覺焦渴難耐，但他卻不想喝水。

他拿起剪刀，仔細順著封口邊緣剪開，避免利刃剪壞裡面的東西。

當李麟飛看到信封中是什麼東西時，湛可欣已從身後擁抱住他的腰，她的臉頰貼住他的背，像說情話一般將心裡話說了出來。

李麟飛沉默傾聽，目光卻一直落在手裡的信封上，當湛可欣說完後，他回答她：「不可能。」

湛可欣窘迫地繼續解釋，講到最後已然有些慌了，但李麟飛的回應依舊是這三個字。

「不可能。」

是的，他們不可能在一起。

因為他還愛著他的妻子，而且深愛。聽完湛可欣的告白，李麟飛更篤定了。

今晚開始，他會不計一切挽回錯誤。

7

今天郭佩真上班前，特地去買了兩杯特調咖啡，一杯自己享用，另一杯當然是給她在分局的好閨密湛可欣。

昨天，她力勸湛可欣去找李麟飛表達心意，不知道結果如何？李麟飛不是個好相處的人，相比習慣打混的同僚，他更被當作不受歡迎的人選首位。

人事室裡最多的就是人員更動的消息，許多從偵一隊出走或是提出請求調任的申請，無非是因為不適應李麟飛過於強硬的作風，這樣一個毫無浪漫可言的男性，真不曉得可欣怎麼會喜歡上咧？郭佩真無聊地想。

而來到分局時，她很意外湛可欣還沒出現。

一般都會比她還要早到的……郭佩真拿出手機，試著聯絡湛可欣，可是連響都沒響就直接轉入語音信箱，郭佩真打算傳個訊息，問她怎麼遲到了，但簡訊傳出去後，並沒有人回。

簡訊欄裡，還殘留著昨晚的訊息對話。

昨晚大概凌晨零點左右，郭佩真很好奇湛可欣跟李麟飛的情況，但打電話怕太唐突，於是傳簡訊詢問，她用開玩笑的口吻傳說「**怎麼樣啊？好姊妹，成了沒有？嘻嘻**」，過不到兩分鐘，對方就回傳「**抱歉，請讓我靜一靜**」這句話，郭佩真看了就曉得閨密肯定告白失敗了，忍不住為她感到難過。

心裡預演過好幾遍，她們兩姊妹該怎麼痛罵李麟飛，才能好好安慰失戀的心情，又或者下班去吃一頓大餐，血拚幾小時，不然就再找行政組新進的年輕警員一起去唱歌。郭佩真想了很多安慰湛可欣的方法，決定就用這杯咖啡當作開場白。

感覺她會哭一整夜的樣子，無論如何，還是喝杯咖啡提提神吧。

可惜這杯咖啡放到冷了，湛可欣還是沒有出現。

就在郭佩真想要再撥打電話給湛可欣時，她看見李麟飛出現在分局，逕直走入分局長室，她疑惑地跑出人事室，看見正在跟分局長討論事項的祕書很快被趕了出來。

辦公室裡只有分局長跟李麟飛，顯然，李麟飛有事要講。

會是什麼事呢？

郭佩真很想找個人問問，可是不知道要找誰才好。

盡職的祕書在一大早就將整理好的事項列表陳述，講到一半，李麟飛沉著一張臉進來了，而且毫不客氣對他最喜歡的祕書打招呼：「出去。」

「一般人早上最常對別人說的兩個字應該是『早安』吧。」侯振岳無奈地調侃，看見祕書無辜的眼神，他揮揮手，讓她暫時先離席。

等人走了，李麟飛把門帶上，接著侯振岳聽到鎖門的聲音。

侯振岳露出疑惑的神色。

「等等，你沒帶槍吧？」

李麟飛沒有理會這種無聊玩笑，表情依舊冰冷地像一張面具，不含一絲情感。

這種情況侯振岳之前幾乎很少見過，也讓他馬上意識到這位認識多年的朋友絕非只是過來閒聊而已。他從皮椅走過來，坐在與李麟飛面對面的會晤桌旁。這時，李麟飛的表情依然嚴肅得嚇人。

「怎麼了？」

侯振岳問後，他看見李麟飛的神情終於有了一絲鬆動。

李麟飛從帶來的提袋裡取出一只牛皮紙袋，褐色八開，表面用印刷體印著收件人資料，寄件人不詳，猴年紀念郵票上印著前日的郵戳，地點在鄰市一區。

李麟飛把東西放到桌面上，侯振岳看見時，震驚的程度與李麟飛昨日不相上下，只是李麟飛更多了幾分深沉的悲痛。

誰都不想收到這封信。

因為這封信代表他的妻子劉晏珊……死了。

第二章 九個月前，二月

1

第一起案子發生在農曆年過後，學生們陸續開學的初春。

目前就讀國小四年級的女兒剛起床時，身為母親的她才剛睡下不到兩個鐘頭。

今天是星期日，但女兒小學慶祝建校五十週年的園遊會暨運動會在這天舉行，她已跟小女兒約定好了，下午女兒參加大隊接力，她會去攝影留念，而早上的園遊會，暫且容許她補個眠吧！雜誌主編的工時比常人長又晚下班，她每每都到清晨才就寢。

「沒關係，我有姊姊。」

伶俐的小女兒眨眨眼這麼說，看來年紀輕輕卻已懂得大人工作的艱辛了。

她感覺很欣慰，兩個女兒相互扶持，乖巧生活著，沒有什麼比這更幸福的！

今天是二月二十六日星期日，像是回應這間小學所有小學生的期待，天氣溫和無雨。小學的校門口有前一天就設置好的氣球拱門，綁上了隨風搖曳的彩帶，旁邊佇立一尊卡通人物造型的充氣玩偶，掛上一條「歡迎大家蒞臨」的紅布條。

小學生們與家長接連入校，校內廣播以不至於擾鄰的音量重複播放最近流行的兒童歌，而教室內，各班開始準備即將開張的園遊會攤位以及朝會的開幕舞蹈。

洪薏純正在幫妹妹薏亭修補舞衣。

半小時後即將出場的每一個班級，會輪流站在操場中央，穿著有班級特色的衣服，舞動各班編輯的舞蹈。不過雖說是舞衣，可校內規定必須在不破壞運動服的基礎下設計出來。

洪薏純剛剛看到隔壁班的運動服被設計成迷你的乳牛裝，用黑色色紙剪成斑點貼在運動服上，然後再在帽子上釘上兩個圓錐形的小牛角，跟著小朋友的圓臉搭配，實在非常可愛。而妹妹這個班上設計出的服裝是天使裝，用白色的厚紙板剪出翅膀的形狀貼在背部，然後以銀色或黃色彩帶滾在衣袖跟腰部，當然少不了利用粗吸管做成的仙女棒。這套服裝深得妹妹薏亭喜愛，早上直接穿著上學，一蹦一跳結果不小心勾壞了短褲邊邊的彩帶，所以她正在用釘書機幫妹妹修補。

此刻這個班級內，放眼望去全是小朋友與他們的父母，只有她的妹妹是由她這個高中生姊姊到場，雖然有點特別，不過下午補好眠的媽媽也會趕過來。聽說媽媽跟同事借了一臺超高畫質的小型攝影機，洪薏純很期待將這天錄成影片。

「是薏亭啊，還記得陳媽媽嗎？」

一名笑容和藹、也配合女兒在自己的裙子上滾上一圈彩帶的中年婦人，帶著女兒過來。

洪薏純記得這位過來的小女孩，跟妹妹似乎感情不錯，妹妹好像都叫她小藍，而這位婦人當然就是小藍媽媽了。

一看到小藍媽媽，洪薏亭很認真地打招呼：「陳媽媽好！」接著她看到同伴小藍手裡拿著一根裝飾著超大星星的仙女棒。

洪薏亭發出讚嘆。

小藍媽媽說：「聖誕樹上面拿下來的，剛好想到可以利用一下。」接著目光挪到照顧洪薏亭的高中女生。「是薏亭的姊姊嗎？」

洪薏純有些不好意思地點點頭，小藍媽媽笑容可掬說道：「好乖唷！兩姊妹都好乖。」她記得先前家長會，洪薏亭的母親均未出席，因為是女兒的玩伴，所以她多加注意了，好像父母都在忙工作，有事情的話都是老師以電話聯絡。

她又看了看替妹妹整理服裝儀容的姊姊洪薏純，感覺是個非常乖巧聽話的女學生，她希望自己女兒將來也能這麼懂事。

班導師潘勳明跟幾位家長同行，緩緩走入教室，這些家長的臉上帶著近似諂媚的笑臉，洪薏純雖不太懂，但難免曉得部分勢利的家長早早就籠絡老師，希望老師們好好照顧自家小孩。就這一點，她們洪家姊妹的父母倒是很隨緣。

洪薏純幫妹妹到外面的飲水機取水，回教室時剛好與潘勳明的目光對上，她緊張地頷首示意，對方也跟著露出禮貌性的微笑。

潘勳明是個年約三十歲左右、身材清瘦的男性，戴著眼鏡，看起來挺斯文的。有幾次洪薏純幫妹妹檢查功課，也看見潘勳明的字跡，端正娟秀，如果不曉得，應該不會聯想到那是男老師的字。

回到座位後，洪薏純問妹妹要不要把早餐吃光——妹妹太興奮了，早餐吃沒幾口就跟著同學在比劃仙女棒——洪薏亭搖搖頭，果真像個天使般、許願似的用仙女棒在姊姊的肩膀上輕輕碰了一下。

「姊姊會變成全世界最漂亮的女生！」

「真的嗎？」洪薏純聽見妹妹的願望，開心極了。

「嗯！」薏亭重重點了頭，撲到姊姊懷裡。「我是第二漂亮的！」

洪薏純溫柔地把妹妹的頭髮撩順，露出滿足的笑意。

為了不睡過頭，洪母在下午一點整設置了鬧鐘，不過半小時前她就起床了，大概是一心念著女兒們吧。之前的家長會她缺席了，校外教學也沒有隨行，聯絡簿有好多次也是由大女兒代簽。

她腦袋稍微清醒後，覺得這樣似乎不太好，姑且不論自己有工作繁忙當藉口，既然生了小孩，勢必得付出一些犧牲的。

慶幸女兒們都很乖。

她邊想著兩女兒的笑靨，邊打扮預備出門。

還記得小女兒薏亭之前說過，她班上有家長贊助園遊會攤位的爐具，決定要賣章魚燒。

她想，等會兒到校要大方一點，多買幾份給女兒的班級衝衝業績。

準備好出門前，她沒忘記帶上特意借來的小型攝影機——但怎麼也沒想到，攝影機裡錄下的，竟會是大女兒此生最後的身影。

案子轉到李麟飛手上，是三月三日的上午。

在這之前，因為沒有找到屍體，洪家長女洪薏純被列為「失蹤案」，由專門負責失蹤案件的警官承辦。

據調查，洪薏純失蹤當日為二月二十六日，她參加妹妹學校的小學運動會，母親在下午四點之後就找不到人了，當時還透過校內廣播找尋洪薏純的下落，最後是在失物招領處發現洪薏純遺落下的小型攝影機，確認洪薏純遭擄的事實。

攝影機錄下的畫面，是洪薏純猛然倒臥在地，專家判斷她是遭受背後的襲擊，後腦勺因重擊而陷入暈眩，畫面短短三十秒，時間序為午後四點五分，洪薏純還有呼吸的跡象，隨後掉落在地的攝影機遭人關閉，並隨意棄置在畫面附近的花圃角落。

洪薏純下落不明後，洪母立刻報警，警方在第一時間成立調查專隊，同時告知母親，在沒有發現屍體的情況下，歹徒有可能預備勒索。遠在國外分公司的洪父並未馬上回國，他手頭正有相當重要的案子，無法直接脫身。聽了女兒可能遭到擄人勒索，洪父更說他若失去工作就真的沒辦法付出贖金了，警方對洪父鎮定的想法感到認可，也安排了一位女警待在洪家，隨時安撫母親與小女兒的情緒。

二月二十六日當晚，洪家整夜無眠。兩天後，事情終於在媒體前曝光，洪薏純失蹤後，沒有歹徒打來電話或者試圖傳訊的表現，警察開始向其他方向懷疑，洪薏純是否躲在朋友家中？自己離家出走？有誰會擄走她？她的私生活如何？

這件事鬧得沸沸揚揚，上了報紙社會版頭條，然而洪薏純單純的生活在眾人眼皮子底下放大檢視，找不出絲毫缺點。警方代表洪母在鏡頭前呼籲，希望歹徒盡快聯絡他們，求取一切條件安全釋放洪薏純，或者請知道有關於此案任何線索的民眾大力幫忙。

事情一直到第四天，三月二日，洪母總算收到了有關女兒的消息。

那是警察從洪家信箱拿回屋內的信件，有一個八開的褐色牛皮紙袋，以印刷字體印製收件人資料，沒有註明寄件人。信封上除了郵戳和郵票，沒有任何可供辨識寄件人的資訊。

警察在此期間替代洪母辦理要事，這封內部略微隆起的信件，由警察代為拆封，打開後，他看到內容物驟然驚異不已。

裡面是一截斷指。

在場所有的警務人員都傻眼了，洪母癱軟在地，痛哭失聲。

2

「斷指經DNA確認，證實是洪家大女兒洪薏純的左手小指。另外在指甲縫裡，也檢驗到與國小校園地面塵土相同成分的細沙微粒，種種跡象顯示斷指主人的身分應該是不會有錯了——」

朱晉杰看著書面資料，接下來的法醫鑑識報告讓他臉色一沉。

「最重要的，是已判定斷指為死後切下，且經過冰凍，切斷小指的工具推測為大型剪刀，有可能是園藝用具……」

接下「洪姓女學生斷指案」的偵一隊，由隊長李麟飛指揮調查。與李麟飛搭檔的他，在閱讀同一份鑑識報告時，即便臉上沒有夥伴那樣明顯的厭惡情緒，但他的嚴肅程度無疑表明他也對凶手深惡痛絕。

現在警方的鑑識科學非常進步，往往能從各種蛛絲馬跡找出破案關鍵。在那截斷指裡，切口表面無活體反應，已明確研判洪薏純是先遭到殺害，之後才被切下手指、冰凍殘肢，以信件寄送的方式寄回被害者家中。

而之所以判定斷指遭冰凍，是因為斷指表面殘留的滲透體液，屬於解凍過後的狀態。

這個狀況引起法醫的注意，進一步調查後，確認斷指內的細胞核有變形現象，表示身體組織遭到冰凍再解凍。細胞內的水分推擠了細胞壁與細胞核，就像裝在塑膠盒內的水經冰凍後會漲大。變形的細胞核稱為「冰晶體」，它在細胞解凍後仍會留存很久，用顯微鏡可以明顯觀察出來。

由斷指證據判斷，洪薏純遇害時間或許就在失蹤過後數日，最晚不超過三天，經冰凍後，裝入信封投遞到寄達之間的時段，不超過兩天，否則殘肢開始變化的程度就會有較大的差異，因此可以推斷被害者在二月二十六日晚間到二月二十八日之間受害——但這僅是粗估，在沒有完整解剖屍體的情況下，實在很難判斷真正的死亡時間與死因。

除此之外，斷指經仔細分析，無檢測出毒物、藥物反應，但有細微「過氧化氫」殘留。

過氧化氫，即俗稱的「雙氧水」。

鑑識組猜測凶手可能以雙氧水替斷指進行消毒或防腐，這種對殘肢有所處理的行為，讓本案凶手的側寫呈現出更詭異的一面。

寄送斷指的信封為褐色牛皮紙袋，所有文具店均可販售的款式，牛皮紙袋內有防壓防水泡棉，也是隨處可見的商品；信封上除了郵務人員的指紋、當時開封的那位警察指紋之外，還有半截難以辨清的指紋，經確認比對，證實是郵務中心分裝信件的人員，並已排除該人的嫌疑。

信封使用的郵票為去年猴年由郵局發行的五元紀念套票，發行量達十萬份，而且在販售時無須登記購買者資料；信封以普通膠水封口，郵票也是用膠水黏貼；最後，在郵戳上所顯示的時間序列為「01.03.17××」表示蓋章日期為西元二〇一七年三月一日，××為蓋章的郵局支局編號，大概是因為信封並不平整，所以郵戳上應該顯示支局編號的××處沒有印到。

收件地點是本市，投遞方式並非臨櫃掛號，凶手以投遞人行道郵筒的方式寄送。若依照寄送單位計算，同一區的信件，即使是平信，大概只要一至兩天便會寄達，只是少了郵差當面跟收件人簽收的手續。

信件表面以印刷出的字體貼著收件人地址，以及洪薏純之母「**周筱雅小姐親啟**」的字樣，沒有寫明寄件人，袋內也無其他凶手留言。

這是偵辦刑案以來，拿到的資料最少的一次。當然，大部分是因為被害者的屍體尚未尋獲的關係。

李麟飛很快翻看完這幾張調查報告：斷指與信封的鑑識結果、案發經過程序表、被害者洪薏純的家庭背景與人身調查資料。

他思索著要如何在少得可憐的線索裡理出頭緒。

3

推測洪薏純已遭毒手，洪家在國外工作的父親也連夜搭乘班機回臺了。這次，他回家沒有得到女兒們的熱烈歡迎，也沒有老婆煮的晚餐，迎來的是一批警察張大眼睛注視著他。

在無法確認歹徒的用意之下，洪家的通訊器材依然受到警方監聽，而負責刑案調查的警官李麟飛與朱晉杰，亦在尋找郵筒周遭的監視錄影無果，轉變方向從洪家的家庭組成背景開始調查。

年僅十六歲的女高中生遭到殺害的理由，反而在調查後開始趨向複雜。

曾經想利用郵筒周遭的監視器過濾凶手的辦法，已經宣告失敗。此路不通，李麟飛決定展開新的方向，目標就放在甫歸國的父親，長期出差、在公司擔任重要幹部的洪父，是否有跟人結怨的可能？若真是如此，他的女兒可謂是受到父親牽連——李麟飛這番推論的根據，主要由於凶手以寄送斷指的形式犯案，這種近似「示威」的舉動，對凶手而言不太可能毫無意義。

當李麟飛闡明來意，洪母周筱雅率先發難：「早就告訴你，別總是幫老闆搞收購，這下子真的有人尋仇找上門了吧！」她的眼皮腫脹，顯然是徹夜哭泣，甚至現在也依然不停地流淚，她對著根本沒時間更衣的丈夫哀痛地埋怨：「我就知道，嗚嗚……薏純……我的心肝女兒啊！嗚……」

「妳在發什麼瘋！注意一點規矩！」洪父低聲喝斥道。

洪父的模樣看來也十分疲倦，卻仍保持用髮油把頭髮往後梳的習慣。

李麟飛猜測洪父雖然表面上並未像妻子那樣表現出明顯的悲傷，但正如這個社會大多數的父親，他們一向慣於故作堅強。

洪母愛女心切，聽到丈夫這番斥責，忍不住號啕大哭。忽然，她竟是傷心過度，猛然昏厥過去，一旁照看的女警連忙上前，還好洪母尚有意識。在洪母堅持不去醫院的狀況下，李麟飛讓女警先帶洪母回房間休息。

他必須好好跟被害者父親談談。

洪父無奈地揉著太陽穴，當妻子的房門關上的那一刻，他的背脊像是萎縮了，癱軟在椅子上。

三月四日，是「洪姓女學生斷指案」再度登上社會版頭條的日子。第一次新聞上播出這則消息是二月二十八日，洪家大女兒多日失蹤、警方呼籲歹徒出面，而這一回的新聞內容則確定這位女高中生遭遇死劫，並敘述警方辦案的經過與女高中生死亡的判斷依據。

凌晨五點，潘勳明就買了各大報來看，還特地購買美式咖啡連鎖店的早餐套餐，回家慢慢享用。

他一向不太喜歡那種譁眾取寵的三明治，平時早上也不過烤了兩片量販店的吐司，夾上一片起司而已，咖啡是即溶品，連牛奶都沒加，就這般隨意算過一餐。

如果有人看見潘勳明今天算得上豐盛的早餐，也許會想問他是否發生什麼開心的事，可惜在這間寂靜的套房，沒有其他人。

沾有灰塵的餐桌上，擺了早餐與各大報，報紙幾乎占據整張桌面，潘勳明一口特調藍山，一邊捏起報紙的左下角翻閱——不出他所料，洪薏純的案子都以大篇幅報導出來，可惜這幾份報紙互相比較之下，內容都差不多。

譬如A報：「**本市洪姓女高中生失蹤案，歷經七天，檢警宣布洪姓女學生已不幸遇害。前日在洪姓女高中生家裡收到的斷指，經法醫鑑識分析，為死後切斷，DNA型態也與家族符合，證實為洪姓女高中生本人。寄送斷指的信封袋裡，沒有攜帶犯人的訊息，據查也未在袋中找到有關犯人的線索，目前檢警將犯案者的嫌疑指向尋仇報復。洪姓女高中生的父親是知名企業的重要幹部，因此警方正在釐清洪父的交際範圍……**」

潘勳明的目光接著往B報的頭版挪去。雖說買了這麼多份報紙，但其餘新聞他一概沒興趣。

「**目前還無法確切知悉犯人的用意，收到信的時候，我們都很難受——專案小組昨日提起洪姓女學生斷指案，面色凝重，指稱犯人狠心，在沒有任何與家屬協調的情況下，奪走一條年輕的生命。據指出，收到女兒斷指時，洪母當場痛哭昏厥，警方立刻展開調查，證實了斷指主人的身分，而且表明洪姓女學生還存活的機率很低。由於犯人沒有要求贖金、也沒有表明任何擄人意圖，警方根據目前得知殘害屍體的手段判斷，犯人可能與洪姓女學生或洪家有極大的仇恨……**」

另一份C報的報導也與其他報紙大同小異，潘勳明看完後，露出鄙夷的詭笑。

什麼嘛，警察的能耐也不過如此。凶殺？仇殺？太可笑了！他對她可是一點仇恨都沒有啊。潘勳明心想，此刻被這些報紙上稱呼為「洪姓女高中生」的女生，正在畫室裡「好好的」呢！

念頭轉到洪薏純身上，潘勳明腦海裡不禁浮現當天帶走她的情景。

我早就注意到她了呀——

潘勳明想起他們尚未謀面時，他就已經見過她的美麗，那一瞬，他對她的憧憬開始難以抑止，每個晚上都在期待園遊會那天與她見面，而那一天終於到了！

始終躲在暗處的潘勳明，心中讚嘆著出現在身前的女性是如此青春，如此帶著青澀與活力，他興奮到幾乎能感覺心臟要跳出胸腔，但是他不能在眾人面前表現出對她的愛意，為什麼？因為她是那麼神聖而純潔，而他卑微的心意只能在四下無人時，獨享她身體濃郁的芬芳。

好不容易，時機終於到了，當所有人的注意力都在眼前的抽獎環節，他斗膽開口，邀她助他一臂之力。

她欣然應允，毫無猶豫、毫無猜忌，真的猶如一朵清純的百合花啊！他再度質疑自己怎會這麼晚才參與她的生命呢？

她的身影很快離開人群，朝向他指引的方向，而他稍後也悄然離群，跟在她的後方前進。她收起了隨身的攝影機，畢竟已經不需要用了。她輕盈的腳步踩在校園綠色的草地，越過公共空間，預備從教學大樓一角的樓梯拾級而上。

但她沒有將這段路走完，反正那只是他編造的幌子，他真正想讓她抵達的地方唯有他的身邊，於是他趁機從後頭抱住了她，接著用無痛注射針在她頸部刺了一下。

他愛憐地摟住她的腰，腦海中聯想到命中註定要與王子相遇的睡美人，必然都禁受這種短暫而椎心的苦，一邊在她耳邊輕哄：「沒事的、沒事的！」同時感覺到她四肢無力的掙扎漸趨平靜。

她的身軀不出一分鐘就在他的懷裡癱軟，他差點失手讓她跌落沙地。將她抱穩後，他趕緊走到停車處，將她送入轎車的後車箱。之前，他已預先在後車箱裡鋪了一條舒適的毯子，免得她磨破手腳；接著，他只需要回去操場，參與接下來的閉幕儀式，不到十分鐘他就能帶她離開。

掉落一邊的攝影器材讓他再度警覺，猶豫著是否該將這些無所謂的影片破壞殆盡，但一想到那裡面有很多關於她的身影，無疑讓他產生一種愛屋及烏的心態。

最後他把攝影器材丟到旁邊的角落。

就算照片拍得再美又如何？美麗的她已在身旁，真實的她才是最重要的，那些虛無的影像就留給那些不配擁有她的人憑弔吧。

潘動明的內心湧起一股勝利的歡愉。

設定好的鬧鐘響鈴大作。

潘動明的思緒回到現實，他滿足地深呼吸，猶似仍沉浸在對她的思念中。

七點了，他該去學校上課了，不知道洪薏純的妹妹今天是否會來上學？可憐的薏亭，一定很難過吧！但是除了他，誰也沒有占有她的資格。

潘動明起身，拉拉些微發皺的襯衫。豐盛的三明治只咬了幾口，咖啡也沒喝完，而他仍然感覺非常滿意。

這是個值得慶賀的日子，不是嗎？

想將報紙疊起之際，他忽然看見別版有個專欄，標題是：「**變態擄人犯，你成功了！**」

這聳動標題，竟讓潘動明不由得望了幾眼。

開頭幾百字左右簡述了各國擄人犯的案例，之後同樣切入「洪姓女學生」的命案，其中有一段讓他印象格外深刻——

「犯人以寄送斷指的方式講述立場，似乎向世界宣告，除了他自己，誰也不能知曉洪女的下落，除非他刻意丟出線索讓別人找尋她。犯人同時享受被關注的樂趣以及向權威挑戰的刺激，重要的是，犯人對洪女有極深的迷戀，因而不惜以這種方式占有。」

潘動明忍不住點點頭。

這社會的輿論家確實喜愛道聽塗說，不過，其中仍有人看得出他對她有著深切迷戀，總比警察略勝一籌。潘勳明瞥了一眼撰稿人的名字——夏展霖。想著之後有空或許可以多關注一下他寫的文章。

4

李麟飛倚在無障礙空間的鐵欄杆邊，眼前就是洪薏純遭遇綁架的現場。不遠處可以通過走廊抵達此處的路口，已經被黃色警示條擋住，而原本在這附近的停車場出入口也暫時封閉。

若以方位來看，案發現場是整座小學占地的邊緣地帶，走幾步路就是校區柵欄。柵欄不高，在柵欄內部則種了一排杜鵑花，但成人跨步可以輕鬆跨越，跨過柵欄後還能利用杜鵑花叢隱身，因此局內也有同僚提出凶手是否剛好看見洪薏純，臨時起歹意而犯案。

然而，考量到凶手將一名女學生帶走，凶手勢必得挪出雙手抱起或扛起被害人，如果是以跨欄杆的方式離開現場，那麼一定會有路人察覺有異，而這幾天到處尋訪目擊證人，並無人看見有誰從這附近的欄杆穿出，更別提帶著一個昏迷的女學生，或者扛著一個大布袋了——二月二十六日當天是園遊會，小學周遭聚集了很多攤販，都打算在這天藉機大賺一筆，在案發現場的柵欄前方五公尺左右，就有一位販賣棉花糖的中年男子，該男子指出當時沒看見有人跨越欄杆，甚至沒看見有車輛在校區外臨停。

那麼凶手就是利用停車場的出入口了？

李麟飛的目光順著洪薏純倒下的地方往外延伸，大概十步之外有個側門，是這間國小第二停車場的出入口，以升降桿為門，想停車得感應一下車位識別證或者悠遊卡、停車卡，車位只有十個。另外，鄰近停車場的車位、以矮花圃當作間隔，則停放了一臺綠色掀蓋垃圾車。

垃圾車與停車場共用一道出入口，當收垃圾時間到來，工友會打開停車場的升降桿，將掀蓋垃圾車推出去，交給大型垃圾車集中處理。

李麟飛想過，說不定凶手根本沒把被害人的屍體帶走。

凶手在原地行凶後，剪下被害人的小指頭，再將被害人的屍體藏起來，至於藏在哪裡——垃圾車、花圃，校園的每個角落都有可能。

可是當時並非午夜，凶手想在現場進行剪指的動作，實在太冒險了，再把屍體藏入垃圾袋或箱子也需要耗費一定的時間。凶手不怕有人經過嗎？何況還要挖坑埋屍體？

想來想去，還是利用車子搬運被害人的假設比較合理。

凶手在襲擊被害人後，即刻將被害人關進後車箱，駕車離開，停車場的出入口監視器也不會拍到車內有被害人的畫面。

只不過李麟飛不能預測凶手哪時候駕車離開，也許馬上就走了，也或許到隔天才走，沒屍體，一切都無法確定。單憑斷指的鑑識，也只能大概估計死亡時間是二十六日到二十八日之間。

如果凶手夠聰明的話，也許會先把被害人藏到後車箱，等晚上夜深人靜，再利用行李箱等工具移動屍體。從案發到晚上十一點來算也只有六小時，屍體尚未產生腐爛或發臭的現象，搬運起來不致困難，而且凶手也不會在這五天內，於停車場出入口的監視器畫面上留下紀錄。凶手可以在校內任意挑選一處柵欄跨越，也可以大大方方選一個側門離開，在一天之內，光是使用推車出入的就有福利社的送貨員、印製書本的店員、營養午餐的工廠、各種快遞……多到數不勝數，根本難以一一過濾。

李麟飛聞到菸味時，朱晉杰已經從身後繞到他面前。大概是想得太入神，他沒注意到朱晉杰的腳步聲。

「喂，禁菸。」

「沒差，小學生都還在乖乖上課。」

朱晉杰深深吸了一口，把菸夾在兩指間，拿來了幾張拷貝光碟片和紙本資料。

「這附近的監視器畫面都有，大門的、停車場的……我不得不說，這次的凶手太狡猾，剛好選在園遊會這天，我剛才稍微看了一下監視器的紀錄，人山人海啊！想帶兩具屍體出入也行，更別提停車場的車了，一輛出去、一輛就接著進來停，想把全部的車號記下來，眼睛肯定脫窗。」

「那是一早參加園遊會的家長的車吧，被害者最後是在下午四點失聯，攝影機拍下的影像是四點五分，那時候應該就很少車輛要停車了。」

李麟飛想了想，接著說：「集中調查在事後離開的車子。凶手有可能提早幾天搶占車位，但之後一定得離開，車子停久了一定會引人注意，如果我們去找證人問話的時候，可能會有人發現某輛車停很久之類的證詞，所以凶手肯定得移車。屍體會腐敗，因此凶手不可能讓屍體在車裡太久——首先調查二十四日後離開的車子，然後到二十七日中間沒有再次來到停車場的。如果凶手真是來尋仇的，大概會在這批車主裡面。」

朱晉杰在旁邊抽菸，聽完後愣了幾秒。「你說什麼？」他裝模作樣地問：「說了一大串，你最後說『如果是來尋仇的』是啥意思？你對檢察官不滿喔！」

「不好笑。」李麟飛冷淡地說。

針對上頭指示的偵察方向，李麟飛的確很多時候沒在聽，他在跑現場，能做成紙本紀錄的東西有限，而交給長官後，誰能保證他們在辦公室裡能領悟多少？那些人大概都是依照線索去推斷，或者查閱歷來犯案紀錄，評估案情可能的走向。可是……誰說得準？反正上頭的人跟他一旦意見不合，總是各說各話。

「洪薏純失蹤之後，轄區裡就有人在調查她的交友跟學校生活，一無所獲，簡直就是模範生，師生都說沒人討厭她，如果要雞蛋裡挑骨頭，就只有嫉妒她的同學吧。可是現在學生們保護意識太強，要他們說出誰可能討厭被害人，全都推說不知道。」

朱晉杰說話時，口鼻一直竄出白煙。

朱晉杰說話的語氣一直都很平穩，李麟飛總覺得這人是吸了太多尼古丁，連情緒也麻痺了，以至於就算是在說笑話的時候還是一臉平淡，所以每回分析案情時，他都感覺朱晉杰像在說風涼話。有句成語叫「隔岸觀火」，大概就是形容他這位搭檔的。

「那老師呢？學生的老師怎麼說？」李麟飛問。

「乖寶寶、乖巧聽話、熱心助人之類的。如果我是去面試被害人，應該會對被害人評個優等吧。」

「她沒打工嗎？社團活動？」

「校外的打工沒有，聽說一星期有幾天放學後會到圖書館整理書籍，社團活動就更沒有了。老爸在國外工作，老媽又經常晚歸，所以洪薏純會回家照顧妹妹。她妹妹才小四……」

話到一半，感覺像是沒說完，李麟飛朝旁邊一看，朱晉杰似乎是因為想起洪家小女兒傻傻問著姊姊在哪裡的一幕，感到有點心酸。

誰不心酸呢？連屍體也沒見到，單靠一截斷指就宣告了女兒的死期，而且還要瞞著年幼的小女兒，苦撐著不讓這個家庭垮下。

「總之是個好孩子。」朱晉杰把話說完。「凶手把被害人手指剪下，還寄回去給家裡的人看，上頭會指示凶手犯案動機為尋仇，算是挑了最可能的情況。」

李麟飛沒有附和朱晉杰，他抬頭仰望著半空，越過停車場是一整排三層樓高的教室，他忽然想起自己小學的時候很調皮，幾乎坐不住椅子，每節下課都要往教室外面跑。

這時，李麟飛的視野餘光瞧見隔壁大樓有人站在四樓那裡，這棟大樓外牆刻著教學大樓，每間房看起來沒有教室那麼多窗戶，感覺像是集合辦公室或是美術教室一類的大樓，而那道人影就站在四樓走廊往他這裡眺望。

教學大樓就在案發現場的前方幾公尺，李麟飛望著那個人影，心想那會是誰？距離過遠，只能依稀看到臉部輪廓，也有可能只是改卷子改到眼睛疲勞的老師吧？李麟飛本來不太在意，沒想到對方居然沒有移開視線，李麟飛能感覺對方也在盯著他看。

與陌生人對望，隨即把目光移開，這是很常見的舉動，有時候走在街上，路人總會這樣彼此閃躲目光。

可是眼前這人沒有。

李麟飛心想，這人肯定是在看他的；當他們目光交錯時，這人並沒有閃躲。

李麟飛決定過去拜訪他。

他知道這種人不是有話想說，就是有話還沒說。

5

他一眼就認出李麟飛了。

早上買的報紙，其中有一張照片拍到李麟飛的樣子，照片下方的註解是「**女學生斷指案負責人刑警隊長李麟飛**」，而且幾行字的篇幅描述此人以前破了不少刑案，經歷豐富。可是除此之外，這位刑警隊長似乎沒有接受任何記者的訪問。

究竟是怎麼樣的人呢？真是讓人納悶。潘勳明暗忖。

看到照片時，他對李麟飛還沒什麼特別的心思，然而在這個專屬他工作的領域，李麟飛的出現無疑讓他心中的警報大作。

先前洪薏純失蹤，便有不少警察到校查看，也與他講過幾句話，但看到李麟飛的第一眼，他就曉得李麟飛跟其他警察不一樣——李麟飛的眼神十分尖銳，充滿壓迫力，隱隱約約好似帶了一種難以窺知的黑暗。

對，沒錯、沒錯的，潘勳明再三認定自己的直覺，關於李麟飛，他有一種不可避免的宿命感。李麟飛就像個企圖突破他所在城堡的邪惡騎士，在城牆下虎視眈眈，隨時都有可能撲襲而上……

「關於這件事，其實我也毫無頭緒。」潘勳明說。

當李麟飛爬到教學大樓四樓，本來站在走廊的人影已經不見。他走到原本那人站著的地方，後方正好是一間辦公室，接著往內望一眼，他就看見剛剛那個人——白色襯衫、短髮、戴眼鏡，削瘦的臉部輪廓，讓他很快認出辦公室裡最符合這些表徵的人，詢問之下，竟恰好是案子裡被害者胞妹的導師。

潘勳明讓他們到辦公室外面談，三人站在四樓走廊，由朱晉杰開口：「當天你有跟洪薏純本人交談過嗎？她是否有提及任何關於當天行程的事？」

「其實我那天大部分時間都在跟其他家長談論教學情形。」潘勳明露出有些為難的表情。「我知道薏亭家很多時候都是由姊姊出面，可是我還是不會跟學生談論孩子的事。校慶那天我只和薏亭的姊姊見過一次，而且沒有交談，只是打招呼而已。」

「那你有聽過洪薏亭提過她姊姊的事嗎？」

「薏亭當然提過她的姊姊，但我不是很明白你想問的是哪一方面。」

「任何都好。我們目前知道她們姊妹倆的感情很好，平常聊天時，或許姊姊會無意間提及她的生活，而年幼的妹妹可能會把聽過的或想到的與老師分享——不會嗎？」

潘勳明微笑道：「嗯，這年紀的孩子都善於與他人分享自己的喜悅呢，我當然或多或少聽過薏亭說起姊姊，可是都是一些很平常的瑣事。」

「譬如？」

「吃了什麼啊、跟姊姊去哪裡玩，或者姊姊為她綁了什麼髮型，姊姊幫她縫扣子，大概就這些。」

「有提過她的姊姊跟什麼人接觸過嗎？或者她們家的生活情形？」

「沒說過和家人以外的人一起出門，也沒有在路上認識其他朋友，至於薏亭家裡的生活情形，就我印象來說，似乎滿不錯的。雖然父母經常不在家，但薏亭沒有感到寂寞。就這一點，我還得好好感謝薏亭的姊姊呢，薏亭開朗懂事，也是因為有個這麼好的姊姊吧。」

這時，下課鈴聲響了。潘勳明看了看手錶，說：「我下一堂有課，得準備準備了。」

「喔，好，感謝你的幫……」

「——你覺得為什麼會有人想擄走洪薏純呢？」

在一旁眺望樓下的李麟飛忽然開口。

潘勳明愣了一下。

「……為什麼問我這個？」

「聽說你在這所小學工作好幾年了，應該對校內的情況很熟悉。校園裡有沒有形跡可疑的人？還是附近有不良分子徘徊？」李麟飛問：「你覺得她為什麼會被擄走？」

「被擄走的原因嗎？」潘勳明似在思考，停頓了幾秒。「那麼……李警官又是怎麼想的呢？」

「你認識我？」李麟飛凝色問道。雖說剛剛他們有表明警察身分，但出示證件的只有朱晉杰而已。這是他的習慣，除非絕對必要，李麟飛很少拿出證件，說明身分的制式手續一概由朱晉杰負責。

「認識喔。」潘勳明釋出善意的微笑。

「為什麼？」李麟飛戒備起來。「這是我們第一次見面。」

潘勳明臉上的笑容靜靜地掛著，與李麟飛四目相交。短暫的沉默中，操場上孩子們玩鬧的笑聲與呼喊格外清晰地迴盪。

「……我在報紙上看過你的報導啊，李警官。」潘動明結束試探般的沉默。「我對你印象深刻。」

又像是加強自己的立場，潘動明接著說：「薏亭的姊姊對我來說也不算是完全無關的人。薏亭是我班上的學生，我關心學生的家庭情況也是應該的。新聞報導對你的調查能力很肯定呀，李警官，我相信你一定可以找出線索的。」

李麟飛的眼神中多了幾分打量。

潘動明看了看時間。「真的要上課了，我得走了。告辭。」

「你還沒回答我的問題。」李麟飛緊追不捨。

正轉身的潘動明頓住腳步，回過身來，擺上微笑說：「會不會是剛好挑上了薏亭的姊姊？」

「如果真的想抓高中生，應該在高中附近埋伏比較快，這裡是國小，凶手的目標很自然應該鎖定小學生才對。」

潘動明順口回應他：「誰知道那個人怎麼想呢？」

聽到這句話，李麟飛湧現直覺，認為潘動明有意避開「凶手」、「犯人」這類詞彙。

「凶手在想些什麼，目前的確不得而知。」李麟飛慎重道：「但我能保證凶手絕不是隨機挑上被害人，這是一件有預謀的擄人案——也可以說，是有計畫的殺人案，而且針對的目標就是洪薏純本人。」

朱晉杰點了一根菸，狠狠地抽著，皺眉道：「分局長讓我看著你，這工作也太艱辛了，現在只能祈禱潘勳明不要跟記者透露剛才的對話。什麼叫『有計畫的殺人案』？還是針對被害人的？你不要妄下結論啊，才說了要以父親的結仇對象進行調查，你就跟上頭對著幹。」

李麟飛不耐煩地吐出一口氣。「你幹麼一直重複我的話？我說了什麼我自己記得很清楚，你不用一一發問。」

「啊，我頭好疼。」朱晉杰狀似難受地揉揉眉心。「感覺像被叛逆期的孩子打了一拳。」

「少扯了，菸多抽一把就不疼了。」

兩人結束與潘勳明的談話，一起走出國小，回到車上。李麟飛對方才跟潘勳明的對話記得清清楚楚。「你不覺得這個老師感覺有點奇怪嗎？」

「哪裡？」

李麟飛想了想。「說不上來，總覺得他在謀劃什麼。你不覺得他的態度太過自然？太從容了。」

「但是他回答的東西又沒什麼參考價值。你之所以覺得他的回話很正常，是因為我提問的跟上次轄區同仁問的問題很類似吧，反正偵察程序不就那樣？」

顯然，朱晉杰的解釋並沒有改變李麟飛的想法。

「我還是覺得有地方不對勁。」

「午餐時間要到了，我們還在到處走訪辦案，這本來就很不對勁。」朱晉杰一臉認真。「可是社會上如果沒這些不對勁的事，我們警察就要失業了。我之前就一直想，我們到底是希望世界和平，還是唯恐天下不亂咧？喂，喂！你去哪裡？」

李麟飛握著方向盤。「看了不就知道？當然是回分局。」

朱晉杰擰熄了菸，認命道：「好吧，我叫便當。」

6

今年的春雷來得特別晚，之後連著幾天大雨傾盆，讓霞光紅得格外耀眼。

李麟飛凝望公園裡泥濘的青草地，腦海浮現的卻是洪薏純失蹤現場，雖然至今已無從在現場找出任何蛛絲馬跡，但暴雨傾瀉，恐怕連沒被發現的最後一絲跡證也會完全被沖刷破壞吧。

李麟飛對雨水總有一種難以言說的惆悵。

坐在他身邊的女子靜靜地窺探他的表情，似乎看穿了什麼，可是沒有明說，長而濃密的睫毛眨了眨，目光挪到對面河堤正在遊樂設施中穿梭的小孩們。

他們已經結婚將近七年，劉晏珊早就習慣李麟飛突如其來的沉默。

下班之前，李麟飛打了通電話，讓劉晏珊帶傘過去接他，那時候還下著的雨，不到半小時就停了，何況明眼人一看就知道整間分局哪可能連一把傘都沒有。不過劉晏珊一口應允了，她仔細關掉瓦斯爐，整理一下頭髮，就帶著兩把傘出門。

李麟飛說要走走。

劉晏珊到分局時，雨勢漸歇，兩人便一起走到附近的河濱公園散步，隨意坐在長凳上。

「還在為案子傷腦筋嗎？」劉晏珊輕聲說。

李麟飛抬起頭來，將妻子彎彎淺淺的雙眉看進眼裡。李麟飛很喜歡她的雙眸，好像只要她微微一笑，就能把天大的煩惱全部冰解。

「看報紙知道的嗎？」

他不曾主動與妻子談起有關辦案的細節，頂多是有案件發生時，提醒妻子多多注意外出安全。他知道妻子有閱讀報紙的習慣。

「嗯。」劉晏珊點頭。「感覺很可怕的樣子，你跟隊員們都要小心。」

「不會有事的。」李麟飛安撫著妻子。「對了，妳覺得凶手會是怎麼樣的人？」

聽到丈夫發問，劉晏珊先是有點驚喜。「你居然會跟我談案子。」又認真道：「但是說實在的，今天早上我看完報紙，裡頭有一篇關於凶手的評論，我還滿贊同的喔。」

「是怎麼說的？」

「說凶手對那位女學生有著深深迷戀的心態，切掉手指是一種向大眾宣示主權的行為。」

李麟飛的眉頭不知不覺皺了起來。

「妳贊成這套說法？」

「一部分吧。」劉晏珊看見李麟飛在等著她說，她就繼續開口：「新聞都說那位女學生是個很好的女孩子，沒有跟誰有任何不愉快，如果是這樣，理所當然會想到由愛生恨吧？可能凶手示愛被拒絕，或者因為某些理由，根本不敢上前坦白心意，於是就在那天強行帶走了她。」

李麟飛溫和笑道：「第一次聽妳剖析案情，沒想到還挺有道理。」

劉晏珊害羞地輕咬下脣。「其實我是想到我高中有個同學也有類似的舉動。」

「嗯？」

「有陣子我的課本跟原子筆都會忽然不見，後來發現是被一個男同學偷偷拿走了，我很生氣地去找他把東西還我。後來我聽朋友說他好像是暗戀我的樣子——你不覺得跟這起案子的凶手有點像嗎？都偷偷摸摸地想從對方身上拿走什麼。」

「我第一次聽妳提起高中的事。結果那個男的有把東西還妳？」

「哎唷，那件事沒什麼好提的嘛！因為我去找他的時候，他已經把我的東西都丟了。」

「為什麼丟了？」

「因為不要了啊！好像有個女生向他表白，兩人開始交往，他怕被女朋友誤會才把我的東西丟掉吧。」劉晏珊露出淘氣的眼神。「我當然叫他賠錢給我了。」

李麟飛思量片刻，問：「妳覺得凶手是怕被人發現，所以把斷指『丟掉』？」

「這個……有點不一樣吧，丟掉的話隨便找地方都可以，可是凶手還特意寄回去女學生家裡了，不是嗎？」劉晏珊暫停說話，又突然像是恍然大悟那樣。「會不會是交換呢？像是紀念品那樣？」

「妳是說……」

「你還記得我們結婚那時候，長輩有交代要我不能把舊衣服帶走？新娘的舊衣服要先留在老家，因為結婚之後代表一個新的開始。」

「對啊！如果對凶手而言，『把被害人帶走』代表是一個新開始——把手指切斷就代表被害人跟過去切割了嗎？」李麟飛笑著親了劉晏珊一口。「妳真聰明，我怎麼現在才發現？」

劉晏珊的臉整個紅起來。「大家都在看啦，你是人民保母欸，要正經一點。」

「這是我當刑警的理由之一，都不用穿制服，誰會看得出我是警察？」說完，李麟飛作勢要吻。「妳高中那個小偷同學沒真的『得手』真是太好了。」

「我那時候很凶，男生都被我嚇跑。」

「妳哪裡凶了？」

「真的啦！只是現在我怎麼敢呢？你是刑警先生，很可怕的欸。」

「我不信，我要帶回去好好偵訊一下。」

劉晏珊害羞地推拒時，兩人身後猛地響起一聲喇叭，巡邏到河堤附近的警員一眼就認出警校的學長，一手搭在車窗上朝他們攀談。

「學長！下班啦？」

李麟飛往身後瞥一眼，是個轄區警員，好像路上看過幾次，但名字沒特意去記。這年輕小夥子大概是不會看場合吧。

李麟飛稍微調整一下坐姿，打招呼道：「喔，巡邏啊，快去吧，我們要走了。」

親切的學弟偷偷看了一眼劉晏珊，對李麟飛嘿嘿笑道：「要不要搭便車啊？學長。」

還不滾？李麟飛暗罵。

「不用，坐在警車裡的夫妻會被當成鴛鴦大盜吧。」

聽了李麟飛說的笑話，劉晏珊在旁邊輕聲笑了起來。

「好啦，那我先走了！」學弟也不摻和了，見好就收。

巡邏車緩緩駛離。

陽光漸漸西斜，李麟飛執起妻子的手，感覺這個初春的夜晚變得溫暖。

第三章 現今，十一月

第一夜

隱密的私人空間，轉瞬間便沉寂下來。

男人看著昏迷的女子，那猙獰的表情逐漸平靜。她還有呼吸，從略微起伏的胸口，他知道她還沒死。

剛剛他只是弄昏她。

之前，她睡醒過一次，清醒後卻帶給他極大的噩耗。他一時衝動，覺得她應該以死謝罪，好挽回他神聖的愛情。

殺意在腦海無聲閃爍，他幾乎是無意識的就這樣做了，沒有考慮到任何罪惡感。唯一值得現在謹慎思慮的，是他要用什麼方式結束她的性命。

為了不讓警方察覺斷指的異樣，他不能在屍體內留下痕跡，這個痕跡包括藥物與毒物，所以他剩下兩種選擇：用刀，或直接掐住她的脖子。前者在清理現場的時候可能有點麻煩，隨便流下一滴微小血跡，都難免要承擔被發現的風險；那麼還是後者吧，他可以拿幾件衣物蓋住她的臉，她已陷入昏迷，很快就會窒息而死；或者他可以扼住她纖細的頸部，她必然連掙扎都沒有，直接面對死亡。

這怪不得他……

男人在心裡默唸著，用毯子悶住她的口鼻。愛情本就不分什麼先來後到。

一開始，她好像感覺到呼吸道受阻，身體略微痙攣起來，但他很快否決了這種想法，可能是他壓得太用力，以至於她的軀體反射性地顫抖。

他沒有計算自己蒙住她多久，腦子裡想的全是有關愛情的回憶。就在這般沮喪又憤怒的情緒裡，他觀察到她的胸腔像死水一樣靜止了。

拿開毯子後，女子的臉孔有點發青，這是窒息死的徵兆。他知道，因為他之前早就看過，再過不久，這具美麗的身軀就會血色盡失，從體內開始腐爛。

多可惜啊，這曾是一個活生生充滿活力的女人。可是她為什麼要傷他的心？他已經夠脆弱了，需要片刻足以自慰的歡愉，然而她卻讓他發現，這一切原來都是他庸人自擾。

不可原諒！他咬牙戰慄著。

不可原諒——事情演變到這一步，這不是他的錯！全是有人逼他！

難道他選擇的愛，就這麼難以完美？

忽然，他又低低地笑起來，像是竊笑著一段無可挽回的人生。

他緩緩站起，走著，回到女子屍體身旁時，他手裡多了一把大型剪刀。

這刀刃是嶄新的，未曾用過。

他得把她的小指剪下來，作為見證。

見證他不惜代價的愛。

1

李麟飛對妻子的記憶還停留在案子的一開始，忽然一轉眼，劉晏珊就成了這起連續斷指命案的受害者之一。李麟飛甚至記得與劉晏珊十指相扣的觸感，柔軟的掌心、溫熱的指尖，現在一切都改變了，僅剩信封袋中冰冷僵硬的一截斷指。

「不是吧……」侯振岳看見此景，連一分鐘前祕書報告些什麼全部忘了，嘴裡喃喃自語，不可置信地問：「你確認過你老婆的行蹤了？確定嗎？」

李麟飛泛紅的眼眶勉強撐大著，似乎不這麼做，滿載憂愁的眉宇就會把他的雙眼壓垮下來。

「我收到這個之後，打了電話，沒人接，後來又到她老家去找……沒人。」李麟飛略顯失神地說：「這件事先壓著，別讓其他人知道——老侯，幫我驗個DNA。」

侯振岳端詳李麟飛的神情，對於他一反常態、有些死氣沉沉的語氣，感到一絲狐疑。

「你……還好嗎？」

「先驗DNA。」李麟飛依舊板著一張死魚臉。

「我讓小朱跟你……」

話未說完，李麟飛忽然一甩手，把桌面上的花瓶摔破，辦公室裡登時「砰」了好大一聲，隔壁辦公間的祕書隨即過來敲門詢問：「分局長？分局長？」

侯振岳被這舉動嚇得不輕，心臟登時激烈跳了起來，他回應門外祕書一句「沒事」，接著看向李麟飛充滿憤恨的神情。

雖然明說不好，但侯振岳卻因為李麟飛這憤怒的反應而感覺鬆了一口氣。相識多年，他知曉李麟飛不是個藏得住脾氣的人，而且他也深知，倘若這位朋友在遇上該發脾氣的時刻反倒冷靜，不是正跟你唱反調，就是下了什麼偏軌的決定不想被人發現——而後者是侯振岳想極力避免的。

「你就是要我砸爛你這間辦公室才願意幫我？」李麟飛諷刺道。

「說什麼呢！我是怕你憋出病來！」侯振岳又急又無奈。「我當然會幫你，可是你說不讓別人知道，這是不可能的。如果你是不想打草驚蛇，我能安排一組人處理這件事。你總不能指望我這個好幾年都在喝酒的傢伙幫你去相驗——」

侯振岳本來想說「屍體」，話到嘴邊又硬生生吞了回去。

李麟飛喘著粗氣，雙手握拳，眼睛盯著桌上包著妻子斷指的牛皮紙袋。

「給我幾個人，我要親自調查。」

「不行，你不能。」侯振岳神色凝重。「姑且不說你已經不是刑警、沒有偵察權，我不能放心你在這種情況下可以冷靜。」

「我當然不能冷靜！」李麟飛低吼了起來。「這是我老婆啊！」

侯振岳為難地嘆了一口氣。

「我讓人去查，也會把偵察進度全告訴你，但你不能參與辦案。」

「老侯……」

「就這樣了。」侯振岳疾言道：「你之前就是因為過於偏激，才搞成現在這種局面。

對了，你昨天半夜只有去找你老婆？沒去別的地方？」

李麟飛咬牙道：「如果你是想問我有沒有去找姓潘的那傢伙——還沒！」

「別自己去找他！你這小子，他就是故意挑釁你，你看不出來？他想害你啊！你想要反擊他，只能依循法律。你現在只是降級停職，總有辦法解決，你不能讓他把你的工作完全毀了。」

李麟飛肩膀上下顫動，像在隱忍即將爆發的情緒，聽了侯振岳的勸告，沒有開口回話。

侯振岳想起前天偵訊室前關於潘勳明暗示李麟飛的一幕，是否真的就預告他會殺害李麟飛的妻子？

假如DNA真的相符，潘勳明也未免太大膽了。

「你挑幾個人，我現在就讓他們過來。」侯振岳提出保證。「現在不管檢察官怎麼說，我不會再讓這案子繼續拖下去了。」

2

郭佩真一邊整理人事室牆上的備忘錄，一邊注意分局長辦公室的狀況，因為不太專心，還不時寫錯字。時間滴答滴答過了將近兩小時，她才看見李麟飛從裡頭出來，在那之前又有三個人進去，可那三人並未隨著李麟飛離開。

她認得他們，其中兩位是刑警隊的，一個是剛遞補隊長位置的朱晉杰，一個是參與分局刑警隊沒多久的特聘顧問夏展霖；至於第三位，似乎不常出現在分局，所以她沒印象有看過，但瞧他穿的制服，應該是鑑識組的人。

刑警隊加上鑑識人員，能談的話題應該不出幾個吧？

或許是來交接之前的刑案？郭佩真心裡猜測著。李麟飛被解除偵一隊隊長的職務，之前在手上的案子也得好好交接過去，她記得李麟飛是個工作狂，這一點從她看見好友湛可欣也默默跟著李麟飛加班，在分局裡待到半夜的表現可以得知，所以就算沒辦法親自調查了，可能有很多事情得交代？

這些想法在這兩個小時裡，全在郭佩真的腦袋裡醞釀，不過看到李麟飛走出分局長室，她唯一的念頭就是上前打聽湛可欣的消息。

她立刻放下板擦，跑到李麟飛跟前。李麟飛就像早預料她會衝過來，提早停下步伐，尖銳的目光隨著她而移動。

「抱歉，李隊長。」不管哪時候，李麟飛的臉看起來都像在生氣。郭佩真語帶歉意道：「不好意思，我有件事……呃，可欣昨天好像去找你了，你們……那個……」

當郭佩真還在尋思什麼用詞，李麟飛已經寡淡地回答：「她是來找我，把信件交給我之後，她就離開了。」

「直接離開嗎？你們沒有……聊一下？還是？」

李麟飛冷淡的眼神盯著對方。「她的確有跟我說了一些事。」說到這兒，他停頓了一下，似乎是在打量郭佩真的反應，想從她的表情知道她對於湛可欣瞭解多少。「如果妳們交情夠好的話，妳大概知道她犯了錯。」

犯錯？指的是愛上已婚男士吧……不知為何，明明不是事主，郭佩真還是有些尷尬；因為她想到昨天是自己大聲疾呼要湛可欣去表白的，在這個高喊小三退散的社會，恐怕還是不適合不經思索的舉動吧！

「哈、哈……」郭佩真困窘地乾笑。

「沒事的話我先走了。」

眼看該問的還沒問，郭佩真趕緊喊住李麟飛：「啊！那個，李隊長，你知道之後可欣去哪裡了嗎？她到現在還沒來上班，也沒有回我簡訊，她有沒有跟你說什麼？」

李麟飛依然冷漠道：「沒有。」

「可欣沒有跟你說要回鄉下的事？」

李麟飛的目光微微瞥向她，緩緩道：「妳是說她要辭職的事？」

「果然是這樣嗎？」郭佩真沮喪地喃喃道：「不會真的就這樣辭職回鄉下去了吧？真是的……真想不開……」

「和我沒關係。我要走了。」李麟飛頭也不回地走出分局。

郭佩真目送李麟飛的背影，忍不住在心裡嘀咕湛可欣實在太笨，喜歡上一個無情的男人。

那有著剛毅身影的男人走出了分局，步伐穩定得像是什麼都不能影響他一樣。

李麟飛留下一把梳子就離開了。

梳子已被普通塑膠袋密封，裡面有幾根頭髮，把柄上也有數枚明顯留在塑膠材質上的指紋——這是李麟飛用來跟斷指比對鑑識結果的樣品。

坐在分局長室裡的四人，除了朱晉杰，他們的表情都嚴肅得像剛被宣告了絕症。

朱晉杰很順手拿起香菸，要點火時，侯振岳的眼皮挑了挑，提示朱晉杰此地禁菸。他不是很在意下屬吸菸，只不過這間辦公室還當會客室用，而且會到分局長室來的大抵都是中高階以上的貴賓，他不希望他們有任何藉口可以說長道短。

朱晉杰沒點火，直接把菸銜在嘴角。「現在的情況指出……光棍也是有好處的？」他照樣用麻痺的表情說。

「還好你這句可以忍到現在才說。」對於打破沉默而言，那顯然不是一句合宜的開場白。侯振岳揉揉跳疼的太陽穴。「我可不想你們打壞我這張實心的辦公桌。柯凡，先拿去驗一下ＤＮＡ符不符合，一有結果馬上報告。」

柯凡是從鑑識中心來的助理，已實習了三個多月，表現不錯。他學校成績很好，估計畢業後能順利進入鑑識組。侯振岳以獎勵積分當作條件，讓柯凡配合這項祕密偵察。

「ＯＫ！」他一口答應，而且答應得很爽快。大概對年輕一輩的學子而言，參與某些檯面下的工作會讓自己感到一種瞞天過海的成就感。

柯凡把要鑑識的斷指與梳子好好藏到外套內袋才走了出去。

「不過，真的要瞞著？」朱晉杰問：「如果凶手發現這件案子沒有上新聞，難道不會氣得再度犯案？照之前的說法，凶手好像有自戀型人格，一個愛炫耀的混蛋？」說完，他的目光往夏展霖飄去。

夏展霖當然知道朱晉杰在詢問他的答案，從第二起斷指案發生後，他就被派來參與這項偵察。他利用專業知識逐漸描繪出的凶手形象確實與現實相呼應，可是最關鍵的一部分，他還未找出答案。

剛才被人叫來這裡，他得知李麟飛的妻子劉晏珊竟成了第四起斷指案的被害人時，內心感到非常驚訝。然而訝然之餘，他也對李麟飛所呈現出的態度感到惶恐——眉毛下壓、眉頭皺起，這的確是憤怒的表徵，但除了憤怒，顯然李麟飛仍保有冷靜的思緒。

李麟飛的思緒清晰，言語邏輯也很順暢，甚至在收到斷指後，帶了沾有妻子DNA的物品要求勘驗。他不認為這樣哪裡有錯，相反的，他覺得李麟飛的表現太過鎮定。

周遭的人出事，情緒會動搖是人之常情，因此無論從警或從醫，都有規章避免這種失去理智的機率。當遭受傷害的人一反常態感到鎮定，往往會造成逃避型態的心理疾病，可是李麟飛又詳細地配合著調查。是壓抑情緒嗎？如果是這樣，過於壓抑的情緒肯定到哪個時候就會如山崩般爆發。

第一眼看到李麟飛，夏展霖就知道他是個自負心強、有著周延心緒的人，這類人若是適當撫慰，會是個良好的工作夥伴，可是一旦有個環節扣錯，通常會造成不可收拾的局面。

「我覺得李隊長……嗯，李警員有可能會私下報仇。」夏展霖以新職稱稱呼，陳述他的想法。

「這還用你說？我覺得他不只會私下報仇，還可能把凶手的手指一根根剁下來，然後像吃爆米花一樣吞進肚子裡。」朱晉杰說得煞有其事。

「唉……想想辦法啊！」侯振岳煩惱極了。「如果被檢察官知道我瞞著這件案子，他們又得嘮叨上半天。唯今之計，只能趁他老婆的命案洩漏出去前把凶手逮捕歸案，這樣我還能找個藉口混過去。」

「真不愧是警界應酬的第一把交椅，想得真周到。」朱晉杰揶揄。

侯振岳反駁說：「也不想想是誰罩你們的？大家喝茫了才好說話，你懂不懂？」

「那下次局裡給我設個吸菸區吧。」朱晉杰建議。「在女廁。」

「去！你這混小子，給我認真一點！」

「對了──」夏展霖打斷他們。「剛才的信，收件人是『李麟飛警官』，收信地址是分局這裡的地址吧？」

「是啊。」侯振岳說：「說是昨天人事室有人下班順道拿過去給他。」

「可是之前三件案子的收件人姓名不含任何職稱，收件地址也全是家裡，而不是工作場所。」

「要查出一個現役警官的住址，畢竟不是一件容易的事。」

「是這樣嗎？我們之前針對地址的問題，提出凶手對被害人曾有過跟蹤或調查，假如是這樣，凶手應該也會藉著這些行為得知李警員的住所地址，不然就是把信寄到李夫人離家出走的地址才對。」

朱晉杰喃喃自語：「不過這次卻是寄到局裡……為什麼？凶手沒時間跟蹤？」

「不。」夏展霖分析道：「我猜凶手根本從頭到尾就沒有跟蹤。以前三件案子來看，極大的可能性是──凶手早就得知被害者們的地址訊息，所以我們在被害人周遭才會找不出任何不尋常的陌生人。」

「如果是這樣的話──」侯振岳拍桌而起。

夏展霖點點頭。「沒錯，前三名被害人之間一定有部分是重疊的，只是我們尚未發現。這連續的犯案不是隨機擄人，也不是無預警的謀殺，而是早就計畫好的。當然，若以此為前提，這次對李夫人施行的犯案行為，明顯超乎了凶手的計畫，以至於這次跟前三次的表現模式之間有些許差異。」

一番話說完，夏展霖似又陷入深思，喃喃說道：「一般而言，不可能忽然就更動長期以來的行為模式……凶手身上一定有什麼改變了。究竟發生了什麼事？」

3

斷指與梳子樣品的比對結果，在當天晚間就出爐了，證實兩者吻合無誤。朱晉杰與夏展霖帶著消息拜訪李麟飛的住所。

這是一通電話就能解決的事，但侯振岳希望李麟飛不會在聽到消息後，直接拿菜刀去找潘動明復仇，所以讓他們親自走一趟。

「這次在信封上只採集到零碎的指紋，一枚已知為擔任本區域送信的郵務人員，其餘則因檢體遭到破壞，柯凡正另外想辦法辨識。」

據李麟飛說法，湛可欣送信來時，他正在酗酒，不經意碰倒酒杯才發現信件有異，但灑在斷指信封上的烈酒酒漬對辨識指紋無疑是增加難度，還得多些時間另尋他法。

夏展霖繼續說明：「斷指的鑑識也確定跟前面三起案子一樣，切口無活體反應、有微量雙氧水殘留——由此可以知道凶手是同個人的機率很大。」

朱晉杰站在一邊，看到李麟飛聽到「無活體反應」時，抵在大腿的雙掌重重地握緊了。他插嘴道：「能抽菸嗎？」

李麟飛抬眼望向他。「我老婆不喜歡菸味。」

「她又不在這裡。」

登時，李麟飛站了起來，朝朱晉杰撞過去。

「我勸你最好閉嘴！」李麟飛揪著朱晉杰的衣領，威脅地發話。「否則，我——」

朱晉杰嘴裡咬著菸，悶不吭聲看著李麟飛眸底的憤怒。

這尷尬的場景僵持片刻，李麟飛隨即鬆開手。他懊惱地收起拳頭，想道歉、卻又不甘心說出口，彷彿只要對自己的衝動認了錯，就如同承認自己深愛的妻子已經真正離他而去。

可惜不管現在做些什麼，事實仍不會改變。

夏展霖見機把話題延續：「其實有一項非常重要的線索——這項鑑識結果與前三起案子有些出入。」

李麟飛問：「怎麼樣？」

「柯凡在包裹斷指的泡棉上驗出另一個血跡反應，血量雖少，但仍可判別出與夫人是截然不同的血液類型，這個第二人的血液有部分沾染到夫人的斷指上，然後一起被寄出。」

「……這是什麼意思？是凶手的血跡？」

「不，這個未知血液經檢測屬於女性，在資料庫中也沒有相同紀錄，考量到凶手連犯三案的心理壓力與犯案手法，我不認為凶手會是一名女性。」夏展霖順口問了李麟飛：「你覺得呢？」

李麟飛停頓片刻，似乎正在斟酌要如何回答。

「那血跡……已經鑑識不出其他資訊了？」

「是的，目前只知道為女性，年齡、身分、人種不詳。」

聽完，李麟飛嘴角泛起的微笑帶著些許憤恨的意味，說：「這樣就只有一種可能吧——不是凶手的話，就是被害人了。」

夏展霖微微頷首。「其實我也考慮過這種情況，根據凶手謹慎的犯案方式，可以先把有人私下從中打岔的情況排除，那麼就只剩下如你所言的可能性。凶手這次同時殺害了兩個人，而在兩名被害人的血跡交互感染的情況下，凶手寄出了這封信。」

「如果是這樣，為什麼還沒有人出面報警？那女的不管是誰，家屬也該收到凶手寄去的斷指了。」朱晉杰在旁說道。

「這能假設的立場很多。」夏展霖道：「凶手選擇平信寄送，原本就不打算收件人在第一時間收到，也沒考量郵件中途遺失，或遭到他人竊取，如果再加上凶手的個人原因，譬如地址錯誤，還是凶手生活出了什麼變化，這全都有可能造成現在這種局面。但凶手依然維持著既定模式，那麼這次的改變可以說是一種異常的警訊。」

「警訊……啥？」朱晉杰問。

夏展霖忽然露出一種微妙的笑意。「當然是模仿犯了。」

他剛說完，朱晉杰便失笑道：「怎麼可能！不是說了斷指裡面還有雙氧水的成分？模仿犯可不會連這點都知道……」可他那無所謂的笑容突然靜默，彷彿觸及什麼重要的領域，變得慎重起來。

倒是李麟飛一臉看透的模樣。「雖然內部嚴格封鎖訊息，但誰也不能把握全部人都不受賄。機密訊息外流出去的情況也不是一次兩次了，尤其是媒體出高價暗中搭上哪位同仁，誰曉得？或許有誰把這件案子當作話題，無意間就說出去了也未可知。」

「嘖，真麻煩。」朱晉杰嘀咕著。

「模仿犯是一種可能，但目前不必太拘泥這個假設。」夏展霖接著說：「畢竟在鑑識結果這個大前提下，這四件案子的相同點幾乎一致。暫且把不明血跡擺到一邊，我們也在斷指上勘驗出足以代表被害人最後行蹤的線索。」

「是什麼？」李麟飛瞪大了眼睛問。

「碳酸鈣粉末，其中含有少量的太白粉。」

李麟飛陷入幾秒默然，問道：「柯凡怎麼說？」

「推測有可能是粉筆，或者石膏一類的製品，這兩者的主成分都符合，在日常生活中也屬常見，有較高的機會接觸。」夏展霖提問：「關於這點，你能想到什麼與夫人有關的嗎？」

李麟飛落寞地坐回椅子上，沉默思索片刻。

「有可能是療養院。」他說：「晏珊……我老婆的母親患了失智症，為了不讓她媽忘事，她有買了一個小型黑板當作記事簿，就放在療養院的房間裡。」

「知道夫人最後一次去療養院是哪時候嗎？」

李麟飛猶豫了一下，似乎不太願意面對這個提問。

「不清楚……我與她失聯有段時間了。」

「那麼我們只好到療養院去問清楚。」夏展霖井然有序地提問：「你還知不知道夫人在這段時間會去、或有可能去的地方？」

李麟飛的眉頭皺了一下。「她是個很單純的人，不會涉及任何不良場所，頂多採買生活用品去了超市，除此之外就是療養院而已。」

夏展霖看出李麟飛下意識在為妻子辯駁，這種情緒變化在被害人周遭的人物身上很常見。他繼續問：「夫人舊家那邊是否有其他同居的成員？」

「沒有，她是單親家庭，結婚之後搬來這裡，就剩下我岳母一人住在那兒。後來岳母到療養院去，那間房子就一直空下來。」

「那麼夫人有較為熟識的友人或者鄰居、親戚？」

「有一位國中開始就持續聯絡的朋友，是她最好的朋友……」李麟飛語中盡是悔恨。「我去她舊家找不到人，之後就立刻打電話找張燕——就是她的好友。張燕也說人不在她那裡。」

「此外，你們有談論過夫人的近況嗎？」

李麟飛搖頭。

「請你看一下，這通電話是那位張燕小姐的嗎？」

夏展霖從資料夾拿出了劉晏珊的通話紀錄。

「這個號碼在近期有跟夫人頻繁通話。原本夫人大概一星期兩、三次撥打給對方，但到了半個月前就開始一天兩通，甚至在十一月八日，也就是三天前，一個早上多達四通，通話時間也都有五到十分鐘。」

李麟飛沉默地閱覽著妻子的通話紀錄。

「是張燕的號碼沒錯。」他說。「其他全是療養院的來電，還有——我……」李麟飛的聲音一下子收住了，因為他發現劉晏珊撥打給他的最後一通電話，就是三天前八日的早上七點。

李麟飛回想起當時他睡眼惺忪，沒看來電者是誰就接了，而在聽到劉晏珊的聲音時整個人馬上清醒。

那是劉晏珊離家出走以來，第一次主動打電話聯絡他。

夏展霖似乎也想問這通電話的事。「通話時間一分四十六秒，能問問你和夫人那時聊些什麼嗎？」

李麟飛彷彿深陷回憶裡，說：「她……她說要我記得吃飯。」

記憶湧上，劉晏珊的聲音像是重播一般。她說：『對不起，我沒能保護好我們的寶寶。』

『沒關係！真的，我不怪妳，而且我們之後有的是機會！』他大聲地說。

劉晏珊的哽咽聲傳了過來。

李麟飛放軟聲音說：『回來好嗎？』

『……』

『我去找妳。』李麟飛掀開棉被，真的打算拋下一切衝過去。就算她說要去天涯海角，他也絕無二話。

劉晏珊那充滿感激的口吻輕輕地說：『謝謝你。再給我幾天的時間。到時候我希望你來接我。』

『我一定去接妳！』李麟飛如釋重負般承諾著，『我想快些去接妳！』

『謝謝……』劉晏珊低喃：『你總是這樣……我都不知道我能為你做些什麼。』

李麟飛才剛要聲明只需要她陪在自己身邊就好，這通電話就掛斷了。李麟飛原本想直接再打過去，卻擔心她嫌煩而改變要回家的想法的話就糟了。

聽了李麟飛的敘述，夏展霖問道：「沒有說為什麼需要過幾天再去接她嗎？」

「我以為只是很單純的……她需要再自己獨處一下。」李麟飛神色後悔。

「我有個假設——」夏展霖說：「也許就是從這通電話之後，夫人與凶手接觸了。」

「等一下，你這是什麼意思？」朱晉杰問：「你說她和凶手碰面了？她知道誰是凶手？」

「不是這樣的。凶手可以謊稱其他身分接近夫人，夫人當然不會知道她其實是步入凶手的陷阱。」

「你憑什麼這樣說？」

「夫人最後不是說了，認為自己無法為李隊長做什麼嗎？這是很常見的補償心態。我推測凶手可能用某些名目引誘夫人，那些名目是對李隊長有益的，夫人才會認為自己能回報李隊長而答應凶手的要求。」

「可惡！」李麟飛憤恨地捶了桌子一拳，痛苦地低喃：「我明明說過不需要那樣的……」

夏展霖安慰他：「這只是我的推論。現在我們繼續從已知證據著手吧。那麼這幾通相同區碼的電話，全是療養院的號碼了？」

夏展霖指的是紀錄上分別有 273365XX、273148XX 與 273395XX 等幾通分區編碼顯示在同一區域的號碼。

李麟飛瞥了一眼，點點頭。

「這樣吧，我們要先調查夫人最後在哪裡現身，之後再依據證人證詞或監視器做出判斷。當下，是這位名叫張燕的朋友跟療養院……」

「療養院那邊由我去。」李麟飛打斷了夏展霖的話，態度擺明了這事沒得商量。

聽了李麟飛的「提議」，夏展霖往朱晉杰看一眼，無聲尋求暫代隊長一職之人的意見。雖然他覺得依照分局長的意思，是不希望李麟飛採取任何行動，但現在的情況並不容許他們浪費任何可行的人力。

朱晉杰叼著沒點火的菸，一臉若無其事。「不過就是去探望丈母娘，有什麼大不了的。」

「那好。希望療養院那裡有機會找出最近這幾天與夫人接觸過的人物名單。」夏展霖面色一改，對李麟飛說：「另外，還有一件事，我想再度詢問你。」

李麟飛懷疑地看著他。

夏展霖緩緩述說道：「你現在還認定這些案子的凶手就是潘勳明嗎？」

「對！當然！」幾乎是不假思索，李麟飛帶著憎惡的表情回答。「不是他還有誰？之前他在局裡的樣子你也看到了，他知道就快被我抓到把柄，正害怕得不知所措。他威脅我！故意提起我老婆的事，他知道晏珊不在我身邊！這難道不構成他是凶手的線索與動機？我就知道！早在前兩天她跟我失去聯絡的時候……我早該知道的！」

李麟飛又用力捶了一下桌面，臉龐低垂陷入兩臂之間，憤恨懊惱，就像一頭誤觸陷阱的猛獸，正在嘶聲哀號。

「潘勳明接受偵訊是十一月九日，而夫人的通話紀錄最後一筆資訊是八日的上午，收到斷指信封是昨天十一月十日。如果按照你的想法，說明潘勳明在接受偵訊前，就已經以其他方式接近過夫人了。」

這麼簡單的陳述，背後代表無論九日當天潘勳明是否因臨時偵訊而惱怒，潘勳明都已經決定殺害劉晏珊，而在面對潘勳明的暗示後才警覺的李麟飛，無論如何都救不了妻子了。

這種想法一般都是用來安慰喪偶的伴侶，可以讓當事人減少一些內心的罪責。夏展霖看李麟飛的態度卻反而不是那樣，李麟飛的歉疚感始終在他哀愁的眼神中揮之不去。

夏展霖顯然已預料到這個反應，他等候片刻方出聲道：「時間不早了，我想目前的詢問到此為止。告辭之前，我想借用一下洗手間。」

李麟飛猶似仍在愁雲慘霧中掙扎，沒有出聲，僅僅點了點頭。夏展霖說了聲「不好意思」，自行走入內室。

待旁人走遠，始終假裝欣賞家飾的朱晉杰這才靠近李麟飛。

「你別想騙我。」

朱晉杰忽然冒出一句，李麟飛依然低垂著臉，但肩膀明顯顫動一下。

李麟飛緩慢地仰起臉。「你說什麼？」

朱晉杰用兩指把菸夾住，嘴角微揚，卻不含一絲笑意，懶懶地說：「你不想讓那個學心理的繼續問下去，所以才裝出很難過的樣子。哎……不是說你不難過，只是在案子水落石出之前，我知道你就算把眼淚憋在肚子裡、把腸子都撐破了，你也不會哭出一滴淚來。」

李麟飛沒有出聲回應他。

「我不管你在盤算著什麼──」朱晉杰呼出一口氣，像在抽菸那樣，但實際上並沒有任何煙霧。「把一輩子都搭進去的話，就太不值了。」

4

頭一回跟李麟飛搭檔的時候，朱晉杰就知道大事不妙——他想悠悠哉哉混到退休的日子到頭了。

姑且不說他至少還要工作二十年才到法定退休年齡，現在沒幾個後輩願意進刑事組，人力短缺，連芝麻綠豆大的小事也得自己埋頭苦幹。

早先有一陣子，他還得到各高中去舉辦演講活動，鼓勵面對學測的年輕人拋棄學業包袱，投奔警校懷抱。當然，他不會如此直白表示「英文掛蛋的傢伙全來當警察吧」，他通常都是用一種「寓教於樂」的方式建議學生們保家衛國，萬幸現在的年輕人早熟，聽聽笑笑也就算了，不會到市民熱線投訴他用另類方式鼓勵學子們從警。

不過他在想自己會不會真的有演講的天分，不然怎麼會在考生放榜後的暑假，他就接獲升官的消息？

他被調任本市偵查一隊，頂頭上司從縣政府變成市政府，成為偵一隊的副隊長。那時候李麟飛剛分配到一件殺人案，連招呼都省了，馬上拽著他去現場，秉持言教不如身教的精神，讓他很快適應了偵一隊的隊長潛規則。

命案現場在一間老舊公寓，死者是一位陳姓婦人，被下課回來的兒子發現陳屍家中。

婦人頭上有一處傷口，倒臥客廳，衣衫略顯凌亂。屍體附近掉落一只染上血跡的菸灰缸，經過比對，證實是襲擊婦人的凶器，顯然婦人因頭部鄰近太陽穴的側邊遭到菸灰缸猛烈撞擊，重創而死。

其後經過法醫初步判斷，婦人死亡時間大概在一到兩小時前，而同一層樓的鄰居也提供證詞，表示就在一小時前，曾看見婦人的丈夫醉醺醺地闖了進去。

原來，婦人因受家暴申請了對丈夫的限制令，但酗酒的丈夫仍因醉酒意識不清，時不時到妻子的住所騷擾。妻子害怕吵到鄰居，也害怕丈夫有什麼更難堪的手段，常常給錢了事。

「這麼說，就是要錢不成，發酒瘋把人砸死了？」

當進行附近訪談的巡警過來報告消息，朱晉杰順著事實下了推測。

在現場踱步觀察的刑警隊長李麟飛聽了沒回應，倒是走到冷氣邊，按下冷氣開關，直呼「好熱」。

朱晉杰有那麼一剎那傻住了。

很熱是沒錯，畢竟現在正是夏天嘛，不過打開死者家裡的冷氣，似乎有那麼一點不尊重。

那時候周圍的鑑識人員也不約而同目擊李麟飛的行為，幾個人更朝朱晉杰瞥去幾眼，好像在打量這位刑警隊長的新搭檔會不會挺身而出。

結果朱晉杰當然啥也沒說。開玩笑，他可是奉行能混且混的生活準則，頭一天就因為開冷氣跟搭檔鬧翻了，以後還怎麼朝夕相處？

而李麟飛甚不在意旁人的目光，依然站在冷氣機的出風口消暑。後來沒幾分鐘，整間屋子裡就聽見冷氣機發出巨大的噪音，不知道是機臺哪裡出了問題，發出的聲音就像被堵住排氣管的老爺車，聲音大到牆壁上的窗戶都在震動。

這要是開一整晚，鐵定會被環保局上門稽查，想也知道，這就是為什麼發現死者時家裡熱得跟暖爐一樣的原因。接著，照理說打開冷氣電源的人應該把它關上了，因為整間屋子裡的警務人員都像身處噪音的環繞音響，不過李麟飛卻在研究這臺某部分故障的冷氣，過了兩分鐘才捨得按掉電源。

回到局裡，有人建議趕快帶陳姓婦人的丈夫過來問訊，李麟飛居然反問：「為什麼？」

「有目擊者看到案發時間他在陳姓婦人的住所出入，而且還有家暴歷史，這不是很可疑？」

「但是菸灰缸上沒有凶手的指紋。」

「可能是擦掉了吧！畢竟是殺了人……」

「也沒有擦拭過的痕跡喔。」李麟飛指著隔壁一臉老實樣的鑑識人員。「專家說的。」

後來朱晉杰才知道這位被李麟飛稱作「專家」的人，只不過是鑑識組裡跑腿遞報告的小夥子。

不過那個當下，那位警官也不能反駁李隊長的反駁了。

達到目的後，李麟飛竟頗為從容地發令：「其實你說的也有道理，但我猜那名死者丈夫現在大概也醉得跟死人一樣，你去把人帶來，弄清醒了準備問訊。在那之前，先把死者兒子帶來。」

這種顧全彼此面子的「委婉」說話方式，為什麼如此討人厭呢？朱晉杰在一邊偷偷地想。

死者兒子兼第一發現人被帶來分局時，李麟飛把分局長室桌面上不知道誰孝敬的蛋糕禮盒拿過去，當作他慰問不幸的禮物。

死者兒子是個高中生，暑假的上午上了暑訓，下午還去打工，之後才返家。談話間，兒子一直很畏縮的樣子，有問題都會回答，可是絕不多說。

李麟飛仔細地觀察他。

「我們目前認定你的爸爸嫌疑很大。」問清家庭背景，李麟飛如此說：「你跟你爸爸已經分開有段時間了吧？會想念他嗎？」

兒子的臉忽然閃過一絲異樣的神情，繃緊了下嘴唇說：「他就是一個會打女人的酒鬼，我沒有那種爸爸！」

李麟飛繼續問：「就算這樣，還是父子吧，還是會有感情……」

「沒有！」兒子狠狠打斷李麟飛的推論，咬牙切齒說：「我沒有那種爸爸！是他殺了我媽，快把他抓去關！」

看來人證非常齊全，朱晉杰忍不住想，這件案子可以很快結案了，沒想到李麟飛突然說：「其實我不覺得你父親是殺人凶手。」

對方愣了一下，朱晉杰也滿臉狐疑。

「你媽媽另外有交往對象吧？」李麟飛問道。

兒子稍微回神，強壓怒氣道：「沒有。」

「別想騙我——你媽媽又不抽菸，家裡為什麼要準備菸灰缸？」

「那不是我家的。」

「可是之前有去你家串門子的大媽，說之前看過這個菸灰缸在你家桌子上。」

兒子沒說話了。

李麟飛趁勢問道：「那是你媽媽準備給別人用的吧？讓我想想……我在房裡找到一些名片，那個人該不會是搞裝潢的……水電工？還是……」

說到「水電工」時，能看見兒子的身體抖了一下。

李麟飛裝作沒有看見，假裝自說自話：「對了，有張紙條上面寫著……好像有人今天會來修冷氣？」

「……沒有！」兒子忽然大聲說道。

「是嗎？但你家裡客廳的冷氣壞了。」李麟飛一臉正經。

「壞了就壞了，我們又沒在用。」

「胡扯，你們的電費帳單可不是這麼說的，擺明了就是有開冷氣。」

朱晉杰隨即看見這高中生敗下陣來，一五一十供出了一個人。

原來陳姓婦人申請對丈夫的限制令後，認識了一名住在附近的水電工，兩人之間產生情愫，卻礙於陳姓婦人的丈夫不答應離婚，這段婚姻關係進入纏訟階段。

婦人的兒子知道母親跟別的男人交往，他並不反對，實際上他也深受家暴所苦，對父親感到失望不已。當他發現母親死去，雖然在還沒有證實凶手是誰的情況下，他已決心一口咬定父親涉案，那樣一來，他就可以藉機脫離父親的監護權，真正地遠離那個滿是痛苦回憶的家。

孩子的願望很單純，當唯一支柱的母親離去，他也沒有其他顧慮了，只想過自己的日子。

李麟飛率人去抓那個水電工時，那人正在拉下鐵門，想打烊準備逃難。李麟飛起初還算溫和，對他說：「請你到局裡說明情況。」不料那水電工極度不配合，還說自己是風溼痛想趕去醫院就診才提早打烊。李麟飛聽到火氣也來了，右腳赫然一踹，把一臺最新型的除溼機整個踹壞，那水電工本來就心虛，加上李麟飛凶狠的樣子，馬上軟腿投降。

這起自宅命案，就在水電工的自白後畫下句點。

原來這名水電工也不是單身狀態，家裡還養著一個老婆，但在遇到陳姓婦人後，色心大起，連哄帶騙耍弄了人家。陳姓婦人由於遭受丈夫長期的家庭暴力，已然忍無可忍，只好央求水電工帶她離開她丈夫。

剛好那天丈夫又來鬧事，走後不久，水電工依約前來修理冷氣，還沒動手碰冷氣機，水電工就聽陳姓婦人訴苦，央求他帶她走。

水電工一聽連忙拒絕，不過逢場作戲而已，哪能假戲真做呀！但陳姓婦人似乎嗅出一點端倪，拿了兩人合拍的照片，意有所指地希望水電工不要背叛她。兩人發生一些爭執，水電工一時惱怒，看見菸灰缸就拿起來朝婦人的頭砸了下去，事後他把照片拿走，悄悄離開現場。

水電工認罪畫押，已經是傍晚的事，分局裡該下班的下班，不該下班的抱著想下班的心情上班。李麟飛走出偵訊室時，剛好碰到睡在走廊、酒醒起床的陳姓婦人的丈夫，那一身酒味的男人連自己怎麼到這裡的都忘了，朝剛好站在對面的李麟飛發酒瘋。

李麟飛眉頭一皺，右拳一握，給了這位失格丈夫一記當頭棒喝。這拳強而有力，他完全清醒了，大吼：「你是警察嗎？警察敢打人民啊！叫什麼名字？我要告你！我要告你！」

李麟飛沒理他，冷眼瞧著，那丈夫討了個沒趣，直接過去想掀李麟飛掛在胸前的識別證。李麟飛倒也不閃，只是很厭惡地側過臉，問他：「看清楚名字沒有？」

那丈夫茫然地點點頭，肚子又挨了一拳。

李麟飛看似滿意地掉頭離去，朱晉杰跟在身後，不知道這一幕是不是能成為他勒索隊長的手段？隨即聽見身後那丈夫很生氣地喊：「姓朱的！朱、晉、杰——你別走！我要告你！告你！」

朱晉杰這回真的完全愣住了。

「喔，對了，我差點忘記給你，你的新證件。」李麟飛回過身來，把胸前的識別證拿下來放到新主人的掌心。「歡迎加入偵一隊，小朱。」

「……」朱晉杰低頭看著自己的識別證。對啊，他就覺得奇怪，這證件隊上沒幾個人有戴，偏偏如此豪邁不羈的隊長戴了……第一次他覺得自己的名字出現在不該出現的地方。

「證件照都拍得特別醜，我很少戴，你就隨興吧。」李麟飛揮手道別。「今晚就不請你吃飯了，我猜你得好好想一下破壞嫌疑人財產的理由，雖然只是一臺除溼機而已，但報告要寫得好看一點。對了，後面那個酒鬼不用理他，等等醒來大概也忘了被人揍過——那就先這樣了，明天我再給你接風洗塵。」

「他就是這樣一個人啊……」

聽見旁邊駕駛座傳來聲音，夏展霖忍不住問：「你說什麼了？」

「……沒事。」

朱晉杰咳幾聲清清喉嚨，在這趟返家車程裡，他腦海閃過某些有關李麟飛的記憶。

不算好，但也不至於太壞——順帶一提，整理筆錄時，他發現李麟飛才沒去調查陳姓婦人家裡的電費帳單，一切都是靠著推理而假意製造的對稱資訊，想逼兒子說出真相；當然，李麟飛在現場根本沒有發現什麼水電工的名片跟字條，也沒有訪問過串門子的大媽，全是憑著一臺故障的冷氣所推演出的結論。

『還有，因為死者陳屍的地方是在客廳，那就表示死者會讓凶手進入室內，誰會讓陌生人到屋子裡？兩人一定有某種交情吧。加上凶器是死者家裡所有……啊？你問我怎麼知道是死者家的？拜託，如果凶器是凶手準備拿去殺人，我會建議他直接拿刀子比較快，效率也高，之所以拿菸灰缸，就簡單兩個字——衝動，所以隨地取材。結果打下去自己也慌了，加上原本那個凶器就不屬於自己的，所以逃走的時候沒有隨手把所有物攜帶離開的想法。話又說回來，既然凶器是順手拿的，為什麼上面沒有指紋？沒有指紋就算了，也沒有擦拭過的痕跡？這樣只能推測凶手從一開始進入屋中就戴手套了吧！夏天沒人會戴手套，除了水電工。』

李麟飛隔天一邊請朱晉杰喝酒，一邊解釋，好讓新搭檔可以趕快把調查報告寫妥交出去，這樣侯振岳也不用追著他的屁股跑了。

就這樣過了幾年了呢？這念頭在朱晉杰腦海一閃而逝，但他沒有認真去想。這問題對他來說，就像在算他一年抽掉的菸全連起來可以繞地球幾圈同樣毫無意義。

他一直覺得人與人的交往就該跟抽菸一樣，吞下去還得吐出來。不管過程經歷了什麼，灼傷咽喉、還是有什麼留在肺臟裡發爛，都只有自己知道，而吐出來的東西就該輕得像煙，隨便一陣風就可以輕易吹散。

他狠狠吸了一口菸，又一口氣吐息著，彷彿是想告誡自己，剛才對李麟飛的一番勸告，並未改變他任何關於人際關係的看法，他的「抽菸論」依然穩固。

「隊長，你知道抽菸的行為在心理學上來說，與嬰兒吸吮母乳的行為有部分關聯嗎？」

夏展霖若無其事地打擾了朱晉杰的夜晚。

在這個狹窄的車體中，在這座城市繁華的晚間，他只想一個人靜靜地抽菸——若不是這車子是公家的，而且兩人還同樣住在一棟公家宿舍，他真想丟包這位新隊員。

朱晉杰露出一種似懂非懂的表情。「你居然看出來了？實際上我格外缺乏母愛——不如說是乳房。你判斷的真正確。」

兩人一陣沉默。

紅燈了，車子停在斑馬線前，後面一輛機車呼嘯而過。應該追上去開罰單賺個業績的，朱晉杰想了想，腳下卻沒有踩油門。

隔壁忽然又傳來聲音：「你猶豫了。」

「呼……」朱晉杰吐出一口菸，無奈地看向副駕駛座。「你可以不要剖析我了嗎？談談前隊長家裡的衛浴設備如何好了，你剛剛才在裡面拉屎。」

「我沒有。」

「好吧，撒尿？」

夏展霖露出一個禮貌性的苦笑。「其實我是想趁機觀察一下李前隊長家中的情形。」

「難怪你在裡頭那麼久，我還以為你膀胱容量驚人。」

「搜尋被害者的家，本來就是例行程序，而你這次並沒有這麼做。」

「他自己也是個刑警，不會有什麼線索沒被發現。」

「人們對於日常生活時常接觸到的事物，會因習慣性而忽略。」夏展霖平心靜氣地解釋。「我只是希望我們不要錯過任何一絲線索。」

「或許你可以明講。你以為他看不出你蹩腳的藉口？」朱晉杰道：「我告訴你吧，我去過幾次，是間豪宅，裡面還有酒窖跟小型健身房。那人現在心情不好，不然你如果看到喜歡的東西，他可能會讓你帶回家當伴手禮，那等會兒我們就能暢飲一瓶三萬八的紅酒了。」

「其實，過分的玩笑是一種偽裝手段。」

「好，算我輸了。你可以講述你的意見了，我盡量不讓你接下來的發言從我左耳飛出去。」

夏展霖一笑置之。「家裡的情況感覺得出來夫人已經離家許久。洗衣機裡成堆的髒衣，還有窗外快要枯死的盆栽，更衣間蒙塵的把手。」

「——哇！我居然『不』知道他老婆不在了。」朱晉杰忽然裝模作樣地喊了出來。

「但是他換了床單。是新的床單，上面的折痕還清清楚楚，可見剛拆開包裝紙還沒多久。」

「如果沒人整理房子，乾脆換一張新床單有什麼奇怪？」

「原本是不怎麼奇怪沒錯，但現在的情況是，他失去了妻子。依照他對妻子的情感，我判斷他是趨向於保留現狀的性格，他不會更動家裡的擺設，甚至是一張有妻子氣味的床單。」

又是一個紅燈。

夏展霖繼續他的推論：「你或許也發現了，原本客廳地上鋪了一張地毯，時間很久了，可能是白色絨毛的，因為沙發椅腳還纏著幾根細碎的白色絨毛。這張地毯不見了。」

朱晉杰停下車子，目光對準前方街道，那裡有一位正在翻動垃圾桶的流浪漢。

「人們是不會變的。」朱晉杰聽到隔壁那個目光銳利的傢伙這麼說：「而改變不會毫無理由。」

5

李麟飛自認對不起妻子。

他不敢對任何人提起，在妻子離家期間，他就和那些他曾痛罵過的外遇男性一樣，跟其他女人上了床。

想刻意激怒對方來喚回情感的這種愛，不是真正的愛，那是一種淪於報復形式的不甘心。

李麟飛想找個地方痛訴自己不該被原諒，而他覺得，那地方該是地獄。

十一月十二日，又是個死寂的早晨，一大早李麟飛便驅車出門。開車的時候，他腦海浮現久未謀面的岳母，雖然之前妻子去照顧岳母回來都會跟他訴說岳母的情況，但沒有真正見到面，那些關懷也不過是流於形式罷了。大約在兩、三個月前吧，他跟著妻子去拜訪岳母，那時候岳母的失智症發作，連女兒也認不出來，反倒只記得輪班照料自己的護士姓名。

那時候李麟飛總是想，記憶喪失了真是一件可怕的事，那些珍貴的回憶竟忽然間變得如同一粒塵埃，毫無存在感。

但如今他卻感覺就這麼失去記憶該有多好，那麼眼下所有苦痛的、悔恨的事實，便可以輕易拋棄。

療養院在鄰市一區，銜接馬路的車道入口旁，聳立一根水泥柱以金邊字體大大地標示著「**福安療養院**」。這趟車程沒有花費多久時間，倒是將車子駛入停車場後，李麟飛花費一段時間在車內沉思，試想他等會兒得用什麼說詞完成自己的目的。

他現在已被停職，手裡不具備任何調查權，就算復職之後也只是個負責內勤的警務佐，更沒有理由接手任何刑事案件。

李麟飛回想自己的刑警生涯，何曾料到會有今天這步田地？而追根究柢，就是這一起連續犯案的凶手太過詭異，甚至觸及了他妻子的生命。若說先前他對凶手的反感，是基於一種與職業相匹配的正義感，那麼現在他對凶手已到了憎惡的地步，甚至不惜親手血刃。

從車裡出來時，李麟飛將刑警證放入口袋。他知道，當他私下利用這份權力達到目的，他便辜負了局裡那些信任他的同伴；沒有強行繳回的證件，現在成了他報復的道具之一。

自地下停車場拾級而上，院內大廳播放的古典音樂隱約可聞。一條大樹排列成的綠廊連接著療養院，一桿造型路燈下掛著金屬告示牌標明活動中心、行政區、訪客大廳、醫療站等等方位。

李麟飛走到大廳櫃檯處，剛放下電話的接待人員隨即站起，擺出微笑道：「您好，請問需要什麼服務嗎？」

李麟飛抽出刑警證。

「有一件案子需要貴院幫忙。」他冷靜地述說。

張燕離婚以後，拿了贍養費成立一家會計師事務所，店址就在某商業大廈的八樓，距離劉晏珊舊宅僅需要十分鐘腳程。

夏展霖同朱晉杰拜訪時，張燕在會客室等候他們。

張燕戴著墨鏡，等奉茶的打工小妹離開後，她才摘下墨鏡，露出紅腫的雙眼。

「不好意思。」她說：「做我們這一行的不精明一點不行，可是……晏珊的事，我實在沒辦法。」說著，語氣又哽咽起來。

「沒關係。」夏展霖釋出善意，凝視對方的臉。「我們能明白您的心情，但為了死者在天之靈，希望您能幫助我們警方調查。」

「這是當然的！」張燕語氣堅定，看了一眼坐在夏展霖旁邊的刑警朱晉杰一眼，她認得他，是李麟飛的搭檔，她問：「但是晏珊的老公呢？出了這種事，我還以為他會過來。」

「調查人員如果跟案情有關都會被撤離調查，這是慣例，為了避免主觀概念影響判斷。」夏展霖回答道。

張燕的神情看來有些不滿，嘀咕著：「我原本想好好質問他，到底為什麼讓晏珊出事……太過分了……」

朱晉杰始終擺著一張無關緊要的臉，似乎打算把問案的程序交給夏展霖主導。

「在您回答部分問題前，希望您能答應，在警方尚未調查清楚前，不要將今日談話的內容透露給第三者知道。您是劉晏珊小姐的舊識，媒體記者過不久一定會查到並登門拜訪，到時候您的反應有可能影響凶手對外界的認知，您明白其中的利害關係嗎？」

張燕皺起眉頭。「大概知道吧……以前晏珊就常告訴我，你們刑警辦案總是神神祕祕的，連親屬也不肯透露。」

「這是為了保障您的安全，同時也是為了不刺激到凶手，您能瞭解真是太好了。」夏展霖清晰地說道：「那麼我們就進入正題。有關您與劉晏珊小姐之間的聯絡，您還記得最後一次與她見面是哪時候嗎？」

「我記得，是八日的上午，十一月八日。」張燕很篤定。

「根據我們警方調查的結果，當天您與劉小姐之間的通話紀錄總共有四通。」

「唔，查得真仔細啊……沒錯，第一通是晏珊打給我的，我記得好像很早，還不到早上七點，那時候我還在睡，接電話後晏珊可能聽出來了，雖然我說沒關係，她還是很抱歉地說晚點打給我。後來我上班前打給她，問怎麼了，她好像很猶豫，什麼都不講，前前後後我又打了幾次，我打算約她吃中餐聊聊。」

「所以妳們是中午碰面？」

「沒有。晏珊說胃口不好沒答應，我們見面是在結束通話稍晚的十點多。」張燕略顯激動地說：「說起這個，我一直覺得這件事很重要，我昨天又想了一下，絕對沒錯——晏珊想跟我借錢！」

彷彿嗅到什麼重要隱情，朱晉杰的臉色不由得沉了一點。

夏展霖接著問：「借錢嗎？要借多少？用什麼理由？」

「她跟我借一百萬，說是想讓伯母進行國外引進的最新治療療程，你們知道晏珊的媽媽在療養院嗎？失智的症狀好像越來越嚴重了。但是她不好意思跟她老公開口，說是一直以來已經讓他幫太多忙。」

「您答應借錢了嗎？」

「答應了，十點多那時候我就把支票拿給她。」好似看穿夏展霖眼底的疑慮，張燕立刻解釋：「其實先前幾通晏珊打給我的電話，我就察覺她好像有了什麼麻煩，吞吞吐吐的，感覺很無奈的樣子，所以那天她說要借錢，老實說我不感到驚訝。雖然我預先猜測可能會是二、三十萬吧，不過我又沒有小孩要照顧，生意上也很穩定，所以我不擔心把錢借給她。」

「那張支票已經有人兌領了嗎？」

張燕搖搖頭。「目前還沒。如果有人去兌現那張支票，銀行會通知我。」

「兌換期限到什麼時候？」

「四個月之內。」

也就是明年的三月八日了。夏展霖在筆記上寫下這個日期。

「您在把支票交給劉晏珊小姐後，她是否有提及接下來的行程或任何事？」

張燕垂下眼簾，思考片刻。

「沒有。我也問過了，但她說沒有，可是我一直覺得她應該是要去跟誰會面。」

「怎麼說？」

「因為晏珊的臉有上一點妝，而且衣著也很正式。我記得她如果去療養院探望伯母，應該不會故意打扮。」張燕輕輕嘆了一口氣。「那時候我還以為她晚點要跟老公和好，聽說她離家出走時，我很驚訝——那天她不是跟她老公見面嗎？」

「很遺憾，目前已知您是最後一位與劉晏珊小姐有聯絡的人。」

「怎麼這樣……那、那你們也還不知道晏珊是在哪裡失蹤的了？」自從得知好友是這陣子斷指凶殺案的最新受害者，張燕便一直處在又急又氣的情緒裡。原本只是單純的社會新聞，可一旦跟周遭的人沾了邊，就感覺彷彿有一種鄰近的壓迫感，無法再置身事外。

夏展霖倒是誠實，點點頭說：「這一點確實如您所言，我們還未掌握到劉小姐最後的行蹤，您有任何線索嗎？」

「我也不知道呀。」張燕難受地垂下肩膀。「從以前到現在，她就是一個堅強的人，有什麼困難也不肯跟別人講，放著自己煩惱。我原本以為她結婚之後有老公陪著，應該會比較不那麼鑽牛角尖。」

「您覺得劉小姐是個鑽牛角尖的人？」

「嗯……我是這麼覺得的，因為在某些方面，她常常固執到把自己陷入很困難的境地。」

「有什麼例子嗎？」

張燕沉吟片刻，面現愁容，壓低了聲音：「就拿最近發生的事情來說好了。你們知道嗎？晏珊流產的事？」

「大致上瞭解情況。」夏展霖不動聲色地說。

「她打電話給我的時候，好像是住院回家的隔天，她的聲音無精打采的，跟我說她的孩子沒有了——『一定是因為用盡了幸福的額度，所以我不配再擁有，我生病的媽媽，還有我可憐的小孩，都被我牽累了』，晏珊是這麼說的，好像過得幸福是什麼十惡不赦的事。明明流產已經很難過了，偏偏還要讓那些毫無根據的念頭折磨自己，真是……真是太傻了。」

6

「結果也沒問出什麼有價值的線索。」

回分局的路上，朱晉杰了無生氣地說。把小碗的炸醬麵吃完，筷子就像香菸一樣叼在嘴裡，環顧人來人往的店面。

「我不這麼覺得。」

夏展霖斯文地把筷子擺在桌面，直視著這位毫無餐桌禮儀可言的同伴。

「是喔。」朱晉杰挖苦地說：「說來聽聽，你又用那可以洞察人心的雙眼觀察到什麼了？」

「我的假設沒錯，被害者劉晏珊跟凶手直接接觸了。」

「啊？」

「她向張燕借款的一百萬元，肯定不是如她所說是為了母親的療養費，她以不願麻煩丈夫的名義借錢，但還錢的時候怎麼辦？她沒有工作與存款，李隊長一定會過問，到時候一樣會曝光；換言之，她需要的這一百萬，用途大概跟李隊長有關。而她猜測，李隊長不會答應支付，所以她轉而向朋友求援，甚至，她做好將來離開李隊長的打算。」

「離開……你說的是？」

「離婚，或者死別，我無法確定；但可以知道，李夫人對李隊長的情意，有可能驅使她往危險的地方踏足。我猜在李夫人小產後，她的精神一直處在不安定的狀況，極端一點想，夫人為了平衡她所謂的幸福額度，有可能做出某些補償性的行為，也許就是在這期間遇上了想對李隊長復仇的凶手。」

朱晉杰把嘴裡的筷子拿掉，沒好氣地說：「所以女人就是麻煩，自顧自的想東想西。」

「個性的養成，與生長環境有極大的關聯，李夫人之所以如張燕所言鑽牛角尖，可能生活中曾發生過什麼事吧。不過這一點讓我能對她有進一步的認知，而且更加確信她與凶手接觸的動機，如果可以查出這段時間有誰出現在她身邊……」

這時，手機傳進一封簡訊。是柯凡通知說李麟飛與他已經在鑑識組的小房間裡等候了。

監視畫面裡是晚間的療養院櫃檯，轉換為紅外線攝影的監視器，錄下黑白色調的場

景。

自走廊一端走來的男子，與櫃檯人員進行短暫交談後，櫃檯人員將無線話筒遞給這名男子——男子撥出電話的監視畫面時間顯示為十一月七日晚間九點十三分，剛好與劉晏珊通話紀錄中某通來自療養院的電話時間吻合。

夏展霖和朱晉杰、柯凡三人聚集在播放畫面的螢幕前，看見這位畫面中的男子轉身之際，留下清晰的面孔。

是潘勳明。

畫面定格在潘勳明分不清是笑是諷的臉，夏展霖沉默端詳。

這是李麟飛從療養院帶回來的監視畫面，足以證明潘勳明借了療養院內的電話打給劉晏珊，時間相符，地點也相符，但夏展霖無端感覺有哪裡不對勁。

「這下子很明顯了嘛。」朱晉杰道：「這小子利用療養院的電話掩人耳目，說不定還冒用工作人員的名號。對了，我們今天跟張燕打聽到嫂子借錢的事，說不定就是潘勳明接近嫂子的藉口。」

李麟飛一聽隨即蹙起眉來。「你說借什麼錢？」

「張燕說嫂子跟她借一百萬，要給住療養院的母親治病。」

「不！沒這回事，我沒聽院內的工作人員提過。」李麟飛訝然。

朱晉杰一副意料之中的樣子。「我們早就猜到這件事是假的，這是潘勳明想找機會接觸嫂子的辦法，恐怕嫂子上當了。至於那張一百萬的支票，如果有人去領最好，我們已經在銀行安插人手，隨時準備當場逮人；不領的話，在他住所搜到也是證據一枚，再怎麼樣他都無法抵賴。」

夏展霖觀察到李麟飛表情中的憤恨，閉口不言。

「那麼接下來呢？」

說話的是柯凡，眾人的目光卻往朱晉杰瞥去。

現在被指派為這組私下調查斷指命案的負責人，朱晉杰照樣顯得毫無緊張感。「說得也是，接下來嘛……去申請搜索票不知道行不行……」

「稍等一晚吧。」夏展霖說：「明天我去找潘動明問話，確定他十一月八日之後的行程，如果有作案時間，申請到搜索票的機會比較大。」

「你要去找他？」柯凡問：「不是可以傳訊嫌犯到局裡？你們前線搜查人員怎麼說的，有證據就打鐵趁熱？」

「我認為處在嫌犯熟悉的環境中，容易讓嫌犯掉以輕心。有機會的話，也許能讓他脫口說出些什麼。」

朱晉杰習慣性看了看李麟飛，後者並無表示，朱晉杰便同意道：「好吧，就先這樣。」

李麟飛跟朱晉杰一前一後離開，柯凡正打算返回工作崗位，夏展霖叫住了他。

「這個——」夏展霖拿出剛才察看療養院監視畫面的光碟片。「雖然是拷貝的，但還是可以查出有無造假痕跡吧？」

「開玩笑的吧？」柯凡順手接過。「如果看不出來，我就不必在鑑識組混了。但是你要我查什麼？你懷疑時間被竄改？」

夏展霖冷靜地說道：「時間也好、人物頭像也好，影片裡若有動過手腳的地方，麻煩請知會我。」

「哦，瞭解。」柯凡把光碟片拋在掌心把玩著。

「還有——」夏展霖拿出一個裝在塑膠袋裡的紙杯，那是拜訪張燕時，他悄然拿走沾有張燕唾液的杯子。「這是與劉晏珊有最多機會接觸的同性友人，你檢驗看看這人的DNA跟不明血跡是否一致。」

「好。」柯凡拿走證物。「之前沒聽你們提過要調查張燕。」

「我也是臨時起意，謹慎為好。另外，斷指跟信封的檢驗，有什麼新發現嗎？」

「目前還沒。信封表面被威士忌潑過，威士忌是強酸性，很多隱藏指紋都被破壞，我上午用其他方法，還是沒有辦法採到另外的指紋。我會繼續嘗試，不過你還是別抱太多希望。」柯凡苦笑說道。

「果然是這樣嗎……」

「啊？你說什麼？」

「沒事。」夏展霖道：「那就繼續拜託你了。」

「沒問題！」柯凡開朗地回答。夏展霖轉身朝外頭去了，柯凡視線回到自己手裡的這片光碟，忍不住對著夏展霖的背影大喊：「喂，你這該不會是……在懷疑李隊長吧？」

聞言，夏展霖停下腳步，慢慢轉過身來。

他的表情認真凝重，讓柯凡有點懷疑他們彼此的歲數真的差不多嗎？感覺那雙眼神好像已經看過什麼太多複雜的東西……

「查清真相之前，我不會妄下斷言。」夏展霖輕聲道。

什麼啊？耍帥嗎……柯凡抿起嘴，凝視著夏展霖徐徐走遠。

第四章　三個月前，八月

1

錢誼萱穿過公園林蔭，往標示著社區游泳池的方向前進。

早上六點多，這附近除了幾位老人家晨起做早操外，幾乎沒有人。

錢誼萱已經熟悉這種早起的生活作息，從國中加入游泳校隊開始，她養成晨泳的習慣，到現在高中三年過去也沒有改變。

社區裡的公設游泳池在暑假一開始販售游泳月票時，她就搶先買了兩個月，看來是打定主意在這個升大學的暑假也不鬆懈晨泳。

這間開設在社區公園旁邊的游泳池深得里民喜愛，除了一般規格的泳池，還有另設小型滑水道跟噴水柱，而且只要是居住在這一社區內的居民都可以用打折的價格買到更便宜的票券，這對喜好游泳的錢誼萱來說簡直就是福音。

她迅速換裝完畢，把隨身物品鎖在投幣式櫥櫃，全副武裝地直抵成人泳池。那是有著二點五公尺深的泳池，早班的救生員是個皮膚黝黑的壯漢，戴著墨鏡，已經坐在高處觀望。

不知道是不是因為晨泳的人少，錢誼萱在做暖身運動時，感覺那位救生員的視線似乎落在她身上，不過救生員的職責不就是看著游泳的人嗎？如此一想，錢誼萱就不怎麼介意了。而且她本就是把握早上客人較少的時候來游泳，有一次她下午來，到處擠滿了帶小朋友來玩水消暑的家長，根本沒有空閒的泳道可以讓她游泳。

感覺暖身運動做得差不多了，錢誼萱預備下水，這時候泳池入口處忽然走進兩位女性，穿著惹火的比基尼，一邊談笑、一邊往這裡來。

錢誼萱注意到她們，不禁在心裡嘀咕：「連泳帽都還沒戴呢，還不趕快把那頭搶眼的長髮收好。」同時發現那名救生員的注意力也被這兩位女性吸引走了。

哼。

錢誼萱不悅地癟著嘴，無視旁邊註明不可跳水的牌子，故意像比賽那樣跳入水裡，接著展開雙臂用自由式游了起來。

說起來，昨天她參加國小同學會時，也有這麼一個一頭褐色長髮的同學。更重要的是，陪著她一起出席的男友張信宏，居然比她更熱中地跟女同學們攀談起來。就是因為這樣，同學會結束後，他們稍微吵了一架，她鬧著彆扭將手機關機，一整晚都不跟他聯絡。

一想到男朋友對她國小同學色迷迷的樣子，她的心裡就湧上一股妒意。他們已經交往三年，幾乎整個高中都在一起，當初還是他追她的，說她清純可愛，沒想到交往之後，他的眼神反而時常往打扮亮眼的時髦女性身上瞟。她為此和他冷戰幾次，不過都被他勸哄著和好。

也只不過是看看而已嘛，又沒做什麼不規矩的舉動——他總是這樣辯解。不過昨天真是太過分了。本來她也沒想參加什麼同學會，全是因為他無意間看到邀請函，慫恿著一起去。

說起來，國小她最熟識的朋友因為出國留學沒出席，她就覺得有些孤單了，跟其他人也只是普通交情，頂多聊聊現況；不料一轉身，身為男朋友的他已跟其他女同學聊得熱烈，還留下聯絡電話。

之前就覺得他越來越輕浮，好像感情經過高中這段懵懂期，開始有些轉變。剛好現在要等分發上大學了，她便考慮要不要趁機分手……

她的腳在水面下蹬向牆壁，完美地轉身折返，揚起的手臂激起一波晶瑩的水花。

發現事情不對勁的，是錢誼萱高中時期最好的朋友徐攸容。她本來跟錢誼萱約好中午一起吃飯，然後去百貨公司為大學治裝。可是她在公車站等了又等，錢誼萱沒來赴約，已經超過約定好的十一點，打電話給錢誼萱，手機也一直處在關機狀態。

後來她又打市內電話給錢誼萱的家，錢誼萱的母親說人不在，從早上去游泳之後就沒回來了。

徐攸容疑惑之下，又想起她那同班同學、同時也是錢誼萱男友的張信宏，打電話給他，才知道他根本也不知道人在哪，而且誼萱會關機還是這傢伙拈花惹草的錯。

把張信宏揶揄了一頓，徐攸容覺得再等下去也不是辦法，於是傳了一通訊息給錢誼萱，暫且回家等她消息。不想一晃又是一下午音訊全無，到了晚上九點多，來了一通顯示為誼萱家的號碼，徐攸容一時以為是錢誼萱打來的，不料是誼萱的媽媽，問她知不知道誼萱的下落。

「她都沒回家嗎？」徐攸容訝異反問。

「沒有……打她手機也不接，電話鈴聲沒有響，是關機還是怎麼樣？」不甚明白電子產品的伯母憂心忡忡地問。

「應該是關機了，有可能是手機沒電。」她猜測地說。

電話那頭沉默了片刻。

「如果有誼萱的消息，打個電話給我，好嗎？」

「知道了，伯母。那誼萱等等如果回家了也通知我一下。」徐攸容掛上電話。

然而這一等，就是五天之後。

2

八月十五日，第二起斷指案曝光。

距離錢家報案失蹤過後五日，一封裝著錢誼萱一截小指斷指的信送到信箱裡，被順路拜訪錢母的徐攸容帶去樓上。

裝在信封內的斷指經過檢驗，證實是錢誼萱本人所有。信封的材質、作案手法，一些有關斷指案的細目經過比對後，確認跟第一起發生在二月的女高中生斷指案相似，此案便一併交給了李麟飛負責。

李麟飛跟朱晉杰等偵一隊的人員徹夜未眠，一直琢磨著這兩件案子，一遍遍反覆比較，卻沒有得到突破性的結論。

「那麼，我們再來重新整理一次。」

時間是八月十七日早上八點，李麟飛吊著黑眼圈，不知說過幾次重新整理案情。

一干刑警約有六人不由自主地低聲嘆息，順著隊長李麟飛的說法，繼續翻閱紙本資料，像準備考試的重考生一樣，幾乎把案情資料翻爛。

副隊長朱晉杰叼著燃盡的菸，右手一撐住右臉就打瞌睡了。李麟飛踹了一腳桌子，驚動朱晉杰，冒著薄煙的菸屁股落在搜查資料上，燒出一個小洞，恰好把被害者錢誼萱的大頭照洞穿一半。

朱晉杰打著呵欠把菸蒂丟進客滿的菸灰缸。

「這次的被害人是女性準大學生，錢誼萱，十八歲。報者案為被害人的母親，經查，被害人失蹤日為八月十日，那天早上六點，被害人出門到社區游泳池，游泳池的大門監視器錄下被害人在八點離開，之後下落不明。母親在當晚十點多直奔轄區派出所報案，一直到五天後的八月十五日下午，被害人的高中同窗徐攸容，在被害人的住所信箱無意間拿出錢家久未整理的信件，上樓拜訪時，由被害人母親發現其中這封裝著斷指的信。」

眾人的搜查資料往後翻一頁，顯示出信封的鑑識結果與斷指DNA訊息。

「信封為八開牛皮紙袋，褐色，郵票為猴年五元紀念郵票，郵戳顯示八月十四日，信封指紋除了相關人等並無異常，其中以泡棉內裡裝著被害人一截小指——喂，換你。」

眼尖瞄到搭檔朱晉杰打個大呵欠，李麟飛指名換人。

朱晉杰嫌麻煩地「啊──」了一聲，又莫敢不從，於是用呆板的聲調繼續說道：「斷指ＤＮＡ經確認為被害人錢誼萱本人。另外，斷指也有冰凍過的痕跡，斷指表面有氯殘留，與泳池的水質相似，推測有可能是被害人游完泳後隨即遭遇不幸，然後是……」朱晉杰誇張地張大眼瞪著資料。「對了，還有雙氧水的部分，也跟第一起案子一樣被檢驗出來了。」

李麟飛接著道：「在第一位被害人洪薏純的斷指裡，發現殘留著雙氧水的成分，鑑識組推估凶手對屍體進行防腐處理或者消毒，這一點我們一直保密，沒有對外洩漏，這也是這次案子發生後，決定兩件併案的最大理由──在錢誼萱的斷指中也檢驗出相同的雙氧水成分，大家在調查時請務必保密。」

這時，略顯陰暗的會議室內射入一道亮光。

會議室的門被打開了，分局長侯振岳領著一個年輕人過來。

侯振岳搶先讓大家坐下不必起立行禮，走到李麟飛身邊介紹了身後的年輕人。

「上面叫了個顧問來支援，專攻心理學的，叫夏展霖。」侯振岳對李麟飛道：「這個案子解決前就跟著你辦了。」

李麟飛寡淡的目光挪了過去。

夏展霖一身正裝，打扮得一絲不苟，伸手與李麟飛相握。

「李隊長，久聞大名。」夏展霖微笑說著。

李麟飛抽回手也沒理他，只對侯振岳道：「幹麼，當我這裡是托兒所嗎？」

「呿，人家學過的東西寫出來可以出三本書了。」侯振岳低聲叱道：「別鬧僵了，好好相處，懂沒？」

李麟飛板著一張臉。

侯振岳說：「說起來這也是你沒查出個狗屁東西搞的，第一起案子發生到現在已經半年過去，現在發生第二起，照樣沒有眉目，上面判斷你的法子行不通，給你派個學心理的幫忙。」

「說得好聽。一開始沒出現屍體的時候，不是還說立案證據薄弱？現在一模一樣的犯案手法引起媒體關注，那群老傢伙就開始緊張了喔，他是哪位長官的晚輩親戚啊？」

「你給我小點聲，拜託！」侯振岳一臉受不了的樣子。「沒有攀親帶故，就一個心理學博士，當作幾次警局顧問。你安心吧。」

朱晉杰忽然過來插話：「既然是新人，先去買咖啡吧，要睏死了。既然是新人，就自己掏錢。」他慢悠悠地說著，聽不出喜怒的聲音倒是把該強調的說了兩次。

夏展霖不怒不惱道：「比起喝咖啡，不如先回去睡個幾小時吧，看各位的情況已經兩天沒闔眼了，這樣子查案並不會比較有效率。」

「這是什麼狀況？」李麟飛挑著眉毛問侯振岳，明顯對發號施令的新人留下不好的印象。

侯振岳嘿嘿笑道：「是該休息。休息是為了走更長遠的路，俗話不這樣講嗎！都先散了吧，下午集合。」

眾人的目光隨即落在李麟飛身上。

李麟飛幽幽道：「分局長都這麼說了，我一介小隊長哪有二話。」

侯振岳心道：才怪咧。

3

既然有機會返家小憩一趟，而李麟飛也確實惦念著兩天不見的妻子，離開分局前，他看見夏展霖捧著資料坐定，緩緩地閱讀起來。

侯振岳放了張辦公桌給夏展霖，就在李麟飛隔壁。李麟飛默然打量這個年輕人，看見與年齡不符的沉著，不由得打消了些輕蔑的態度。

夏展霖似乎發覺有道凌厲的視線，抬起頭時，正好與李麟飛相對。後者竟也不閃不躲，嘴裡輕輕哼了一聲。

「請你趕快回家休息一會兒吧，好好吃頓飯，補充睡眠，跟夫人聊幾句，也許可以多準備兩套換洗衣物，我想接下來的搜查工作會更繁複的。」夏展霖說。

「搞什麼，你還特地打聽我的事嗎？」

李麟飛露出不滿的神情，目光不自覺地往自己左手的無名指上看。即使結婚後，他工作依然沒戴婚戒，全是為了不讓歹徒打探到他家裡的事。

「怎麼可能，我接到協助的詢問也才昨天下午的事。」夏展霖帶著禮貌性的微笑說道：「我只是看見你骯髒的桌面與整潔的衣著猜出來的，我不覺得你在工作繁忙之餘會抽空熨燙衣物甚至刷皮鞋，當然，也許有可能是僱用阿姨進行打掃工作。不過從你對旁人戒備的態度，我想只有配偶可以進入你的生活圈吧。」

「哈哈哈哈——骯髒的桌面！我的天啊，要笑死我了……哈！」

途經此處的朱晉杰忽然誇張地大笑起來。

李麟飛斜斜瞪去一眼。「你很有精神嘛！我看也不必睡了，把之前結案的書面報告寫一寫。」

朱晉杰笑容僵住，拍上夏展霖肩膀，假裝若無其事，豎起大拇指，說：「加油，新人。」緊接著溜之大吉。

李麟飛也無意逗留，從椅背一疊衣物裡抽出西裝外套，大步離開。

下午已預定傳錢誼萱的男友張信宏到案說明。

在八月十五日錢家收到斷指後，李麟飛已經大致掌握錢誼萱的生活情況，鎖定這名與錢誼萱交往許久的同齡男性。

本來一名普通高中生不太可能被當作連續殺人案的嫌犯，但調查過張信宏封存的資料——他在國中時參與籃球隊，輸球後聚眾鬥毆，還將一名他校學生打成重傷。這一項新聞在當時上了社會版面，卻因為當事人未成年都沒有公布姓名，張信宏所屬的國中以兩大過、兩小過處置，萬幸之後他並無再滋生事端，這才勉強畢業。

據錢誼萱好友徐攸容透露，錢誼萱最近似乎對張信宏有著分手打算，究竟是一時賭氣還是認真考慮過後的想法，這一點李麟飛尚未弄清楚，但憑張信宏過於暴躁的性格，在得知分手消息後會對錢誼萱產生怎麼樣的反擊行為，值得令人探究。

說起來，此時距離第一起斷指案被害人洪薏純離奇失蹤已有六個月，期間他對洪薏純周遭進行調查，仍舊一無所獲。案情在毫無進展之下，自然縮減搜查人力，偵一隊也繼續輪班進行他項事務，直到這次相同的犯案手法發生，才重新讓上層重視這件案子，還派了一個人手過來。

夏展霖……李麟飛腦海裡浮現夏展霖那張冷靜沉著的年輕面孔。

老實說他真的很討厭學心理的傢伙，先前有幾次他在偵訊時對犯人「粗魯」了點，引來家屬抗議，隨即被長官警告進行心理輔導。輔導他的是個熟齡女性，從容地剖析他過於寂寞與專擅的青春時期，彷彿她有一雙千里眼，始終望著他成長一樣。

好笑極了，他還不曉得自己脾氣不好是因為寂寞嗎？若這樣怪罪下來，是不是規定一夫一妻制的政府才是最終的罪魁禍首？

為何學心理的都自以為聰明？這一點讓李麟飛很反感。

在進入家門前，李麟飛就聽見門後隱隱傳出電視聲，卻在鑰匙轉動的那瞬間停了。他推開門，妻子劉晏珊已經從客廳來到玄關，殷切而欣喜地問著：「要吃點東西嗎？」

「好，不用太多，吃完我先補個眠，下午要回局裡。」

「收到！」劉晏珊故意做了個舉手禮。

這個家裡還是一塵不染，這是李麟飛對婚前婚後最大的感觸。

昔日單身男性邋遢忙亂的生活，有空洗衣服時還得分兩批放入洗衣機才洗得完，他腦海中不由自主浮現方才夏展霖用肯定語氣述說「我不覺得你在工作繁忙之餘會抽空熨燙衣物甚至刷皮鞋」。李麟飛低下臉看著自己身上熨燙得整整齊齊的襯衫，內心忽然感覺一股滿足。

開放式的料理空間，能看見劉晏珊背對著他正在切菜。

李麟飛似是累極了，一屁股癱在沙發，目光正好對著矮桌上一本滿是報紙剪貼的筆記。薄薄的一本空白筆記因為貼了這些報紙漲成了兩倍厚——這是劉晏珊收集報章雜誌用的剪貼本。

他知道自從結婚後，她養成了這種習慣，把他經手過的案子或與局內有關的報導全部剪貼起來。

這種收集冊已經有五、六本了，而這本似乎是從今年開始，二月的斷指案一直到現在八月發生類似的第二起。李麟飛的目光落在不久前劉晏珊剛剪下的報導，那是一則社論專欄裡民眾發表意見闡述警察如何散漫，以至於斷指疑案的調查一事無成。

「連這種無聊的論述也貼喔？」

李麟飛有氣無力地說著，身為斷指案負責人，到底為此付出多少心力，外界何曾知曉，總不能對外發表他熬了幾個夜、幾頓飯沒吃吧。

「……哦！那個啊——」劉晏珊回過頭來，義憤填膺地說：「當然要記得囉，那種詆毀我老公的壞蛋，等案件破了我也要寫信去罵一罵！」

李麟飛苦笑道：「不用啦，還真的咧……」

「沒關係！我會小心不被發現是現役刑警的老婆。而且我怎麼可以讓你的努力被誤解，一定要矯正那些愛說大話的人不正確的觀念才行。」劉晏珊豎起大拇指。

他微笑著凝看妻子忙碌的身影。

說起來，二月的洪薏純斷指案發生過後的五月中旬，基本上已經把洪家任何有可能結仇的對象都過濾掉了。有關當局一開始設定凶手為「仇殺」動機，幾乎可以說是完全沒有嫌疑人出現，之後又彷彿是亂槍打鳥似的，指稱凶手為隨機擄人、精神病殺害，但這些說法也在一次次無法鎖定嫌犯的情況下結束。

李麟飛還記得，召開最後一次偵察會議時，侯振岳語氣凝重地宣告縮減偵察人手。

『歹徒沒有跟我們聯絡，也未曾跟家屬聯絡，沒有勒索贖金，沒有透露任何要求，僅用一截斷指讓我們偵察……很遺憾，在動機未明而且無法鎖定嫌犯的現況，我不能繼續讓這麼多人耗費在這件案子上面。唉，如果有屍體的話就好辦了。』

沒錯，構成命案的要件——屍體，迄今尚未發現，而這正是這起斷指案最大的謎團，到底該不該稱為命案，都因為遍尋不著屍體引發諸多爭論。

如果凶手真不想讓人發現屍體，何必再切下被害人的斷指寄回去？真是令人捉摸不透……

李麟飛想著想著，按下了電視遙控開關，登時聽見社會性電視節目的主持人說起：「十三年前，也有這麼一起沒有屍體的命案……」

李麟飛忽然記起十三年前，確實曾發生過一件沒有屍體的凶殺案，那起案子發生時，他才剛畢業。

受邀到電視節目的評論專家對著鏡頭說道：「是的，十三年前這一起凶殺案，被害者是一名女子。當時呢，她的父母因為好幾天聯絡不上她，而鎖匠又解不開被害者住處的鎖，於是只好請消防局調度雲梯車從窗戶進入，這才發現屋內情況完好，被害人的鞋子、錢包等等也都在屋中，不像是出門了，但人卻不在。」

主持人裝出很驚訝的樣子說：「那麼人到哪裡去了？」

「最後警方在被害者的浴室裡勘查出近百處的血跡反應，血跡雖然經過清洗，但分布範圍很大，研判被害者當時大概凶多吉少……」

李麟飛有時候覺得這些上節目的人口才真好，說起歷件案子都彷彿身歷其境，連他查閱局裡的卷宗都沒這些人說得那麼有臨場感。

評論專家不曉得現任刑警的嘲諷，接著道：「警方開始從被害人身邊的熟人著手，追查通聯紀錄跟交友關係，鎖定了被害人的男友。正要將其約談，那名男子竟然就搭機出境，潛逃了三個月，最後警方想辦法騙他回國，藉機逮人。」

「這名男子認罪了嗎？」

「不，他頑強否認，但是他也無法回答為何約談不到。而且警方也查出在被害人失蹤後，他盜領了被害人的提款卡，接著也發現一輛與他有關的車子後車箱中有被害人的血跡。警方根據這些疑點移送嫌犯，最後最高法院判處無期徒刑。」

「——煮好嘍。」劉晏珊端了一碗湯麵過來，瞄了節目一眼。「啊，這件案子，我也有點印象，當時報紙上好像有看過。」

「那時候還上了頭條吧。」李麟飛道：「可是用這件舊案跟現在相比，根本牛頭不對馬嘴。」他拿起筷子夾了麵條，稍微吹涼，就呼嚕嚕吞下肚。

「也是啦，雖然都是沒有屍體，不過現在至少有一截手指頭。」劉晏珊托著腮，坐在客廳的長毛地毯上望著丈夫。「我相信你們一定可以從這些細微的線索裡找出真凶來的！」

聽著妻子天真無邪的發言，李麟飛忍不住勾起脣角。

「當然，凶手不管是誰都逍遙不了多久了！而且那傢伙還故意在斷指上留下被害人生前的蹤跡，這樣膽大無恥的殺人犯，我怎麼能輸。」

「生前的蹤跡……是什麼？」劉晏珊好奇地問，看到李麟飛忽然不講話，便撒嬌地說：「我不會告訴別人，說嘛說嘛。」

或許覺得並無大礙，李麟飛簡潔地解釋：「凶手寄送回來的斷指上都沒有清理過的痕跡，像第一起案子，可以發現斷指裡有學校的沙土，這次的案子也在斷指裡發現游泳池水的含氯成分。凶手無意掩飾這些被害人生前的行蹤。」

「也就是說，凶手不是個大笨蛋，就是太有自信覺得不會被發現囉……」劉晏珊喃喃自語著。

4

朱晉杰幾乎跟李麟飛同一時間抵達分局，後者換了一件整潔的襯衫，看見自己的單身漢搭檔，忍不住露出略顯優越的眼神。

「不用那位專業心理學家出馬，我也能看穿你心裡在想什麼。」朱晉杰捻熄了菸，跟李麟飛一起步入偵訊室。「老婆這種存在有利有弊，到時候就換你羨慕我了。」

「酸葡萄嘛。」李麟飛哼著應了句。

夏展霖已經在等他們了，分局長侯振岳也在一邊，似乎聊得很起勁，看到他們來就中斷了話題。

「既然人都到齊了，就趕緊問案吧。」侯振岳一派熟絡，拍拍李麟飛的肩膀。「交給你了。」

李麟飛一向不喜這般官場應對，目光直接落在偵訊室內那位十八歲的年輕男性張信宏。

透過魔術鏡看著，張信宏不時瞥著偵訊室各個角落，東張西望，也在打量著眼前能映照出自己樣貌的不透光玻璃。他時而察看手錶時間，時而抖腳，面上呈現不太耐煩的表情。

當張信宏拿起杯子想喝水，卻發現杯內早就空了，李麟飛這時開了門進入偵訊室。彼此的視線短暫交會，李麟飛沉聲道：「知道讓你來這裡是為什麼嗎？」

張信宏垂下眼，有些不敢直視李麟飛幹練的眼神，他用手裡的空杯子下意識地敲著桌面，悶悶地說：「我跟錢誼萱失蹤無關，不是我幹的。」

「你覺得我們懷疑你？」

「不然呢？」張信宏撇撇嘴。「你們不都這麼想嗎？她出事了，首先懷疑到我這個男朋友的身上，我那天可是一直在家打電腦欸！徐攸容那個八婆，還直接帶她媽過來找我對質，煩死了，她前一天就把手機關機，我怎麼知道！」

「錢誼萱的母親去找過你？」

張信恆不悅地「嗯」了一聲。

「你怎麼說？」

「還能怎麼說？當然是照實說啊！」

「你最後一次見到錢誼萱是哪時候？在哪裡？」

「在她的國小同學會，八月九日。」張信宏始終用著煩躁的語氣說道：「同學會結束之後大概晚上十點多了吧，不曉得她發什麼脾氣，忽然跟我亂吵一頓，自己就搭車回家了，手機還關機。」

「之後就沒有聯絡上了？」

「我打了幾通都關機中就懶得打了。」

「你說不曉得錢誼萱發脾氣的原因……」李麟飛頓了頓，接著說：「可是根據錢誼萱的好朋友徐攸容的說詞，好像是你太花心的關係。」

「哈，花心？不要笑死我了，只是跟別人聊幾句而已，根本什麼都沒發生。」張信宏似乎想繼續埋怨，卻又礙於女友失蹤的現狀，稍稍收斂了些。「從以前開始她就愛吃醋。」

李麟飛凝視著張信宏。「如果錢誼萱想跟你分手，你會怎麼辦？」

張信宏的眉毛皺了起來。「分就分，有什麼怎麼辦？不就是那樣嗎？」

「你難過嗎？」

聞言，張信宏戒備地反問：「不會要根據我難不難過來決定我有沒有罪吧？」

「請回答我。」

「……心情不好是一定的吧。」張信宏無奈地吐了一口氣。「可是我真的沒——」

「你說八月十日那天，你一直在家？」李麟飛強勢地繼續發問。「有誰可以為你作證嗎？」

張信宏瞪大雙眼。「我自己一個人在家，哪有人可以……不，有！我打的是網路遊戲，有人跟我組隊，我們在線上聊天。」

「如果你是說文字交談的話，只要有你人物的帳號，誰都可以偽裝。」

「沒有人知道我的帳密！」張信宏不由得高聲辯解：「那還有網路ＩＰ啊！帳號是從我家上網的。」

「那只能證實有人在你家裡上網，並不能直接證實是你本人。」

聽到李麟飛將自己的說詞一一反駁，張信宏已然有些驚慌。他的背整個挺直了，雙手握拳抵在桌面，表情嚴肅地好似正在考慮著該如何為自己脫罪。

李麟飛也不催他，面對著對方的一舉一動。最後，他看出張信宏該是想到什麼，卻又顯得坐立難安的模樣。

「想到什麼就說。」他提示道。

張信宏牙一咬，低聲地說：「我有視訊……有跟一個女的在線上用視訊聊過。」

將調查視訊的任務分配下去，李麟飛二度進入偵訊室，這次他神色稍微放緩，拿了一杯果汁遞給張信宏。

張信宏一口氣把飲料灌下去。「可以了吧？我不想再待在這裡了。」

「嗯，還有一些問題，差不多了。」李麟飛道：「關於斷指案的事，你知道多少？」

「啊？」張信宏首先露出渾然無知的神情，接著說：「在新聞上看過而已，沒去特別注意。」

「你知道錢誼萱身上也發生了相同的經歷吧？」

「嗯……」

「最近在她身邊，你有發現什麼不尋常的人物出現嗎？或者她有跟你說任何煩惱、異常的事？」

「沒有。」張信宏回答得很快。「一切都很正常，沒什麼異狀。」

「她有認識新朋友嗎？或者以前的朋友臨時出現？有陌生人出現在她身邊？」

張信宏還是搖頭。「沒有，她完全沒跟我提過。倒是參加同學會前，她本來要介紹一個跟她交情很好的朋友給我認識，但問了級任導師，說對方好像出國遊學了。」

「在同學會上，有誰跟她比較熟？」

「啊……我沒注意。」張信宏壓下嘴角說。

李麟飛繼續問：「你知道錢誼萱有晨泳的習慣嗎？」

「知道。」

「她晨泳結束之後，會去什麼商店嗎？還是有什麼固定行程？」

張信宏稍微想了想。

「應該沒有吧。我之前跟她去過幾次，游完泳有去吃早餐，但沒聽她說過自己一個人會有什麼行程之類的，應該都是回家吧，如果非假日還得上課。」

「那麼她在游泳時，有認識什麼人嗎？有跟誰接觸過？」

「沒有。至少我沒聽她說過。」張信宏又補了句：「也沒有遇到什麼人過去跟她搭訕。」

「就這件事，你覺得在錢誼萱周邊，凶手會是誰？」

張信宏瞪大眼睛，彷彿感覺很不可思議。「是說我已經擺脫嫌疑了嗎？」他問。

「請回答我。」李麟飛依然冷靜地說。

張信宏感到一股壓力釋放的輕鬆，嘴裡拖著長長的「嗯……」，說：「不知道，反正不是我就對了。」

5

朱晉杰按了個按鈕，畫面立刻停止在女網友豐滿的胸口。

「果然這位前輩也覺得其中有異，對吧！」被派來跑腿的是剛進鑑識組實習的新人，脖子掛著名牌顯示了姓名——柯凡。他看似找到同好，驚奇地說道：「根據隆起的弧度推斷，內含量八成是矽膠，如果是近兩年動手術的人比較會選擇自體脂肪移植，看起來就比較自然一些，不過如果是金錢考量的話就難說了，畢竟矽膠比較便宜嘛。」

柯凡發表完自己的見解，室內陷入一片靜默。

認清其餘三人對他所說的判斷毫無興趣，柯凡尷尬地回歸主題道：「視訊影片都是直接從電腦硬碟裡擷取的，有兩段，分別是對方與張信宏互相視訊的畫面，時間從八月十日凌晨一點到三點，然後八點到下午六點，畫面場景跟張信宏家中擺設一致，背景也沒有修改過的痕跡，所以能證實這些時段張信宏是在家沒錯……」

說話的聲音逐漸疲軟，柯凡有點緊張地想為什麼這三人都不說話？剛才他只是想打好關係所以開開玩笑，不會是踩到什麼地雷了吧？

而實際上，看完視訊的夏展霖陷入沉思，李麟飛則是撻伐著張信宏拈花惹草的行為。

「難怪一開始不肯說。」他哼了一聲表示看不起張信宏的行為。「跟別的女人玩視訊，聊天內容全是抱怨自己的女朋友，這些影片如果被提作證明，恐怕會被認為對錢誼萱抱持著極大的不滿。現在的年輕人是怎麼回事？不懂得從一而終嗎？吃著碗裡的又看著鍋裡的，簡直無聊。」

「拜託，你不知道現在國語字典裡頭沒有專情這個詞了嗎？」朱晉杰笑道：「而且『現在的年輕人』功力高深，看一眼就能剖析成分咧！」他意有所指地朝柯凡瞥去。

果然當真了嗎！柯凡困窘地小聲解釋：「其實我是隨便說說……」

李麟飛不在意年輕人的解釋，逕自說道：「十日凌晨開始視訊……也就是說張信宏在與錢誼萱吵架後就跟網友聯絡了。之後三點休息，一直到早上八點又開始，持續到下午六點，期間有短暫離開，但時間不超過十分鐘。」

「錢誼萱離開泳池的監視器畫面是八點多。」夏展霖道：「時間正好對上張信宏視訊的開始，而中午與錢誼萱有約的朋友徐攸容就已經找不到人了。」

「不會是想故意鬧失蹤吧？氣氣男朋友之類的。」朱晉杰有氣無力地說道：「現在的小女生都愛玩這招。」

柯凡藉機拍個馬屁：「真不愧是前輩，經驗老到吶。」

「你這傢伙……」朱晉杰點了根菸問道：「該不會是我的瘋狂粉絲吧？先說好喔，就算你把我捧上天，我也不會介紹你升職的。我一向不搞提攜後進那招。」

「我才沒有這麼想咧。」

「好了，別鬧了。」李麟飛阻止無意義的發言。「如果照你說的，錢誼萱故意失蹤想引起男友注意，可最後她確實失去聯絡，斷指也被寄了回來。到底是誰跟她接觸？錢誼萱因何遭遇到跟洪薏純同樣的下場？兩位被害者之間應該有某種共通點……」

「哪有共通點啊？」朱晉杰咬著菸說。「她們的生活都乾淨得像白紙。」

「凶手喜歡乖乖牌喔？」朱晉杰懶散地應和著。

「這就是共通點了。」夏展霖說：「凶手選擇的對象正是這種類型。」

「若要仔細分析，其實還有很多的共通點，譬如她們都是女性，職業都是學生，樣貌來看，她們都是黑髮，沒有近視，家裡都有親屬。」

「親屬……」李麟飛似乎想到什麼，嘀咕著：「一般來說，犯下失蹤案的凶手應該會選擇獨居女性，因為被害人如果有同居者，很快就會被發現。」

夏展霖道：「所以我認為凶手跟被害人之間的關係應該是間接的。我們得擴大範圍。」他轉向柯凡問：「泳池附近的監視路口畫面有查出什麼來嗎？」

「還沒，因為要從十日開始一直查到十三日，工作量比較多，所以……」

「嗯，你們鑑識組繼續查吧，有消息麻煩通知我們。」

「瞭解！」柯凡看著眼前跟自己年歲差異不大的男子，心中感覺有些欽佩。

柯凡先離開後，室內又是一陣沉默，看來彼此都沒什麼新的思緒。朱晉杰繼續把菸抽完，李麟飛閱覽著資料，似乎正在安排等會兒的行程，夏展霖向前與他搭話：「我看完了第一起斷指案的搜查資料，很詳細。」

「混蛋，那我寫的。」朱晉杰馬上開口。「想讓隊長大人寫報告是不可能的事，他只會蓋印章。」

夏展霖客氣一笑。「調查的方針很周延，但我有一件事不能理解。」

李麟飛放下手裡的資料。「你說吧。」

「為什麼要調查潘勳明這個人？」他記得在厚厚一疊搜查資料裡，潘勳明的個資突兀地放在了以仇殺為動機的眾嫌疑人之中，擺在最下方，像是不知該不該添加在報告裡的一張紙。

李麟飛默然注視著發問的人。

「他只是被害人妹妹的班導師，被害人洪薏純也是第一次到那所國小，才見了潘勳明一面，甚至不算真的見過面。這樣的關係恐怕連間接也算不上吧？」夏展霖道。

兩人的交談停頓片刻。李麟飛乏力地嘆口氣，道：「可能吧……」

「可能？」

「可能他們之間沒有關係，也可能有關係，誰知道？反正還沒查出來。」

夏展霖似也在思索李麟飛的話。「那麼你為何要懷疑到他身上？」

「……」李麟飛微微蹙起眉，沒回答。

夏展霖猜測道：「莫非……是刑警的直覺嗎？」

「那又怎樣？」李麟飛不滿地反問。

「請別生氣，我沒有惡意。」夏展霖微笑著。「我不管兩位對心理學家的印象是什麼，但說實話，我很相信你們刑警口中所謂的『直覺』。人的直覺判斷是最準確的。直覺是意識的本能反應，是沒有經過思考而產生的結果。一個人經過長久的習慣或訓練，對外界表現出的條件反射是原始本能也是最可信的。」

沒想到會突然接收到與自己想法不同的訊息，李麟飛稍微收斂脾氣。「你想說什麼？」

「李隊長你身為刑警的潛意識，對潘動明這個人產生了類似對犯罪者的排斥，對吧？在你的大腦來不及思考的時候，就對潘動明有了敵意，難道不是這樣嗎？」

「如果是的話？」

「那不是很好嗎？你的直覺告訴你潘動明帶有威脅性，那麼我們就應該弄清楚這是為什麼。你接下來是不是也會去打探潘動明的虛實？觀察他在第二起案子時的不在場證明？」

李麟飛回道：「你問這些做什麼？你只要好好坐在位置上等著看資料就行了吧。」

「我也要去。」

「啊？」

夏展霖從容說道：「我想將李隊長你這份『直覺』合理化，如此而已。」

6

還剩一堂課就要結束今天的工作，潘勳明待在教室裡，將孩子們上美術課畫出的作品一一張貼在後方的布告欄。寧靜的校園，只要一有班級上體育課，小孩的嬉鬧聲就會在校區內迴盪，潘勳明往窗外望一眼，此刻聽見的歡笑聲中，想必也有自己班級裡的孩子。

又一波孩童嘻笑聲傳來，透過聲音，似乎可以感受到孩子們對於運動的喜悅。是了……潘勳明的思緒逐漸飄遠，想起她因為運動而緊致充滿彈性的肌膚，唯有幼童才能享受到的汗水芬芳，隨著年歲逐漸演變為一種青春的揮灑。

不能錯過她生命中的每個片段——

潘勳明抱持著這種想法，將陷入睡眠的她帶入了自己的世界。

不久前剛淋浴過的身軀發散著熱度，湊到頸間細聞，還能聞到汗水與沐浴乳交融的氣味。髮尾微微溼潤，對比著因驚恐而流出脣角的唾液，彷彿透露著一種徬徨無依的美感。

他輕輕地用舌頭舔舐她的雙脣，注視她緊閉的雙眸，他的動作不敢太大，唯恐傷害了她。在這個寂靜的空間裡，他耐心等候著她清醒的一刻，就像昔日曾預演過的千千萬萬遍，她將在他溫柔的親吻後醒來，啊，那一刻該是多麼美妙，總在每個夜裡回味無窮……

遭針刺的痕跡依然清晰可見，他用手指輕輕撫過。「這是必經的過程。」他低頭對著昏睡中的女人呢喃。

她是如此善良，毫無猶豫地跟從了他的建議。將她從車上帶往這個神祕的所在，是屬於他們之間固定的模式。他想，他們的相遇絕對是註定的，所以茫茫人海，偏偏讓他遇上了她。

一切起始在某個毫無防備的午間，她踏著歡快的腳步與他錯身，就站在距離他不到一公尺的地方。

她看起來是那麼引人注目，披肩的黑色長髮恰似海浪，在他的心湖翻波。她的臉孔如此美麗，卻仍有著青春的稚氣，處在一種介於女人與女孩之間的矛盾地帶。

他無法形容自己在那時候興起占有的念頭有多強烈，只知道自己已無法忍耐，壓抑在日常的心思也跟著再度瘋狂。

不出幾日，他就把她的生活摸透了，既定的往返，成了他最佳的舞臺。於是，他終於下定決心在那個悠哉的早晨，正式讓她回歸他的懷抱。

首先，可憐的公主無意間觸碰了命運的紡錘，昏迷過去，隨即他翩然而至，許下一吻，等著她甦醒——

命運就像應和了這段曲折的愛情，潘動明看到懷中的女人真的如他所願，逐漸睜開了眼……

稚嫩的美術作品分成了好幾份，潘勳明按照順序，用圖釘仔細張貼。如此平心靜氣的午後，卻因為某人突如其來的造訪而感到一絲不悅。

李麟飛用指節敲響門板，吸引了潘勳明的注意。當對方轉過頭來，李麟飛順勢上前道：「午安，看來我沒有打擾到你處理重要的事。」

「……是你。」潘勳明愣了一愣，目光隨即瞥到李麟飛身後陌生的年輕面孔。

夏展霖微微頷首示意，沒有與潘勳明進行任何言談。

李麟飛走近潘勳明，觀察他手中的圖畫。「哦，都是小朋友們畫的？」

「李警官，我們已經很久沒見了吧，為什麼突然來找我？」潘勳明省去寒暄，直述心中困惑。

李麟飛也不再拐彎抹角，說道：「最近又發生了斷指案……你知道嗎？跟洪薏純一樣的案子。」

「嗯，有看到新聞。」潘勳明答道。

「沒錯，鬧得很大啊。這次的被害者是一位準大學生，叫做錢……錢誼琳？還是誼婷……」

「——錢誼萱。」潘勳明把話接了下去。

李麟飛故作恍然狀。「沒錯，錢誼萱。」他定定看著潘勳明。「你認識？」

潘勳明這回沒有馬上回應，但夏展霖卻在心中一驚，隨即從潘勳明臉部細微的表情得知這人對錢誼萱這個名字有著反應。

如果這人否認，也許該採取比較強勢的態度……夏展霖一言不發地盤算著，但很快聽見潘勳明鎮定地承認：「不算太熟悉，但總歸是認識的。」

李麟飛問：「她也是你的學生？」

「不，是隔壁班的。」

「你教過她？」話剛脫口，李麟飛便改口道：「不對……」看年紀就曉得潘勳明在此就職時，錢誼萱已經從國小畢業。

「不久前這個女學生來辦公室跟導師討論同學會的細節，我就是在那時候恰好看到她。」潘勳明輕笑道：「隔壁班的導師與我交情不錯，如果你想找這位老師問話，我可以為你帶路。」

——同學會！

李麟飛忽然想起張信宏的說詞，在八月九日晚間召開的國小同學會！原來啊，錢誼萱是這所國小的畢業生……那麼雖然關係薄弱，但跟第一起斷指案洪薏純的背景也算是有某些交集。

終於找到交集點的李麟飛，能感覺心跳變得有些劇烈。

「你也有參加那場同學會嗎？」李麟飛嚴肅地問。

「我又不是那個班級的導師，怎麼會參加呢。」

「你跟錢誼萱說過話吧？你們說了什麼？」

「奇怪，你們是不是搞錯什麼了？」潘勳明道：「再怎麼看，都知道我跟這位女學生無關吧，我既非她的班導師，先前也不過稍微看過她一眼而已，有事情為什麼會問我呢？」

此時，下課鐘聲適時響起，彷彿也想中斷李麟飛的追問。

附近離開教室的小朋友們歡呼著往操場跑，有幾個好奇心重的，雖然看見了這間教室裡對峙的三個人，卻無從察覺他們彼此心裡的糾葛，繼續往那無憂的童年奔去。

「我覺得我大致上可以瞭解，你懷疑潘勳明的原因。」夏展霖道。

雖然主動結束與潘勳明的對話，可是李麟飛的心緒並未如表面所說的那樣輕巧。離開國小後，夏展霖可以感覺得到，這位刑警隊長的表情竟多了幾分難以言說的迷茫。

也許是在層層迷宮內打轉吧，好像看到一絲光線，同時猶疑不定，不知眼前哪條路是出口……夏展霖思忖著。

聽見夏展霖的話，李麟飛抬眼道：「你察覺到什麼？」

「無論他藏著什麼祕密，都保護得非常好。」夏展霖回憶著剛才短暫與潘勳明的交會，說道：「隊長，我想深入調查潘勳明的生活背景。」

「之前的搜查資料不是都有提過？」

李麟飛之前調查過潘勳明的個資。潘勳明的父母都過世了，母親在他國小時因車禍死亡，父親是在三年前因為精神病自殺。潘動明大學畢業後花費兩年時間修習教師資格，二十四歲分發國小擔任導師，現年二十九歲，未婚，也沒查到有任何交往中的女性友人。

「並非只有那些表面的訊息。」夏展霖點頭道：「你還記得我們進入教室時，潘動明正在張貼學生的畫作？牆上有三排橫列的畫吧，你還記得那些畫的主題嗎？」

李麟飛繃著臉，說：「是跟家人有關的吧？」

「也許是『我的家』之類的題目，這在國小的美術課上是很常見的題材，不過潘動明張貼的順序有著明顯的分野——中間那一排的作品大部分是父母親與孩子同在，最上面那排是單親家庭，而最下面那排則是……」

「養著寵物的，以及家庭成員三人以上。」李麟飛憑著記憶力說了出來。

夏展霖露出讚賞的眼神。「我們在行事時，會無意中按照自己的喜惡，這是一種習性。潘動明如此排列圖畫，想必是有某種原因造成的。」

「原因……會是什麼……」李麟飛思索著。「一般人一眼看見，都是看到中間那列的吧，全是父母跟孩子在一起的圖。」

「可是換個角度想想，潘動明他是老師，他授課時肯定是站在講臺上，那麼他平行的視線就會高一點——」

是最上面那一列嗎！

「潘動明對同為單親家庭的學生感到親切感嗎？他對家庭的嚮往是什麼？」夏展霖接著說：「犯人的作案手法與經歷有著很大的聯結。如果一件事曾做過，那麼潛意識也會牢牢將這件事儲藏在記憶深處。我想要知道的是潘動明試圖掩蓋住的想法與情感，就從學生時期各階段著手吧。」

7

朱晉杰踩了煞車，在插滿廣告牌的路標前，張大眼睛想找出公路局最原始的指標。不可諱言，這個鄰近觀光地帶的山區，隨便擺出一支旗幟就可以為自家旅館打廣告，他在考慮要不要下車把多餘的廣告牌子弄倒，以便查出此行目的地的正確方向。後頭已經接續三輛車子鳴喇叭超車，無視他的徬徨疾駛而去。

媽的！他也不是自己想來這裡的，搞得好像他在都市邊緣的山裡頭迷路一樣。衛星導航早就失效，按照那呆板無趣的電腦導航小姐指示的話，他現在應該連人帶車翻落山腳，萬幸他還能繼續抽菸，數落工作上的不公。

就在昨天，臭屁的心理學家得出潘動明學生時期應該有什麼祕密的結論，他這個無牽無掛的單身漢就被派出去，前往拜訪潘動明高中時代的班導。麻煩的是，已屆高齡的班導師於去年退休，遷居郊區，他根據地址開車，赫然察覺所謂的郊區竟是這座半山腰蓋滿溫泉旅館的山上。

又有一輛車超過了他，俐落地拐了彎，彷彿在嘲笑他的龜速，噴出一管濃煙。該記下車牌號碼檢舉對方危險駕駛吧，朱晉杰沉悶地想著。敞開的車窗透著風，似乎把他滿嘴的菸味也吹散，讓他的情緒很久都難以平息，因為尼古丁還沒在身體裡累積。

他開錯了兩、三次，頭一次是自作聰明以為是捷徑，結果開到有錢人的後院去了。

他被私人警衛攔了下來，出示證件後，才曉得這一帶全是私人土地。媽的，他又想罵髒話了，這一路不是旅館就是私人別墅，他開始懷疑潘勳明的高中老師到底賺了多少錢，才有辦法在這裡住下。

知道對方住得遠，朱晉杰本來想讓民眾自行到局裡配合調查，反正公權力不就這麼一回事……不過聽說對方年事已高，腿腳不好，言詞中無不暗示不願老人家無故跋涉的意思，朱晉杰為了查案需要，只好親自登門拜訪。

一直等到快中午，朱晉杰才總算抵達目的地。他把嘴裡的菸蒂順手一丟，跟著被叫來迎客的外勞一起進入屋中。

潘勳明的高中級任老師叫做王瑞花，今年六十八歲，據說是教數學的，出版過幾本參考書。朱晉杰猜那應該挺好賺的，眼前這間洋房雖然沒有先前誤闖的那幾家貴氣，但好歹三樓獨棟，占地廣闊，還有車庫與造景。

皮膚黝黑的女外勞默默帶路。

屋內的光線昏黃，朱晉杰一開始覺得有點暗，後來適應之後覺得壁雕被那黃色燈泡照射，彷彿都有著黃金般的色澤。

他被帶到客廳，外勞用帶有腔調的中文說：「請坐一下。」隨即從走道離開。

朱晉杰咂咂嘴，不客氣地直接仰進真皮沙發，頭頂是華麗的三層水晶燈，即使沒唱歌劇，都能讓人感覺一旁的厚重窗簾後頭有個怪人正想伺機砸死他。

不久，一個大約四十歲左右的女性推著坐輪椅的老太太過來，打斷了他的妄想。

「不好意思久等了……」是那位女性開口說話。

朱晉杰稍微擺擺手示意無妨。她的樣貌跟老太太有幾分神似，他猜這女性大概是王瑞花的女兒吧。

剛才那位女外勞端著茶也來了。

老太太被推到朱晉杰面前的空位。

「王瑞花女士？」朱晉杰掏出證件自我介紹。「這次打擾您真是抱歉，有些問題想跟您請教一下。」

王瑞花雖然年紀大了，但打扮得體，端正地坐在輪椅上。她聽完後，用著緩慢的語速說：「之前電話裡提到過，是有關勳明的事吧。」

「是的。」

「實際上到底是為了什麼要打聽他的事呢？」

「這有關辦案的細節，恐怕不方便透露。不好意思。」

「好吧。昨天你聯絡我後，我又想了很久，我的確還記得他。」王瑞花聲帶有些嘶啞，慢悠悠地說著。「啊啊，你先用茶，別客氣，從市區來這裡挺遠的吧。」

朱晉杰只得乾笑。

「不過這裡空氣好，水質也乾淨，平常也沒什麼吵鬧的車子經過。」

朱晉杰偷偷瞧了王瑞花的女兒一眼，單純觀察反應而已。

顯然她沒對這位突然拜訪的警官有多餘興趣，只是替自己的母親倒杯水，就坐到一邊旁聽。

在問案時，朱晉杰傾向「溫和派」，與搭檔李麟飛咄咄逼人的型態不同。如果對方拐彎抹角或者離題，他通常會等著時機把話題轉回來，反正只是幾根菸的時間，無話可說之後，自然會把該吐的吐出來。

王瑞花接著說到她結束長年的任教生涯，住進這間家族留下的房子頤養天年。才耗過了十分鐘，倒是王瑞花的女兒感覺奇怪，開口問：「不是要問一位學生的事嗎？」

「啊啊，對啊，勳明……他啊，當過兩年班長喔。」王瑞花得到提醒，順勢說了下去。「人很聰明，做事也很負責，表現很好啊。可惜，到了高三，人就變得陰沉起來。」

「陰沉？」朱晉杰開始感興趣了。這會是夏展霖所說的「轉變」嗎？

王瑞花的神情似乎陷入了回憶裡，垂著眼簾，緩緩地說：「對啊，不知道為何，人忽然就變了呢……我想有可能是考試壓力太大的關係。」

「具體來說，有什麼改變的表徵嗎？譬如他藉故迴避團體活動、或者課業退步之類。」

「嗯……勳明確實就這樣突然沉默寡言起來，以前班會讓他當主持人，都可以很有條理地陳述意見，某天開始就沉著一張臉，話也很少說，也不鼓勵同學發言了。」

「您是說他高三那年嗎？那時候是不是他家裡出什麼事？」

「家裡……沒有吧？我是知道他媽媽很早就過世了，就是看他單親又努力，所以我提名他當班長，同學們也都同意。高二那年，他還被選為話劇表演的男主角，跟班上每個人都相處融洽。」

「話劇是什麼？」朱晉杰聽到不甚熟悉的名詞。

王瑞花解釋：「是學校每年舉辦的班際活動，二年級的學生要表演英文話劇，像演戲那樣，用英文對白現場演出二十分鐘的劇目。這些班際活動每年都有，像一年級的話，是園遊會負責擺攤位，三年級的時候則是畢業成果發表。」

朱晉杰點點頭，算是理解一點，畢竟他的高中可沒那麼豐富多彩。

「那麼，目前問題就是高二到高三這段時間，潘動明變了個人，是這樣沒錯吧？」朱晉杰問。

王瑞花沒有明白表示，逕自道：「不管警察為什麼要調查他，我覺得這孩子不是個壞人。動明是個認真乖巧的學生，也是孝順的兒子。家長會的時候，他爸爸沒有出席，我私下做過訪問，才知道原來他爸爸也病了……是比較不好開口的病因。」

朱晉杰試探性地說：「現在知道的，是他的父親在三年前自殺，因為精神病發作。」

「知道了啊……」王瑞花頗為感慨地說：「他好像也沒讓同學知道，自己一個人照顧爸爸。聽說，那病發作起來會翻臉不認人，脾氣變得暴躁，動明還因此被打過，這是我聽他家附近的鄰居說的。」

被家長打過……朱晉杰問：「那麼，您知道潘動明有沒有暴力傾向？他有欺負同學或者任何表現異常的行為？」

「怎麼可能！」王瑞花笑笑。「他很乖啊，就算到了高三比較沉默，也沒聽過有惹出什麼麻煩，只是安安靜靜在旁邊看書而已。」

「這樣啊。」朱晉杰仔細記上一筆，有必要的話，他可能得找那些舊同學打聽消息。「對了，還得請教您，知道哪些同學跟潘動明的交情比較好的？」

「我記得是有一、兩個……」

「有聯絡方式嗎？」

王瑞花轉向女兒。「妳幫我把通訊錄拿來。」交代完後，她對著朱晉杰說道：「學生們畢業之前留下的通訊地址，我都有好好收存，現在有很多學生成家立業了，還會過來找我聊聊天。雖然家裡沒幾個人，也不至於孤單，我想這就是當老師的樂趣了呀。」

朱晉杰倚在車門旁抽菸。

在別墅區的山裡同時吸進尼古丁與芬多精的機會，對他這個現役刑警的職務而言，可能並不常有。

副駕駛座的椅子上，已經擺著潘勳明高中整個班級同學的聯絡方式，還有幾張王瑞花提供的學生合照相片，以及英文話劇的記錄光碟。朱晉杰把可能有關的東西都拷貝了一份，資料不算多，但全看過一遍還是得耗費不少時間，但總比讓他再跑來這裡一趟要快。

他婉拒了王瑞花共進午餐的邀請，搜查時期，跟相關人等過分接觸總是不妥當。他無意間抬頭，發現有人站在屋子二樓的窗戶邊，是王瑞花的女兒，對到眼之後她就閃回屋裡去了。

吐出一口煙霧，朱晉杰回想起方才跟王瑞花的談話內容。關於潘勳明的印象，無非是認真負責、聰明順從，倒符合了現任老師的形象。從潘勳明高中時期的表現看來，沒什麼值得注意的事，但站在導師的立場，有可能下意識為自己的學生講話，所以他還必須從同輩之間的觀點來觀察才行。

說起來，這兩起斷指案的嫌疑犯，李麟飛為何會懷疑潘勳明，他雖不瞭解，卻並不意外，他們合作一段時間了，他知道李麟飛的直覺有時還挺準。但奇怪的是，為什麼新來的心理學家也贊同李麟飛的觀點？他還以為學者都得靠數據說話。

那天，他聽得清清楚楚，夏展霖對李麟飛說要幫他的「直覺」合理化。在當下，夏展霖的語調聽起來就像在做英雄宣告一樣，有一種凌駕於現實的美感。

難怪後來看李麟飛對那小子的態度好一點了，可能是也被說動的樣子。

嘖，早知道他該一臉誠懇地表達一下自己對偵一隊的忠誠，那麼也許跑腿的工作就不會落到他頭上了。

朱晉杰用力吸了一口菸，把菸蒂彈到地上，用腳踩熄，打開車門坐入駕駛座，發動車子預備去找潘勳明的高中朋友。雖然在鄰市，但還好是市區，路也比較好找。出發之際，他總在想潘勳明的家庭成員，母親早逝，父親也罹患精神病，從潘勳明獨自照顧父親看來，可能親戚之間也沒人出手幫助吧，這樣的家庭背景，到底是否會造成一個人成為連續命案的凶手？

他讀過犯罪學，知道大多數命案的凶手都來自一個破碎的家庭，也許父母離異，也許是交給祖父母輩照顧，可是天底下這樣的家庭組成太多了，怎麼可能會因為單親，長大後就殺人放火？

破碎的家庭不是真正成為犯罪溫床的理由。

關鍵是家人之間的關係，是否已然傷害到那源自於血緣最原始且直接的聯結。

「所以我才不想結婚……」

朱晉杰忽然莫名煩躁起來。想想他天天早出晚歸、有時甚至好幾日不回家的生活，有孩子的話，一定會埋怨他這個有名無實的父親吧。

第五章 現今，十一月

第二夜

殺人的感覺還停留在腦海裡。

深刻，震撼。

與此同時湧現的，卻是生命的愉悅。

這簡直匪夷所思。

好像以前覺得擁擠的車廂內，在某一天突然能讓自己因感受到他人侷促的脈搏時而感到快樂。

他知道自己必須做什麼。他已經實踐過了，如果有必要，他不惜再次嘗試。這個世界有很多不該存活的人，以令人憎惡的面孔苟延殘喘。

他飽含感情地凝視女子的屍體，凝視她的臉蛋被冰霜點綴。

再一天。

他默唸，再一天，事情將塵埃落定。

1

潘動明迂迴著前進，終於回到畫室後，他如釋重負地笑了。

畫室地下室的溫度依然很低，他仔細地關上門，感覺像關上了冰箱門。門關上的瞬間宛若把裡頭的東西全部冷藏，而且隔絕了外界。

他輕輕地走下樓梯，帶著期待的心情，如願看見她展開笑容迎接著自己。他上前擁抱了她，抹去她臉頰上沾到的油畫顏料。

「妳就像隻小花貓。」他寵溺地說著，目光落在她將要完成的畫作。

已經有三幅肖像畫一一擺在牆邊，如同展示著真實與虛假，跟模特兒互相對照。她正著手的是第四幅畫，但畫布上的人像僅僅粗具輪廓，顯然這段時間她並沒有動筆的意思。

「怎麼了？為什麼不畫呢？」他問。

她翹起下嘴脣，賭氣似的不說話。

潘動明似乎曉得她沉默的原因——他帶回來的第四個女人似乎跟她無關。為了證實他們彼此真的相愛，他才決定參與她的過去，收藏每個年齡層的她。

他耐心地安撫道：「不要吃醋嘛，我絕對不是不愛妳了，但是妳要曉得，這個女人必須待在這裡，不然她跟她的丈夫會破壞我們的幸福。」

她眨了眨眼，樣子像在問：為什麼？

「她的伴侶就是李麟飛，知道嗎？就是覬覦著妳跟我共有領土的邪惡騎士！」潘動明有些焦躁地解釋。彷彿這話題不適合這個優雅的晚間，他凝視著她，放緩了速度說著：「不管這些了，寶貝，今晚我們來跳支舞吧，我們要好好慶祝，能威脅我們的邪惡騎士已經潰不成軍。」

說完，他緊握住她的雙手，在這狹窄的地下室旋轉起來。

回想起這段膽顫心驚的日子，實在是一種煎熬，他必須極力隱藏與她的親密關係，以免讓宵小趁虛而入——這時候，李麟飛的面龐彷彿浮現在他眼前，他憎惡地罵著那個男人，同時因那人喪妻一事感到竊喜。

這一切都是李麟飛咎由自取，所以他不得不把矛頭指向他無辜的妻子，他是在提醒他注意啊！為了維持紳士的禮儀，他不能直接對敵人動手，他想要對方知難而退，就像這次，邪惡騎士因為失去了喜愛的女子，而終於了悟跟他作對是一件愚蠢的事。

現在邪惡騎士肯定正在懊悔自己的自大吧！相對的，他正享受著幸福的片刻。潘動明執起她的手，領著她踏出輕盈的舞步，可能是這個地方太狹小了，所以她有幾次不小心踢到東西。

「砰！」

又撞到櫥櫃的邊角了。

她露出羞怯的表情，他則耐心地安慰她說：「沒事的。」他又順手把櫥櫃往牆壁推一點，好挪出大一點的空間。

玻璃櫥櫃裡頭，是一具有著詭異神情的女性屍體，嘴巴大張著，似乎在無聲吶喊她的人生已完全凍結在這充斥恐懼的一刻。

潘動明看著屍體，既不恐懼也不心慌，反倒有一種龐大的滿足。他再往附近瞧一眼——

同樣的櫥櫃有四個。

他想他已完全參與了她的生命。

慶賀的舞繼續跳著。

2

一個月前。九月。

在發生第二起斷指案過後的某個晨間，記者們在警察分局門口蜂擁而上。朱晉杰漂亮地閃過了，李麟飛則因為身為偵一隊的隊長被認出，遭到包圍訪問。

「請問目前斷指疑案的調查進度如何？」

「從凶手第一次犯案到現在已經超過半年，警方有鎖定嫌疑對象嗎？」

「針對昨天評論家所說『警方被斷指誤導』的分析，有沒有什麼想要對此解釋的？」

「請多透露一點細節……」

之後李麟飛把問題丟給分局長侯振岳，才終於逃離了攝影機。

李麟飛在查案時很少看報紙，頂多瞄過各版大標題，粗略知道外界的印象。他覺得過分在意媒體與社論的意見會讓思緒蒙上一層黑布，況且他是正牌刑警，執行勤務多年，很多事情不是區區一個名嘴用說的就能瞭解。

不過因為妻子劉晏珊有剪貼報導的習慣，他無意間看了幾則報章評論，好比這一週，有個專門播報刑案調查的節目，邀請了知名評論家發表有關斷指案的意見。

結果兇手寄送斷指的行徑被賦予了傳奇色彩，犯罪者的側寫從殘忍的殺人犯變成有著英雄主義的悲劇人物，為了替隱藏屍體的行為脫罪，卻因拋出斷指，而使犯人對受害者家屬有了一種詭異的慈悲……李麟飛越看越覺得倒胃口。

有幾個記者大概文筆很好，提出故弄玄虛的解釋，又或者收買了什麼警方內線，透過零零碎碎的字眼自行模擬出嫌疑犯的身家背景。

搜查過程就已經困難重重了，如果還要應付那些花招百出的媒體，恐怕有十個分身都不夠用。

李麟飛一臉倦意地走進辦公間。

朱晉杰坐在桌上，剛把連接到自個兒分機的電話線拔掉。

「又怎麼了？」李麟飛問：「我剛才聽記者說什麼被誤導？」

「好像是節目上有高人指點。」朱晉杰尖酸地回應：「說兩位被害人其實還活著，斷指是為了讓警方誤以為被害人死亡。」

李麟飛一聽，皺起眉來。「鑑識科不是說斷指沒有活體反應？」

朱晉杰用手指比著動作說：「『高人』說如果用捆綁物阻斷手指的血液，也可以造成同樣的效果。」

「蠢蛋嗎？這樣組織就壞死了。當鑑識科的都在打混啊！」

「而且更有趣的是，節目上還真的模擬了，像拍紀錄片一樣。」

「模擬兇手犯案過程？」

「嗯，動畫版。」

「……真是夠了。」李麟飛無奈搖頭，坐在疊滿髒衣服的椅子上。

夏展霖是跟侯振岳一起來的。在分局門口臨時進行短暫的案情發表，推託著下次正式召開記者會。侯振岳此刻的神色簡直一個頭兩個大。

「老侯。」

「如果沒好消息，什麼都別說。」

李麟飛剛開口，侯振岳便撫著額頭搶白。

按照慣例，記者們群起鬧騰一番之後，上面的人差不多就該說話了，暗示他該多久以內破案或者立下什麼軍令狀似的規矩。天啊，想到又頭疼了。

夏展霖在旁藉機道：「局長，案情已經有點眉目了，其實——」

「哎，老侯，我有個想法，再給我幾個人就能成。」李麟飛斬釘截鐵地說。

附近三人的目光全轉到李麟飛身上。

「你當真以為人手都是我去街上隨便抓一把的啊？」侯振岳誇張地說，隨即鎮定下來。「有什麼法子，先說來聽聽。」

「我要先從失蹤案開始查起。」李麟飛道：「凶手一定會再犯。從現在開始，每一起失蹤案一報案就得處理。從凶手犯案過程來看，被害者失蹤後，大概過五至七天，被害者家中就會收到斷指。失蹤過後的三天是關鍵期，接著凶手會在同一區域的郵筒伺機寄出斷指，我要有人埋伏在疑似案件發生的地區。」

「好了好了，我大概知道你的意思。」侯振岳擺擺手。「可是你知道失蹤人口有多少嗎？一年有兩萬多啊！換算下來一個月得失蹤兩千人，一天就有五十五個人不見。一名失蹤者花費一小時去查，二十四小時還不夠用咧，你要查到哪時候？」

「所以我才要人……」

「——所以這才是最大的問題！」侯振岳攤開雙手，表示愛莫能助。「我還打算讓你去參加三隊的案子，那裡有樁連續竊案拖很久了。」

「你在說笑嗎？」李麟飛冷著臉問。

「你看我像嗎？我現在用事務繁忙敷衍一下，所以總得壓幾件案子給你。而且那批不曉得哪裡跑來的毛小子，偷東西就算了，還嚇死一個議員的老母親，案子越滾越大，那邊也是刻不容緩。」

「一夥人？」朱晉杰問。

「嗯，目擊者透露有幾個沒見過的生面孔突然在附近徘徊，都是十幾二十歲的青少年。現在採到幾枚指紋也都沒有查到檔案，可能是沒前科、沒當過兵的年輕人。」

李麟飛不甘願地說：「既然知道，排查一下不就好了？」

「說得簡單，這個要排查、那個也要排查。」侯振岳懶得多說。「反正就先這樣，有線索的先解決了，到時候如果三隊的人手空下來，我讓他們也幫你們。」

車子往轄區派出所前進。

由於竊盜地點有地緣性，分局裡負責此案的人便請比較熟悉地域型態的轄區派出所同仁幫忙調查。

雖說被侯振岳拒絕增派人手，李麟飛並未打消剛才提出的想法。

「還沒完……」

聽見李麟飛唸唸有詞，開車的朱晉杰抽著菸道：「說啥啊？」

「我想他一定會再犯案。原本我就懷疑洪薏純周遭沒有疑似凶嫌的人，他又害死了錢誼萱，更加強了我的推論——我們必須阻止他！那傢伙……就算人少，我也要把他揪出來。」

「哼……」朱晉杰叼著菸，露出充滿企圖心的笑容。「突然熱血起來了啊！隊長。」

李麟飛認真道：「我已經交代下去，從八月十日之後的所有失蹤報案，都要複製一份資料交到我手上。按照凶手之前的犯案模式，不太可能囚禁被害者，最晚的時間點就是七天之內會曝光。」

「不過說實話，失蹤的人也太多……」

「可以透過篩選某些條件，縮小範圍。」後座的夏展霖客氣地參與了談話。他從後照鏡看見李麟飛打量的目光，猜想大概是想聽自己講下去，於是繼續說道：「可以排除自願性失蹤的人，譬如逃家或者與家人爭執而離家出走的人。根據前兩起被害人的背景調查，被害人均與家人同住而且相處和諧，與他人也較無爭執，是屬於比較溫順保守的性格。」

朱晉杰彷彿嘆息似地說道：「乖就乖，也該提防一點啊。真是的……」

「個性的形成，在諸多方面都有影響，比較——」

「好了，我不想上心理學。」朱晉杰適時打斷。「還有沒有其他篩選要件？」

夏展霖平心靜氣地說著：「其實按照失蹤人口的比例看來，是以十七歲到二十四歲這個年齡層居多，對比這兩起案子：洪薏純十六歲，錢誼萱十八歲。也可以把這些年齡層的失蹤者提前進行調查。而且我估計……還是女性的可能性比較大。」

車內安靜片刻，朱晉杰突然發問：「就這樣……沒了？」

「你有什麼要補充的嗎？」李麟飛隨口問問。

朱晉杰開著車，懶懶地說：「總之就是找與她們兩個人外貌相仿的對象吧。體型偏瘦、中長髮、長相姣好、個性溫和。嘖，這個凶手的口味倒是很普通。」

3

十一月十三日，這天是星期一，李麟飛已習慣清醒跟夢中都想著劉晏珊，這導致他有很多時間分不清自己到底是否醒著。

說來真是諷刺極了，昔日被她痴迷地愛著，根本無從料想會有分別的一天，突然來臨的噩耗如同一顆巨大的火球，將他身心砸碎毀滅。此刻他還能勉強呼吸著，僅是因為他還有未竟之事。

未竟之事……

沒錯，他反覆思考著，他必須完成的事——為妻子報仇。

他不是沒想過自己的工作會牽累到家人，但這個國度畢竟太寧靜，終至麻痺了他的感官。他忘了預想會有這麼一個犯罪者背離道德，並將自己的罪惡建築在他人的痛苦之上。

而現實是，當他反應過來時，他已徹底失去，連亡羊補牢的機會都沒有，甚至連擁抱遺體的寄望也不能如願。

為何世上會有這種喪心病狂的人呢？

為何這種人活著，無辜的人卻因此死去呢？

李麟飛開始喝酒，大口大口地灌，這段時間他的飲酒量已然比他過去三十餘年的總額要多出數倍。可是不醉不行，不醉就忘不了妻子的死，不醉就不能在入眠的那一刻停止去想他的遺憾與悔恨。

倒酒的時候，他的腦海莫名浮現了跟劉晏珊相識最初的交往，聊到職業的選擇，她雙眼彷彿帶著陽光般的光芒，興奮地對他說：『當警察好厲害！』

他必須承認這種誇獎他已經聽過無數次，好像男人就需要一種凜然的裝備，彰顯自我特色，但實際交往過後，不是嫌他無趣，就是抱怨他連一頓飯的時間都抽不出來。

但是在那個當下，他就有種預感，她說的是真的，語氣裡的欣賞與讚揚是發自內心，並因他深深動搖。

這就是他看見的真心，在面對各種偵訊的面孔，發現吐實的片刻——要是有人現在站在他面前，問他決心為妻子報仇的念頭有多認真，大概也會看出來這種一模一樣的真心。

可惜真心不一定可以換取相對的回應，所以人們往往還得付出代價，去鞏固那僅有的一點點獲得……

電鈴驀然響起。

朱晉杰到訪的時候，李麟飛的意識剛陷入迷濛的狀態。後者一度懷疑自己聽錯，直到朱晉杰在門外大吼大叫，他才知道原來對方有事要講。

是昨日跟夏展霖一道去向潘勳明打探虛實的事。

「您好，敝姓夏，夏天的夏，是負責偵辦這件案子的人手之一。」夏展霖一看見潘勳明便立即上前致意，禮貌性伸出手交握。

「……我知道你是誰。」潘勳明看著對方的舉止，遲疑片刻，才配合地與夏展霖握了握手。

潘勳明不想讓他們進入住家，也不願久待，便跟他們約在附近的公園見面。

夏展霖露出微笑。「這是我們第三次見面，卻是第一次談話。上次的猜謎遊戲，我覺得只是個小遊戲，算不上交談。」

「……」潘勳明的沉默彷彿像在回想夏展霖所提起的場景——發生第三起斷指案後，李麟飛也來找過他，而這個年輕的同僚就跟在氣勢逼人的李麟飛背後看著。

看著……

如果是看著也就罷了，潘勳明不願承認，他確實無法忽略夏展霖投射而來的目光，像隱藏在暗巷裡偷偷窺探人們的一雙貓眼，反射著微微光亮；但靠近之後，那打量的眼神又忽然開朗得若無其事，讓他懷疑全是自己多心。

可是他怎會多心？他一直是個謹小慎微的人。一旦自己感受到威脅，絕非多心而已。

朱晉杰默然等著，拿起了菸盒，看到旁邊玩遊戲的孩子們跑來跑去，猶豫了一下又把菸盒塞回口袋，兩手插在褲袋裡觀望左右。

「先前局內同僚多有得罪，在此致上歉意，希望您別放在心上。」夏展霖客氣地說著。「其實呢，我們已經掌握這一連串斷指案的凶手身分。」

此話一出，朱晉杰愕然上前。「喂！你搞什麼？」

「沒關係。」夏展霖躲開朱晉杰的手。「我們之前給潘先生添了很多麻煩，透露一點案情也沒關係的。」

「你真的——算了，出什麼差錯你自己負責。」朱晉杰負氣走遠了幾步。

見狀，潘勳明狐疑地問夏展霖：「你在說什麼？」

夏展霖故意左右張望，還湊近一點。「這件事希望您可以保密。事實上，斷指案的凶手已經犯下第四起命案，被害者是住在二區的一位年輕女性。」

「……哦，是嗎？」潘勳明看似不感興趣地附和著。

「您一定覺得我在撒謊吧。其實這第四起案子已經被警方壓下來，不准洩漏給媒體，所以外界目前還不曉得。因為我們已經從凶手寄送斷指的信封上驗出有問題的指紋。」夏展霖自信道：「凶手先前十分謹慎，都沒有在信封上留下任何跡證，這次可能是一時粗心大意，或以為我們不會再度檢驗，而在封口處留下了一枚指紋。我們已經從檔案庫裡找到符合的嫌疑人，是一位有前科的性侵犯，目前我們打算按兵不動，跟監這位嫌犯找出證據。」

聽了夏展霖的說明，潘勳明總算露出笑容。「那真是太好了。」他和顏悅色地說：「祝你們成功破案。」

「承蒙您的好意。」夏展霖微笑道：「凶手犯下殺人案，還殘忍地切下手指，故意寄送回被害者居住地示威，這是非常要不得的錯誤價值觀。我們對這次的嫌疑犯身分非常有信心，絕對不會錯，嫌疑犯是個性侵犯，假釋途中又變本加厲，我們一定會依法懲治他。」

「哦……這樣啊……」潘動明低聲道，好像不怎麼想繼續交談的態度。

「那麼，時間也不早了，不好意思打擾您的休息時間。」夏展霖道：「今日就是為了致歉而來，潘先生，祝您週末愉快。」

「不必客氣。我先告辭。」

潘動明稍微擺了擺手，轉過身去，他同時聽見夏展霖用著愉快的聲音說：「好了，小朱隊長，我們該預先去吃一頓好的慶祝一下嗎？」

「不要這樣叫我。」朱晉杰語氣平淡地回應。

「我看其他隊員都這樣叫你啊，何必排擠我呢？」

潘動明一步一步踏出，身後的閒聊聲逐漸變小。

夏展霖回過頭偷偷觀察潘動明時，看見潘動明忽然頓下腳步，抬起手在半空用力揮了一下，隨後步伐加大離去。

估計潘動明已經聽不見身後的動靜，夏展霖才跑到剛才潘動明停下腳步的地方一看究竟。

地上有一隻蝴蝶。已經被打死的蝴蝶。

可能是從旁邊草叢裡飛出來的。

這個季節已經很少有蝴蝶在外飛舞，但夏展霖看到這隻蝴蝶時的異常目光，並不僅限於對這脆弱生命的哀逝。

「哎，你這傢伙……有沒有在聽我講話？看什麼東西看那麼認真？」朱晉杰跟了上來，不耐煩地催著，同時也看見地上死去的蝴蝶。

夏展霖抬起頭來。「嗯？你剛剛說什麼了？」

「裝傻嗎……」朱晉杰煩躁地又想拿出菸盒來了。「說什麼排擠，我才沒那個意思。」

「這件事啊。」夏展霖笑道：「我只是順口一說，你介意嗎？我只是需要一些無聊的閒談，好讓對方以為我是真的因為破案在即而歡喜。」

朱晉杰盯著夏展霖的臉，那與前幾分鐘截然不同的表情，讓他不發現也難。

「你為什麼要這麼做？」他問：「我剛才以為你要把劉晏珊的案子說出去，可是後來聽起來似乎不是這樣。你在打什麼主意？」

夏展霖反問：「你希望我說清楚一點，還是說個概要就好了呢？」

「全部！」朱晉杰稍稍加重語氣。

「那好。」夏展霖開始仔細地述說道：「截至目前為止，兇手已經犯下四起案子，雖然我們已經有嫌疑犯，但卻找不出證據，甚至沒有理由請法院發搜索票去搜索潘勳明的住所——我的想法是，既然我們找不到證據，就讓擁有證據的兇手自己把證據交出來。

「從已知的四起犯案，可以歸結一個結論：『相同的犯案手法』，雖然被害者的背景不同，但在兇手眼裡卻用相同的方式滿足他的犯罪。在心理學上，可以推測兇手對此手法有著近乎偏執的性格，這種偏執型人格在有人強行改變他或侵犯他的生活領域時，會展現出強烈的反抗意識。」

朱晉杰默默聽著，已經不管校園禁菸與否，直接抽了起來。「喔，你是想讓潘勳明以為有模仿犯，然後等他露出馬腳？」

「沒錯。」夏展霖點點頭。「在我剛才跟潘動明對話的一開始，我握了他的手。

「在歷經多次警方突然出現的情況下，普通人會表現得比較焦躁吧。人一旦緊張，體內的血液就會加速流回心臟，造成心跳加速的感覺，那時四肢末梢會短暫地發冷；但在我跟潘動明握手時，他的體溫保持在正常的狀態。這代表兩件事，第一，他不是凶手，自然也就無須害怕；第二，他有很充足的理由認為我們找不出他犯罪的證據。

「基於我們已經把他當作頭號嫌犯，第一個理由暫且可以刪除，否則後續的推理只是沒有前提的廢話。」

「嗯，然後？他剛剛好像很開心地祝賀你破案。」

「在我說出嫌疑犯是一位性侵犯時，潘動明一改態度，露出了微笑。因為他察覺到我們掌握的嫌犯對象跟他完全不是同一類型，那是放鬆的微笑。」

「是啊是啊，他以為我們警察都是呆子。」朱晉杰沒趣地說。

「這樣他也會比較放鬆戒心。而且這件事我沒有跟你先提過，所以你的反應非常真實，我相信這會加深潘動明的印象。」

被利用了，媽的。朱晉杰悶悶道：「不過，若是依照你的辦法，潘動明也不見得會有所行動，你想想，媒體沒有透露第四起案子，就不知道被鎖定的凶手是誰，他自然不會偷偷跑過去觀察是不是真有警察在跟監。」

「在國外的案例裡，模仿連續殺人犯而進行的犯罪有很多，通常凶手看不慣有人模仿時，不會去找模仿者，因為那已經超出自己的能力，而且警方內部一定會詳加調查。」

「那你要怎麼——」話說到一半，朱晉杰愣住了。他看著夏展霖彷彿人畜無害的五官，露出莫可奈何的訕笑，幾秒鐘後，他咬著菸沉聲道：「你這是在逼他再作案！」

如果被誤會的話，再重申一次本尊的真實性不就好了——朱晉杰總算認清了這個騙局的目的！

夏展霖看著朱晉杰的假笑，平靜地說：「你很生氣。」

「哈！」朱晉杰又假笑一聲。「真不愧是心理學家，看得很清楚嘛。」

「為什麼要生氣呢？」

「這還用說嗎？你這是在害一個人！」

「目前我們已經掌握凶手的犯案手法，還有他對象的選擇，幾乎只要等他犯案，我們就可以人贓俱獲。但唯一最重要的因素，我們卻無法掌握——那就是時間。我們沒有時間天天守著可能被害的女性，只有在最短的時間裡逼迫凶手進行準備不足的犯罪，我們才能抓到凶手的把柄。」

「……有讀書的就是不一樣，說得好有道理。」

夏展霖聽著虛偽的奉承，說道：「我還是不懂你生氣的原因。這件事如果李麟飛前隊長有實權，他也會這麼做，而你會支持他。我看得出來，你們交情不錯。」

「少來。」朱晉杰撇過臉。「他不會做這種事。」

「你的表情不是這樣說的，你剛才……」

「閉嘴！」朱晉杰丟掉嘴裡的菸，用力踩了一腳。「說過不要再剖析我了！」

朱晉杰省略掉他發火的一段，將夏展霖的想法說給李麟飛聽。

「可是我到現在還是想不明白，為什麼那小子看到死掉的蝴蝶，臉色一下就變了。」朱晉杰道：「我後來懶得問他。」

李麟飛閉目假寐，靜靜聆聽搭檔說話。聽到朱晉杰發問，李麟飛半瞇著眼，仰躺在沙發上的他似乎已有七分醉意。

「誰知道呢……我以前犯罪心理學還被當過一次。」

「對嘛，搞一大堆理論做什麼！」朱晉杰贊同地說著。「有沒有做虧心事，一下就看出來了，何必引經據典把事情複雜化。」

寬敞的屋內沉默片刻。

李麟飛盯著頂上的燈，想著全是方才朱晉杰所言，有關夏展霖用計引誘潘動明的計謀。

「確實是個好辦法……」他喃喃道：「不過我應該會做得更真實一點，去找個無名屍鬧上新聞，這樣潘動明就更無顧慮了吧。」

「別鬧了。」朱晉杰失笑道。一直叼在嘴裡過乾癮的香菸，濾嘴都溼了，卻顧忌著什麼而沒有點火。「說到底還是個理論派的孩子，話說得好聽，犯人也不見得全照理論走。」

話剛說完，他的手機就響了起來。看到來電顯示，朱晉杰忍不住脫口道：「說曹操，曹操到——喂？」

李麟飛的目光悄然挪了過去。

「誰？你說他喔……我記得是在鄰區的……看什麼紀錄，東西都記在腦子裡了。你以為我一整天在打混啊，光車程就一下午……你找他幹麼？上次我不是問過了嗎……嗯。」

朱晉杰掛斷電話，隨即不耐煩地說了句：「事到如今還要找陳志傑做什麼？」

李麟飛慢慢把身體坐正，問道：「他是誰？」

「潘勳明的高中同學。上次我不是去找他高中老師王瑞花嗎？那下午我就去找陳志傑，他的說詞跟導師王瑞花大同小異，不知道那小子心血來潮又想問什麼。」

「夏展霖很少向關係人開口。」幾秒鐘後，李麟飛接著說：「可是一開口之後好像都會有什麼發現。」

「他就靠那吃飯的，看對方的反應、眼神變化什麼的。麻煩死了。」

「小朱。」

「啊？」

「你覺得……」李麟飛欲言又止。

朱晉杰也不催，直直地看向這位搭檔多年的朋友。

「喔，那個，今天拿到的失蹤報告，有兩個可疑的，你讓隊裡的幾個人去查查吧，我現在不方便命令他們。」李麟飛道。

「嗯。」

「之前老侯讓我們幫忙的那個竊盜案，逮到人沒？」

「抓了一幫小嘍囉，老大還沒抓到。才幾歲而已，還跟那些個流氓一樣講什麼義氣，狡賴著不把老大的名字說出來。」

「不過這陣子消極了點吧？」

「不會撐太久的，這群人把偷來的東西全換錢買冰毒，開銷太大，需要錢的早晚會受不了跳出來。三隊也已經安排好了，在舊市場那裡交易，拿錢來就抓人。」

李麟飛點點頭。

兩人之間又沉默了一會兒。

朱晉杰順手拿起桌上的空杯子，自己倒了酒喝，一大口威士忌，喝完之後嘴角都垮下來了。

「我果然還是不愛喝酒。」朱晉杰撇撇嘴，看著桌腳底下空掉的兩瓶威士忌。「你以前也不喝的。」

「……」李麟飛乾笑道：「反正也沒人管了，無所謂了吧。」

「振作一點啊，你老婆也不想看你這樣。」

「別提她。」

「好吧，我要閃了。」朱晉杰站起身，拉拉衣襬。「到這裡兩小時了，結果一杯茶也沒有，待下去也沒意思。」他剛邁步，不經意地勾動桌腳，酒杯就倒了下來，杯內的殘酒灑在了他的褲管上。他嫌麻煩地嘖了一聲：「借個水，我擦一下。」

李麟飛指著內室說：「浴室有溼紙巾。」

朱晉杰熟門熟路地到了浴室，抽了張紙巾稍微抹抹褲管，隨即探頭到旁邊的主臥室，悄然觀察房中的樣貌，果真看見上回夏展霖所說，主臥室的床鋪換了新床單。

大廳跟內室的隔間有一面牆，朱晉杰小心不讓李麟飛發現，在其中走動觀察，經過廚房旁邊時，他看見酒窖門口的溫度顯示器正在運作，表示酒窖裡的溫控打開了。

如果他記得沒錯，以前李麟飛曾說，他不是個愛飲酒的人，酒窖裡的藏酒幾乎被他父親帶走，他也把酒窖的恆溫裝置關閉，這種溫控系統成天開啟電費驚人——可是現在溫控確實是開著的。

他從酒窖大門的一小面透明玻璃窗看進去，酒窖內燈光昏黃，只看見好幾排整齊的陳列架，還有一具獨立的儲藏冰櫃。

朱晉杰回到客廳時，已經開了一瓶易開罐果汁來喝，他搖晃瓶身，問道：「你不介意吧？」

李麟飛知道他是從廚房拿的。「無所謂。」他回答。接著指指桌上的卷宗，他道：「失蹤的報案，別忘了。」

「知道，我記憶力很好，不要每個都想懷疑我。」朱晉杰把卷宗夾在腋下，自顧自地走往玄關。他忽然又轉過頭來，對著盯著空酒瓶的李麟飛說：「你前幾分鐘是不是要問我，我覺得夏展霖的想法能成功嗎？」

李麟飛看向他，點頭承認了。「被你猜到了。」

「不然咧？你總不會是要問我明天早餐吃什麼比較好吧。」朱晉杰虛脫一般地嘆了口氣。

「……所以，你覺得呢？」

「一半一半吧。但我知道如果錯失了機會，不是一、兩個懲戒就可以處理掉的。」末了，朱晉杰沉聲道：「最好別那樣做。」

李麟飛突然笑了。「你指什麼？」

「不知道。總覺得你有什麼想法沒說出來，而我猜這個想法大概很糟，所以你認為連提出來討論都沒必要。」

「呵……你的直覺變準了啊……」

「不是。」朱晉杰用著幾乎只有自己聽得見的聲音自語著：「是你的眼神太明顯了。」

接著，他慢慢地走了出去，把潮溼的香菸丟入水溝。

今晚的月亮看起來挺亮。朱晉杰望著，渾然不知他心底的寂寞已經悄然從雙瞳滲了出來。

4

這是夏展霖第二次看這段英文話劇的短片，雖然前一次他已經幾乎把這部短片的內容全部記住，但這次他要另外觀察一些細節——他已經理解了有關潘勳明經歷的大概，可惜欠缺最後一把鑰匙。

一把通往因果的鑰匙。

潘勳明高中二年級時，他的班級以「拯救睡美人」為題，全程用英文對話演出的話劇。

據說這項學生活動由來已久，校方會聘請攝影師到校錄影，錄下的影片也會做好後製處理，發行給二年級師生。

夏展霖選取潘勳明班級的播放選項，畫面一開始，是被裝飾過的活動中心大講臺。因為只是學生校內表演，所以舞臺上是用紙箱做成的城堡外圍，森林的造景也是用厚紙板剪成，貼上有顏色的色紙點綴。

『是誰在哭泣呢？』

背景之後，有一句臺詞如此說著，這是用旁白詮釋的心境。隨後，潘勳明飾演的王子一角，跟著戴上動物面具的演員們一同從森林出現。

『是公主在哭啊。』

『她為什麼哭？』

『公主為了可憐的妹妹而哭。』

聽了小動物說明緣由的王子，知道美麗的公主常在四下無人時，憐憫著年幼的妹妹。

這是一個簡短的開場。

夏展霖認為以高中二年級學生的想法，這則改編的故事情節還滿有意思。原著是壞心眼的仙女因不滿自己不如其他仙女受到歡迎，而下詛咒令公主昏睡，但他們改編的情節則是創造了一位公主的雙胞胎妹妹。

兩姊妹一直感情很好地生活著，直到有一天，她們愛上了同一位王子。善妒的妹妹不滿王子與姊姊訂婚，於是悄悄去拜訪邪惡森林裡那位被排擠的壞仙女，希望壞仙女幫助她。

壞仙女給了妹妹一個魔法紡錘，只要有人碰到這個紡錘就會陷入漫長的昏睡。

回到城堡的妹妹便趁機把紡織機的紡錘換掉，之後姊姊無意間碰觸到，果真陷入了昏迷。如願的妹妹把姊姊藏了起來，預備裝扮成新娘，等王子過來迎娶。

這時候畫面一轉，回到邪惡森林的場面。

夏展霖覺得有意思的是，在妹妹得到魔法紡錘時，還必須答應壞仙女的要求，拿「感情」當作交換。可是壞仙女想要「感情」的目的在哪裡？

好比人魚公主為了接近王子而把美麗的聲音割捨，為了愛情，人魚公主把自己所擁有最有價值的東西捨棄。那麼壞仙女覺得妹妹身上的「感情」很值得？

在夏展霖眼裡看來，離群索居的壞仙女或許真的需要一些「感情」。也許壞仙女已厭倦孤單，厭倦森林中無法照射到太陽的屋子，而傻傻送上門來把「感情」交換出去的妹妹是壞仙女改變現狀的一個契機。

「感情」本就是個複雜的集合體，有好有壞，尚且無法體會到「感情」全貌的妹妹就這樣上了壞仙女的當。

然而，當壞仙女正準備把妹妹的「感情」吞下肚，壞仙女手下的邪惡騎士突然動手阻擋，把「感情」搶走，想要把「感情」送回公主妹妹心裡。

讓夏展霖印象深刻的一幕是：同樣趕往城堡的王子與邪惡騎士在一個月夜遇上，對彼此身分毫無知悉的兩人，傾吐出各自的想法。

王子說他即將「得到」此生的真愛，邪惡騎士則說他即將「成全」此生的真愛。王子問邪惡騎士：『成全的意思是什麼？』

『得不到也沒關係。』邪惡騎士回答說：『至少這份愛是完整的。』

來到城堡的王子和邪惡騎士，接著遇到了壞仙女派來的火龍，火龍擋住了他們的去路，逼迫邪惡騎士交出「感情」，邪惡騎士這時對王子稍加解釋：『公主的感情被壞仙女搶走。』並未言明那是雙胞胎妹妹的「感情」而不是姊姊的。

王子以為未婚妻的「感情」被搶走，於是跟邪惡騎士並肩作戰，想打敗火龍。在戰鬥過程中，邪惡騎士身負重傷，奄奄一息，把「感情」託付給王子後就死去了。

之後王子打敗了火龍，進入城堡，與穿著婚紗的公主妹妹面對面。

先前在與火龍戰鬥的時候，公主妹妹始終站在城堡高臺上觀望。夏展霖知道那必然是拿個梯子墊腳，然後演員站在紙箱糊成的城堡圍牆後面，但這一幕很有張力。

失去「感情」的妹妹冷眼旁觀著死去的邪惡騎士，王子戰勝預備進城時，有一隻小鳥飛來——當然是戴著小鳥面具的演員展開雙臂站到妹妹身邊——小鳥問公主妹妹：『親愛的公主，妳真的要跟王子結婚嗎？有一位深愛著妳的人正面臨死亡。』

公主妹妹看了看說話的小鳥，說：『我不在乎。』

失去「感情」、冷血的妹妹，緊接著被王子識破身分，王子認出她不是姊姊，拒絕與她結婚，並開始找尋姊姊的身影。沮喪的妹妹忽然間憤怒起來，想將王子趕出城堡，這時候旁白傳出類似啜泣的聲音。

『我可憐的妹妹！』大概是陷入昏迷的姊姊夢境投射到現實，被眾人聽見，『失去感情的妳，還怎能瞭解感情的真實意義呢？』

王子循聲找到公主，將公主喚醒。醒來的公主拿著「感情」到妹妹面前，妹妹無聲接過，畫面停頓了幾秒，似乎在營造妹妹不知該不該重新拿回「感情」的矛盾。

最後一幕將舞臺分成一半，右邊是公主跟王子在裝潢成宴會的場景中跳舞；左邊則是城堡圍牆外的森林，公主妹妹坐在草地上，好像正在編織圍巾，這時有個穿著破破爛爛斗篷的男子過來，似乎想進入邪惡森林。

公主妹妹看見了他，覺得他可憐，便把織好的圍巾圍在他脖子上，這位男子輕聲謝過，走進了森林——觀眾的目光跟著男子的腳步挪到代表森林的厚紙板，但男子並沒有走出來，接著燈光打到森林一側有著斷劍與圍巾的墳墓，這能讓觀眾明白原來這男子就是後來的邪惡騎士，而他的死亡伴隨著公主妹妹短暫的「感情」。

夏展霖覺得這劇本不錯，至少可以改編成引人深思的新版童話，場景只在城堡與邪惡森林之間來來回回，很簡單，但情節把場面帶動得充實起來。

潘動明所飾演的王子代表著深情與正義，而邪惡騎士雖是反派，但因為意外的恩惠而迷途知返。夏展霖有一瞬懷疑這齣話劇的主角到底是王子還是邪惡騎士，就情感的渲染而言，王子表現出的彬彬有禮，顯然遜色於邪惡騎士悲愴的臺詞。

但最後的結局，邪惡騎士沒有被魔法救活，也許說明了王子這個角色的強勢之處。畢竟這是演戲，如果想要皆大歡喜，邪惡騎士也可以跟公主妹妹一起快樂的跳舞。

在影片的結尾有公布表演成績，潘動明的班級獲得第一名，還有最佳劇本獎，由潘動明代表上臺領獎。

上臺的潘動明仍穿著王子的服裝，看起來很有自信——但重要的地方在哪裡……夏展霖定格看著影片中的潘動明，隨後一格一格慢慢往前重播，忽然間他發現了。最後一幕王子跟公主在宴會上跳舞的場面，上方懸掛著一顆一顆亮晶晶的飾品，夏展霖本以為是星星之類的東西，放大一看，居然是蝴蝶。

「終於被我發現了……」

夏展霖微微一笑。思量半晌，隨即撥電話給朱晉杰。

「打擾了，隊長，我想跟你問一下陳志傑的聯絡方式。你要不要查一下資料……對，就是他……」

被定格的影片停在這場簡陋的宴會上。潘勳明神態得意自若，正與公主跳著慶祝幸福的舞。

5

夏季的蟬肆無忌憚地鳴叫著，彷彿因為即將面對死亡，所以毫無顧忌地驚擾他人的夢。

潘勳明的夢在現實與夢境的交界遊蕩，隱隱聽見的蟬聲，催促他進入有著蟬聲的記憶——高中，午後，體育館。

遠離人聲的器材儲存室。

灰塵，與爛漫的陽光。

時間是英文話劇表演之後，大受讚揚的話劇讓全班所有同學開心地尖叫著。導師王瑞花特意在下午自己的數學課課堂上訂購了披薩與珍珠奶茶，展開一場小型的慶祝會。

數學課是下午的三點到五點兩堂課，王瑞花與同學們放下師生的隔閡聊著天，玩手機的玩手機、看漫畫的看漫畫，這兩個小時王瑞花笑著說不抓攜帶違禁品的同學。

熱呼呼的披薩擺在併攏成一整列的桌子上，絕對夠三十多人享用，有好幾個人也趁著這天表演，帶了數位相機，他們在這兩堂課拍了很多照片。

兩小時意外地飛快流逝。

上課的時候覺得時光緩慢，享樂的時候反倒依依不捨。五點就是放學時間了，趁著慶祝會的餘興，很多人吆喝著去唱歌購物，一個接一個離開學校。

王瑞花也跟幾位女同學聊著生活日常，結束話題後，教室裡的同學們大概走了個大半。她這才記起話劇表演的服裝、舞臺擺設等雜物都還堆在活動中心的器材室，雖然學校給了三天時間去整理，不過還是不要拖太久比較好，況且那些王子、公主的服裝都是從販售舞臺劇服飾的店家租借來的，租一天算一天的價格，既然表演結束了，還是早點歸還好省點班費。

「有沒有人要去器材室把東西整理好啊？」

王瑞花隨便一喊，目光落到同學們身上，隨即看見班長潘勳明正整理著披薩空盒。潘勳明聽見老師說話後便抬頭回答：「我去收拾。」

「班長辛苦囉！」王瑞花露出稱讚的笑容，又向左右問：「誰也一起去幫忙吧？」

剛好有三個男同學背著書包要從後門走，王瑞花看到他們，順勢道：「飆風，你們也一起去幫忙吧。」

被喊做「飆風」的同學嚇一大跳，他旁邊比較大膽的同伴直接就問王瑞花：「老師怎麼知道他的綽號？難道老師也有玩電腦遊戲？」

王瑞花笑道：「之前我聽到有別校的女生這樣叫的啊，你們聚在一起，都沒發現老師經過喔！下課都幾點了還不回家，不要成天泡在網咖裡。你們等等也要去跟女生約會吧？先幫忙班長之後再去。」

那時候潘勳明聽到飆風偷偷罵了一聲「幹」，旁邊兩位同學則推著飆風的手臂，笑嘻嘻地說：「幫忙一下又不會怎麼樣，班長很辛苦欸……」

飆風是個身材瘦高但力氣卻很大的人，而且身旁有兩個像隨從的同伴，有幾回體育課，潘勳明看到他們三個一人搬一個排球籃子。或許就是因為力氣大，所以老師們都會讓他們做些體力活，難怪王瑞花看到就指名了。

這次他們四人一起到器材室，剛好有別班學生整理完各自的東西後離開。

擁擠的器材室裡原本堆放活動中心的雜物，這次開放給二年級的話劇表演使用，這樣二年級的學生們預演跟練習時，就不用不停地搬動演出要用的東西。

器材室裡總有一種發霉的味道，不知擺多久、有無故障的桌子堆疊在角落，早就蒙上了一層厚厚的灰塵。

潘勳明看到自己班上的東西，很快動手開始整理，他把需要歸還給服裝公司的衣飾分一堆，舞臺場景的道具分一堆。幾個負責教室布置的女生說，之後想把城堡的厚紙板拿去擺在教室，所以他不能把這些紙道具拿去回收。

他開始動手時，看見飆風那三人露出不滿的眼神盯著他。一個班級有三十個人，雖不算多，但要每個都熟識還是有點困難，而這三人就屬於潘勳明不熟悉的小團體。

潘勳明感覺有點緊張，他在想自己是否該說些什麼好緩和氣氛。他當班長已經兩年了，平常站在講臺上主持小考或班會都頗有經驗，他不喜歡班上同學流露出對立或陌生的氣息。

可是他當時也不知道該用什麼話題才能跟這三人聯絡一下感情。

「你們要先回去嗎？」他最後這麼說。

飆風聽到了，先是皺一皺眉，哼了一聲說：「老師說要幫忙，你讓我們回去，等等老師如果來了，看不到人的時候會以為我們偷跑。你想害我們被罵嗎？」

「怎麼會！我不是這個意思。」潘動明趕緊解釋，腦筋一轉，又把一個箱子推過去。「不然你們幫忙把服裝摺好吧，等等我拿去還。」

「哼……」

飆風不樂意地蹲下身，拿著話劇租借的服裝開始亂摺。潘動明看見了，本來想出聲提醒一下，不過看這凝重的氣氛，便在心裡打算等這三人回去之後，他再自己整理一次就行了。

摺衣服的時候，另外兩位同學也跟著拿起幾件衣服在自己身上比劃。

「這衣服夠花俏的。」其中一位同學說。

「白痴，王子的品味你不懂。」另一位同學接著吐槽。

「媽蛋，為啥別人演王子我就演一匹馬？」

「你不會自己回去照鏡子喔！演王子，你想得美！」

「去你的……」

「吵死了。」飆風忽然冷漠一喊，把看起來像是摺過的衣服丟進了箱子裡。他對潘動明說：「可以了吧？我做完了。」

潘動明瞥了衣角亂翹的道具服一眼，露出客氣的笑容。「嗯，剩下的交給我就好了，要拿回教室的東西都很輕。」

飆風沒說話，催著旁邊兩位同學一起離開。

潘動明目送三位同學離去，總算稍微放下心來。他吐了一口長長的氣，把手邊的道具收拾好後，目光就盯在那一箱裝著道具服的箱子。

如果這樣拿去還，不知道會不會被老闆刁難，多加收幾百塊保養費？潘動明想著想著，乾脆直接把箱子裡的衣服全倒出來，重新摺過一遍。

然而就在他剛摺完一件公主裙，他忽然感覺到有人進入器材室，他只是下意識地抬頭看是誰，沒想到直接對到飆風一雙凌厲的眼神。

他嚇了一跳。

「怎樣，嫌我摺得不夠好嗎？」飆風冷著臉質問潘動明，也不等潘動明解釋，歪過頭對同伴說：「喂！關門。」

本來只有一顆燈泡的器材室就已經不夠亮了，大門被關上後，幾乎只有燈泡下方才看得清楚。潘動明站起身，心裡清楚意識到他或許會有一場麻煩——他以前就隱約從這三人的氛圍裡感受到對自己的嫉妒，只是他覺得這無傷大雅。

「說啊！覺得我摺不好嗎？『班長』。」

飆風壓低聲音慢慢走近，諷刺的語氣即使是聾子也可以從他憤恨的表情看出來。

「我剛不小心弄翻了，所以……」潘動明把雙手舉到身前，有種告訴對方不要靠近的暗示，可是卻在飆風的步步進逼下忍不住直往後退。

鏗鏘！

潘動明的腳後跟好像踢到了什麼，讓他差點重心不穩。

飆風趁機往前推倒他，將人壓倒在地。飆風的膝蓋抵在潘動明的肚子上，一手壓住肩膀，一手揪著潘動明的衣領。潘動明整個人倒在城堡的厚紙箱裡頭，背後可能刺到什麼裝飾品，霎時讓他尖銳地疼起來。

「騙鬼！我剛才明明就看到你是自己把衣服倒出來的！」飆風大罵著。「覺得只有自己做得好是不是？當班長很得意是不是？」

「沒有，我沒這麼想。」

潘勳明想盡量保持冷靜，但面對這種情況，他心裡難免慌張起來。

「幹！就看不慣你這種臉！」飆風衝著後面兩個同伴道：「過來把他衣服脫了！」

「你要幹麼！」

一聽，潘勳明更慌了。他大聲問著，同時看見另外兩位同學什麼也沒說，只是壞笑著過來，把他的四肢牢牢壓住，讓他動彈不得。

飆風把潘勳明的眼鏡拿走。「想當王子是不是？還真以為自己是王子了！」他憤恨地說著：「既然這樣就幫你把王子的衣服穿上！」

接著，飆風那三人七手八腳地把潘勳明的衣物解開。

潘勳明本來就倒在厚紙板裡頭很難起身，手腕和大腿被壓住後簡直毫無反抗之力。近視的他，看著模糊的視線裡伸出一雙手，把他的皮帶扣解開，拉鍊拉開，把長褲褪到膝蓋處，旁邊又伸出一隻手掰開他的襯衫，拗著他的手臂強迫他把袖子脫掉。穿在制服襯衫下的汗衫也無法倖免，被拉到胸口，他感覺到胸口一陣涼意，拚命抵抗著，那汗衫便強勢地抵在他的喉嚨處，似乎想將他的聲音蓋住。

「不是很想出鋒頭嗎！讓你穿王子的衣服到校園裡晃幾圈，讓大家都知道你嘛。」

潘勳明聽見飆風諷刺地如此說，隨後感覺腰上的內褲鬆緊帶沒感覺了，他震驚地往下一瞥，看見飆風正在拉掉他的內褲。

「拜託！不要！拜託住手！」

潘動明再也顧不得自尊，急促地求饒。

飆風沒打算放過他。「幹！看你這副鳥樣，還好意思跟玫瑰演王子跟公主的戲碼！去你的王子！幹！」

這下潘動明總算懂了。

玫瑰是這次話劇演公主的女同學綽號，飆風大概是喜歡她的，所以看到他演王子就變得很不爽。

嫉妒啊……真的很醜陋。

潘動明脫力地掙扎著，除了嘴裡喃喃地說道：「我知道了，放過我吧……」幾乎完全處在被動狀態。

飆風沒理他，把潘動明的長褲整個脫下來後，就拿著王子的服裝隨便往潘動明的身上套。這時候，飆風忽然又大聲罵了一句：「幹！這變態硬了！」

「不！」

這句話如同驚雷，瞬間刺激潘動明的腎上腺素，他恢復了力氣掙扎，想用手遮掩自己的胯下。聽見飆風這麼說的兩個人也愣了一下，發現潘動明要掙脫，又趕緊把人壓回去。

「媽蛋，真的假的？」

「哈哈！可是你不覺得很小嗎？」

「你這個死變態……」飆風恨恨地罵著，把王子的衣服用力丟到潘動明臉上。

忽然，器材室的大門發出砰的一聲，可能是有人要進來，發現門鎖住了。

飆風馬上使了眼色。「喂，快過來！」

他們三個馬上躲到門後面去，其中一個比較高的則站在小窗子那邊往外看，打算如果有人的話，跟他們說「等一下，在整理東西」，結果門外面也沒人。遠遠的操場有人在打球，他覺得可能是掉到場外的球打到門。

「沒人。」他說。

飆風鬆了一口氣，很快又生氣地瞪著潘勳明。潘勳明狼狽地從厚紙板堆裡爬出來，拉好了內褲，遮掩著想找長褲穿上。

「死變態……」飆風不停罵著。

潘勳明不敢看那三個人的臉色，只想把自己的衣服穿好。等他回過神來時，那三人不知道哪時候離開了，整間器材室又恢復些許光亮，照在亂成一團的室內。

潘勳明不知該怎麼形容自己的情緒，幾乎是近似失神。他看著剛才自己被欺負的位置，那裡有用彩色紙剪成的紙蝴蝶，用白線黏住翅膀，一串一串吊在城堡的道具上。

這些成串的紙蝴蝶在剛才就像搖籃上方的旋轉玩具，繽紛地晃過他眼前……

母親說過，蝴蝶是很骯髒的生物。牠的鱗粉會讓人過敏，可牠的脆弱又讓人暫時遺忘了牠鱗粉裡的毒。

潘勳明醒來後想起了母親。

他那早逝的母親，留給他的印象並不多，但每一件事都令他印象深刻。好比母親也說了，如果他繼續哭鬧下去，她會把他賣掉，賣到遠遠的，像賣掉一件不需要的家具。所以他很早就認識到「哭泣」對現實無益。

擁擠的桌面上還是擺著各種報紙，包括週末發行的新聞週刊。

昨天夏展霖對他說，發生了第四起斷指案，但警察局壓下了消息。為了證實是否真有人犯下這樁犯罪，他想親眼看看新聞報導。

可是看過所有的報導，都沒有提過第四起案子。

……是真的發生了嗎？抑或是一種虛張聲勢？潘勳明憎惡地想，一手卻不由自主滑下到褲襠位置。

那裡的衣料似乎還微微溼潤著，但性器已經完全軟下去。不久前夢醒時，他發現下體久違地勃起，大概要怪罪於那一場回憶吧。可是他沒有射精，他射不出來，自從發現自己的性傾向，黏稠的精液似乎就從他體內蒸發了。

又或許是已經不需要了。

他想，既然自己有同性傾向，對異性又無法興奮，那麼為了繁衍生命所產生的精子，對他還有什麼存在的必要性？

不需要的就抹去。需要的，便牢牢鎖在自己身邊——所謂的愛意豈非就是這麼一回事？

在這個獨處的房間裡，潘勳明望著一幅畫著年幼的他的肖像畫，滿足地問道：「妳說對不對啊？老師……」

6

夜晚屬於某些人，傷心的人、愁苦的人、帶著罪惡感的人、厭惡黎明不因死亡而照樣升起的人……剛好李麟飛今晚一人就包含了這些身分，同時他還是個醉漢。

醉漢總是令人討厭，李麟飛記起劉晏珊感冒流產那天，好像就是被一個醉漢搭訕。醉漢時常伴隨著不幸，因為他本身就不幸著。如果幸福的話，怎會喝得爛醉而不去享受幸福的樣貌？醉倒的人會喪失思考能力，做出脫軌的舉動，所以人們看到醉漢會習慣性地閃避，唯恐一絲不幸的酒味沾染到頭髮上。

李麟飛穿著學生時期保存到現在的夾克。

一件黑色夾克，被收在衣櫥最深處，有著舊衣服獨有的發霉味。這件夾克有點破損了，袖口處的縫線早就脫落，拉鍊也會卡住。李麟飛久違地穿上它，並戴上一頂鴨舌帽，搭乘公車抵達舊市街附近。

自從十年前東區開始繁榮，舊市街一帶便逐漸沒落。舊市街的中心有一座公共市場，昔日非常熱鬧，早上是菜市場，晚上則是夜市攤販，附近的人口流動量大。可是舊市街沒落後，連帶這個市場也被冠上舊字，現在只剩下幾個擁有所有權的老人擺攤，其他的全是空位。

正因為人潮散去，連警力也逐漸撤退，這個偏僻的舊市場才會淪落為毒品交易的地點。

白天時，舊市場裡頭還是陰暗得像半夜，有兩人躲在牆壁後面握了握手各自散去，完成一次彼此滿意的交易，根本不會有第三個人看見。

幾個小時前，李麟飛剛向朱晉杰問到關於竊盜案的進展，知道偵三隊已經在舊市場附近埋伏眼線，等著有人把贓物拿來買毒。

李麟飛壓低帽簷，盡量躲避巷口的攝影機，大致摸索了幾個會有眼線的地方。確定事實後，便避開這些同僚往其他的路口走。

舊市街範圍很大，旁邊就是交流道，可惜這個地段已經逐漸沉寂，岔路口的路標有些被破壞了，巷子牆面全是噴漆，公車站也貼滿違規招租的傳單，這些很久都沒人去修復。

李麟飛從舊市街最外圍開始，穿過巷子，隨意步入一間舊公寓。

時間鄰近午夜，該睡的幾乎睡了，李麟飛的到訪沒有吵醒任何一位住戶。

他輕輕地走著，首先觀察每一戶的信箱，有塞傳單的或者門縫夾著傳單的，他就會停下來，在住戶大門邊的電表或鑰匙孔附近搜索記號。

不到十分鐘，他就看到有一戶大門的左側春聯底部，有簽字筆寫成的「1＋9－17＝」，寫得有點歪，春聯也有點舊了，不仔細看就看不太出來，如果看到了也許還會以為是哪家小朋友在練習算術的胡亂塗鴉。

這是竊盜集團踩點的記號，第一個數字「1」是指女性，「2」是指男性。「9－17」是指該女上班時間為九點到十七點。

李麟飛朝著樓梯口張望，沒人經過。他接著拿出口袋裡的簽字筆，在那特殊記號加上一筆，變成「1＋9－17＝0」，而後離開。

他填上的數字「0」表示已經下手。

李麟飛正在修改竊盜集團的溝通暗號。

同一棟樓的樓上住戶也有幾個類似的記號。「2＋8－12＝」、「2＋8－16＝」，李麟飛有些改了數字，有些乾脆劃掉。

一連進入五棟公寓，他都這麼做。一遇到路上有人迎面而來，他便拿出手機假裝打簡訊或者假裝聽電話，確認無人後便閃身進入下一個場所。

不過這次他從舊大樓出來後，迎面撞上一個老榮民，李麟飛本想裝作沒事趕快離開，沒想到那老榮民忽然拉住他，逼問道：「你是哪裡來的？你不住這裡吧？我沒見過你。」

李麟飛沒認真反抗，被抓著衣領，故意一跛一跛的，壓低了臉，佯裝成意識不清的樣子。那老榮民還想質問他，聞到李麟飛身上濃濃的酒味，隨即嫌惡地鬆開手，把人推開。

「年輕人不好好幹活，喝什麼酒！走開！」老榮民用著字正腔圓的語調責罵道。

李麟飛始終低著頭，身體搖搖晃晃地往另一邊離去。

接著又一條暗巷。

不知道是不是感覺有點疲憊，李麟飛靠在牆上，一動不動地持續有五、六分鐘。

一輛摩托車經過，車燈照在他身上，騎車的人卻連看都沒有看他一眼，好似天底下這種人多了去，並不值得在意。

李麟飛驀然抬起頭，靜靜望著夜半的月光。

這個夜還很長——因為哀傷沒有盡頭。

第六章　一個月前，十月

1

我在哪裡？

林盈君默唸了許多次，意識才稍微清楚一點。她盯著天花板那盞刺目的日光燈好一會兒，瞳孔焦距匯聚後，她陡然驚恐起來，急忙想起身坐起，卻發覺手腕和腳踝被捆上了皮帶，緊緊地將她限制成仰躺的姿態。

面對突如其來的危機時，產生的思緒空白還在她腦海裡。這時候，視野上方驀然出現一張顛倒的臉，由於周遭一片死寂，這張臉就像潛伏在鬼屋的鬼臉一樣，嚇得她花容失色。

「噓……」男人安撫地說道。

「——是你！」她終於從這張臉孔認出了他。

「是我喔。」

男人似乎很滿意她的反應，摸摸她略微痙攣的臉。

林盈君的雙唇顫抖著，連眨眼也忘記了，只瞪大眼睛看著眼前這張緩緩湊近的臉。他瘋了！林盈君心裡有一道強烈的警示音如此大吼著：這個男人瘋了！

她焦慮的情緒不停幻想著即將而來的凌辱，猥褻、強姦，或者各種惡劣的男性主義虐待手段。她已經失去行動能力了，捆著四肢的皮帶混著她皮膚滲出緊張的汗液，好像更加難以掙脫。

她會死嗎？她反覆問著自己，她會死嗎？

以前她聽過很多女性被綁架的案例，身為老師，她甚至把那些經歷轉告給女學生認知，被綁的時候務必保持冷靜、觀察歹徒、與歹徒周旋、伺機找尋逃生的機會、不能過度刺激歹徒、佯裝配合……可如今她真正成為被綁的一名受害者，腦海裡記住的綁架案例頓時成為極大的諷刺。

根本就不可能保持冷靜！她的心臟……劇烈跳到像是故障的馬達，彷彿隨時會因為過熱而停止！

男人緩慢挪到她身側，面對面的臉，讓她看得更清楚——這張臉，沒錯，她相識甚至有些心儀的這張臉，忽然變得猙獰起來。對方那興奮的目光，像看見壓在勾爪下的獵物，散發著狂亂的氣息。她該要大叫的！但她的喉嚨竟連放聲大喊的勇氣都沒有，現在的她只能無助地發抖著，期待這只是一場天大的誤會。

忽然，潘動明詭異地笑了一聲，讓她神經又是一緊。

「妳看看……」男人說話了。

雖然他的目光在她臉上，但她能感覺到，他不是在對自己說話。

「跟妳多像啊……好像輪迴過一次，最後又回到我身邊一樣……」

是在跟誰說話嗎？這裡還有其他人嗎？是同夥嗎？

林盈君緊張地想著，又聽見他低喃一般的聲音說道：「我就知道會找到妳的……不管妳離開多少次，妳在我小指上做的記號，都會指引我找到妳……妳知道嗎？我們重逢了喔……」

他說完後，林盈君本來等著會不會有其他人出聲，但周圍還是安靜得像空氣也凍結住一樣。

想到凍結，她突然意識到這裡好冷。

明明才十月，正熱的秋天……這裡到底是哪裡？接下來我會面臨什麼？

林盈君看見潘勳明慢慢站直身體，不再彎著腰注視她。她盡力保持最大的專注力，小心翼翼地用視線追尋男人的動作，同時擔憂著會不會引來對方的不快。

僵硬的頸脖還殘留著麻痺般的痛感，她悄然看他一眼。潘勳明轉過身去，才走幾步路就停下來，似乎面對著什麼又開始喃喃自語。

從她的視野裡看見像是什麼櫥櫃的下方，有著金屬框與透明的玻璃，櫥櫃的底部大概有三十多公分厚，裡頭灑著碎石還是沙粒那樣細碎且數量繁多的黑色之物。她看不清楚，光線太暗了，況且潘勳明的身軀也遮擋住了。

潘勳明的聲音變得模糊，但是斷斷續續的頻率，會讓不知情的人以為他正在講電話。這種詭譎的片刻，讓她不由自主想逃、想弄清楚這一切，於是她偷偷抬起頭，打算盡可能地窺探周遭，找尋可以脫逃的辦法。

綁在頭頂的手腕處很快發出疼痛感，她的頭才仰起幾公分吧，幾乎就不能動了。

男人依然背對著她，不時發出竊笑一般的聲音。她不願放棄，忍受著痛楚往他的方向看去。剎那間，潘勳明轉回來面對著她——她同時清楚地看見了，那個玻璃櫥窗裡有一具變形的屍體，在隱約能瞧出是頭顱的部分，血管裡像是塞滿蟲子般在皮膚下隱約地鑽動。

她用盡全身力氣放聲尖叫。

2

孫威宇批閱完學生們的考卷，脫力地嘆了口氣。對桌跟他資歷相仿的男老師見狀，忍不住慰問道：「怎麼了？班上成績太差？」

「……咦？」孫威宇意外地聳了一下肩膀，隨即反應過來，有些慌張地解釋：「啊！不是啦，沒有……不關學生成績啦，是我的私事。抱歉。」

現在是早上七點五十分，再過十分鐘，學生的晨間自習就要結束，該準備上課了。

孫威宇到這所國中任教已經兩年，照理說應該習慣這種教學步調，但是……怎麼說呢……他就是感覺生活很不順心。

他的態度似乎無意間感染到辦公桌對面跟他距離較近的同僚，幾次攀談後，兩人之間保持著閒話家常的關係。

「不會是那位林老師的事吧？」

聽到對桌的男老師一邊改考卷、一邊平淡地講起，孫威宇嚇了一大跳。

「你怎麼知道！」

那男老師沒料到孫威宇的回應如此激動，不由得抬頭看看附近其他聞聲觀望的幾位老師們。他對孫威宇苦笑道：「喂、喂，你的反應也太大了。我剛才只是隨便提起，你這態度不就是承認了嗎？」

「呃……」孫威宇難堪地縮起脖子，不敢迎合其他同僚探詢的目光。他們之間的桌子前都擺著厚厚的書本，孫威宇透過書本上端狹窄的縫隙，向對方說道：「你說得對極了，就是林老師的事……唉，我的天……」

男老師瀟灑地笑笑。「不是說星期六有聚會？發生了什麼事嗎？」

「嗯……前天啊……」

回想起前天星期六下午在飯店舉辦的教師聯合茶會，孫威宇下意識又嘆了一口氣。

自從被這所國中錄取，孫威宇就參加了教師聯合工會。說是工會，但也就是某些背景雄厚的人物自行組織的系統，一方面要求政府修法提供權益，一方面吸收老師們參與，出錢出力，壯大聲勢。

孫威宇自認個性懦弱，師範學校畢業後等著錄取考試結果，他在鄉下的老母親就無時無刻交代著：「好好找個靠山，不然照你的性子肯定會被欺負。」

身為老師，找什麼靠山？自然就是某種組織了吧。正好他上網看見本市有教師聯合工會的訊息，他就拿履歷參加了。

自從身為聯合工會的一員，他家的信箱便時常寄來各種聚會的邀請函。有時候是針對修訂教師法的意見陳述會議，有時候是單純教師之間的聯誼，也就是在去年一次定期的餐會上，他結識了任職於高中的美術老師林盈君。

林盈君是個氣質優雅，又不失大方氣度的完美女性……孫威宇從那之後開始暗戀著她，甚至魂牽夢縈，好一陣子不能正常工作。要不是在導師會議上被點名遭家長投訴課程進度緩慢，他可能不會想振作一點，也不會下定決心找機會跟她進一步認識了。

那是今年農曆年間的事。工會舉辦了春酒宴會，只要繳交六折的價格就可以享受到五星級自助餐。

會場上，他拿著裝滿雞尾酒的高腳杯，一直等到林盈君周圍沒人的空檔，才趁機一鼓作氣到林盈君面前，打算交換名片。沒想到太緊張了，兩腳居然互絆一下，他踉蹌一步，杯裡的酒全灑在地上。

還好沒摔倒——這個念頭頓時在他腦海浮現，隨即又暗罵自己一頓，沒摔倒也算出盡洋相了。

果然，他偷偷往旁邊轉頭，林盈君正好就在旁邊，似乎也很尷尬地問他：「還好嗎？」

太糟了……這種開場白，簡直就是搶先宣告必然沒救的愛情。擔任國文專科的孫威宇原本想用詞藻詮釋自己的愛，但那時候他只得硬著頭皮笑道：「沒什麼大不了的，哈哈……」

不過，雖然這種認識不盡人意，卻好歹開啟了他與她對話的契機。他們聊了一會兒，相互自我介紹資歷，孫威宇便仔細記住林盈君原本在南部任教，去年搬到北部，在某所高中擔任美術老師，目前寄住在阿姨家。

她說話的時候，孫威宇格外認真地聽著，有時候會認真到一種超脫的境地，好像只看見林盈君粉紅色的嘴唇誘人地開開闔闔，還有她眼角的一滴淚痣，彷彿訴盡美人的哀愁。

「所以呢，到底是怎樣了？」男老師聽了孫威宇形容參加聚會的林盈君有多麼美麗，不由得露出無趣的神情。他先前已經聽過孫威宇提及跟林盈君認識的經過，一個現役教師，還純情地暗戀他校女老師，這件事說起來還挺神奇，一般不就直接約出來見面嗎？

孫威宇垂頭喪氣地說：「我看到她搭上了一輛車……」

男老師想了想，自己理清事情脈絡，問：「你是說，有人在你們聚會結束之後，開車去接她嗎？」

「唔……嗯……」孫威宇發出無奈的語助詞，點頭承認。「我本來想約她出去的，沒想到一出門就看到她搭上了一輛車。」

出於同僚間的好意，雖然鄰近上課時間了，男老師還是多聊了幾句。

「那你知道是誰接她的嗎？說不定只是朋友。」

「不知道……但我看背影，一定是男的沒錯……」

「可能只是順路送一程吧。你不用太灰心啦，乾脆打通電話約出來見個面，好好聊一次，不然你再這樣下去怎麼行？」他感覺自己好像在輔導青春期的少年。

孫威宇難過地搖搖頭。「不行，我猜是沒機會了。」

「為什麼？」

「她沒回我訊息。」孫威宇可憐兮兮說道：「之前我傳訊息給她，至少都會回我一句，但這兩天都沒有理我……我想一定沒望了。」

男老師伸手勾了勾手指。「傳些什麼？拿來我看看。」

孫威宇猶豫了一下，還是把手機按到訊息頁面遞了過去。

好心的男老師看了幾眼，表情變得很不耐煩。孫威宇的訊息欄裡全是「**今天也要好好工作哦**」、「**天氣真好，祝妳工作愉快**」、「**工作不要太累了哦**」……此等無意義的問候。

「你是勞保局的嗎？」他忍不住吐槽。「還有，既然說到天氣很好了，乾脆約出來吃頓飯不就好了嗎！」

孫威宇搔搔臉頰，解釋：「家裡長輩常說，心急吃不了熱豆腐……」

「吃什麼豆腐，你根本還沒開火吧！」

這時候，他們同時看見教務主任朝他們逕直走來。孫威宇還一頭霧水的時候，教務主任就客氣地指著他，對後頭跟著走來的兩位西裝男性說道：「這位就是孫老師。」

其中一位長得比較魁梧的男性走向他，攤開掌心裡的證件，嚴肅道：「請跟我們到局裡走一趟。」

孫威宇看見繪著警徽的證件上寫著——**刑事警察：李麟飛**。

3

孫威宇坐在偵訊室內，一臉驚魂未定的樣子。

魔術鏡另一邊，朱晉杰拿著孫威宇的基本資料閱覽著：「二十九歲男性，本市人，未婚，獨居，國中國文老師……沒有前科，連闖紅燈罰單都沒有過。會是他嗎？」

夏展霖不發一語，盯著偵訊室內的嫌疑人。

自從第二起斷指案發生過後數日，對於此案的偵察方向，有一部分開始朝失蹤者方面開始搜查——前兩起被害人均為失蹤報案後約五至七天，由凶手寄回失蹤者斷指，表明遭到不測。而凶手會特意選擇跟被害人相同居住區域的郵筒進行投遞斷指信封的作業，李麟飛打算在先鎖定「疑似被害者」的第一時刻，搶先在該區域的郵筒附近埋伏，對可疑人物進行盤查。

這天是十月九日星期一，從發生於八月十日的第二起斷指案至今，期間本市派出所共受理了二十七件失蹤案，有八件是老年人因故走失，七件是國、高中的中輟生夜不歸家，一件為五歲男童走失，剩下的十一件是女性失蹤報案。經查後發現，十一件女性失蹤案有兩件是吵架後老婆離家出走，一件是老公喝酒喝茫了不知道老婆跑回娘家。

失蹤報案的真實理由千奇百怪，由於沒有規定失蹤人需滿多久時限才可報案，所以幾乎是家人或朋友察覺不對勁之後隨即向派出所求助。這兩個月多的時間以來，投入在失蹤者的警力不少，加上需要反覆檢測失蹤者的生活背景與失蹤理由，以及應對家屬與媒體的雙重壓力，偵一隊無疑度過了一段非常忙亂的時期。

一波未平、一波又起，或許可以形容這段時間的搜查情況。就在昨天十月十五日的凌晨兩點鐘，正在進行一名單身女性失蹤調查的朱晉杰，接到另一起失蹤案的通報。

失蹤者叫做林盈君，二十四歲女性，未婚，南部人，今年搬到本市來，任職於高中，擔任美術老師。報案者為林盈君的姊姊，據說林盈君在參加十四日午後的聯合教師聚會後就不知去向。

朱晉杰拿到林盈君的相片時，心裡忽然就有一種「矇對了」的這種感覺，可這該如何說起……

打開所有檔案，他一頁一頁仔細看，被害人背景資料、長相特徵、居住地、職業，以及案件摘要。檔案的一開始還有兩張放大的照片，是洪薏純與錢誼萱的近照，此刻，朱晉杰感覺照片裡的林盈君彷彿和那兩位被害女性一樣，透過鏡頭看著他。

林盈君也是黑髮，纖瘦的臉龐，笑起來靦腆卻不失活力。屏除林盈君眼角有明顯的一顆淚痣，讓她的五官多了成熟女子的風韻，她們都有一種氣質，近似於無憂無慮、清新脫俗的感覺。

他仔細想從被害者的樣貌裡找出端倪，這樣子的她們，為何被那該死的凶手盯上？他視線在她們的照片之間挪動時，有那麼一瞬，感覺像在瀏覽一個女人的成長經歷。

先是洪薏純的青稚，然後是錢誼萱的發育期，接著是林盈君逐漸成熟的姿態——他也察覺她們三人的年齡正好吻合他的推估，十六歲、十八歲、二十四歲，年紀似乎都算是遇到人生的蛻變階段，難道凶手是依據這個條件下毒手？朱晉杰聯想到收集娃娃的興趣，這凶手如同要收集一系列相關的玩偶，將被害人依序納入死亡名單。

後來他又深思了幾分鐘，覺得自己的推理或許有跡可尋，於是趕緊聯絡李麟飛。

「我馬上到！」

本以為對方應該已經就寢，但聲音聽起來似乎還很清醒。

不到半小時，李麟飛便來到分局，車也沒換，直接安上警燈前往林盈君的住宅。

凌晨三點，不必開警笛，這時間路上早就罕有人車。車頂的警燈在暗夜切割出螺旋型的夜空，即使無聲，也有幾位民眾彷彿窺知一絲不尋常而站在陽臺上觀望。

李麟飛關掉發亮的警燈，不動聲色在周遭掃過一眼。車子停在大廈門口，李麟飛出示身分後，讓警衛稍加留心附近，隨即上樓拜訪林盈君的家屬。

這是一棟樓中樓設計的電梯大廈，最近似乎翻新過，電梯布告欄貼上了通過政府檢查的報告。出來迎接刑警們的是林盈君的大姊林淑君，她一臉憂愁，先是說了句不好意思，家裡兩位老人患病，已經吃藥在樓上先睡了。

「可是我真的很意外，是為什麼……」林淑君看著眼前兩位刑警，似乎在思索著該怎麼說才好而猶豫了片刻。「我才剛剛報警，而且……老實說，我並不是很確定妹妹失蹤，只是她先前從未不說一聲就外宿，然後手機也沒人接。」

李麟飛聽了，忽道：「妳打林小姐手機的時候是有響鈴嗎？還是關機提示音？」

「嗯，有響喔，響很久沒人接就轉入語音信箱了。」

「麻煩將電話號碼給我。」

說完，李麟飛跟朱晉杰相覷一眼，彷彿彼此心知肚明。

前一起案子的被害人錢誼萱在出門晨泳後失蹤，她所擁有的手機因為前一天就關機沒帶出門，所以無法針對手機訊號進行追蹤，至於洪薏純則是沒有私人手機。這次林盈君的手機如果還有響鈴，至少可以根據手機定位訊號找出她的所在地。

「幫我追蹤一個電話號碼……」朱晉杰到一旁致電同僚輕聲交代。

「那就請妳再詳述一次經過吧。妳跟林盈君小姐最後一次聯絡是什麼時候？」李麟飛問。

「好。」林淑君正襟危坐地回答：「是今天……啊，不對，應該算是昨天了。昨天星期六上午她出門，要參加下午一場茶會，聽說那是本市老師們聚集舉辦的茶會，類似聯誼交流那樣。先前我妹妹她已經參加過很多次，可是昨天她特別打扮，提早出門說是要先去髮廊洗頭——」

4

茶會在下午兩點開始，但教師聯合工會的成員們在此前已陸陸續續進場。

潘勳明拿著邀請函，讓簽到處的服務小姐稍微瞄過一眼，隨即拿著對方遞上來的簽字筆，假裝在簽到本上簽了名字。

會場是在知名飯店的宴會場，穿著制服的服務生端著茶水在現場走動，潘勳明順勢拿了一杯紅酒，目光打量著周遭，忽然聽見身後有人喊他：「潘老師？」

潘勳明回過身，認出了林盈君。

「林老師。」他笑了笑。「妳今天依然很漂亮呢。」

「謝謝……」林盈君紅著臉。不枉費她先到髮廊做造型，又穿了新買的裙子。「其實我以為潘老師今天可能不會來參加……嗯……之前看到你在辦退會申請，所以我……」

似乎有些緊張，林盈君說話有點不順暢。

潘勳明用著禮貌的眼神看著她，等了一會兒，才說道：「其實那天我是幫一位前輩辦理退會。她已經退休了，聽說要搬到遠一點的地方，以後很少有機會參加工會的活動，於是乾脆退出。」

「這樣啊……」

「不過那天我看到妳，忍不住把這件事延後。」

「哎？」

「我拿了她的邀請函——」潘動明靠近她，故意在她耳邊壓低聲音說：「我是偷偷混進來的，妳要幫我保密。」

林盈君的臉頓時火燒一般地熱燙起來，心裡不住想著，上個月她在工會辦公室看到他時，幾乎是被他所吸引，開始了忐忑的想念。如果說世上真有一見鍾情，大概就是像這樣，看見對方的時候，對方也同樣專注地凝視回來，一瞬間周圍都靜音了，像是為了這一刻而緘默不語。

就在林盈君不知該如何回應這種暗示性的言詞，遠遠聚在一起的女老師們似乎認出她來，朝她揮了揮手。

林盈君禮貌性地點點頭回禮，旁邊的潘動明背對著人多的地方，輕聲對她說：「要是被人認出來就不太好了。」

「這應該沒關係的。」她怕他提早離開，趕緊回答道。

潘動明微笑著凝視她。「林老師，這場茶會結束後，我想邀請妳共進晚餐，不知道妳願意嗎？」

「……」林盈君愣了一下。

「不願意？也對，是我太突然……」

「不、不是！可以，好！」她緊張到有點口吃。

潘勳明微笑道：「那我在外面等妳。我開了車，停在飯店後巷。」

「咦，現在嗎？你自己一個人在車上等，這樣太不好意思了。」

「不會，這是妳們的聚會，好好玩。四點結束後，我來接妳。」

說完，潘勳明放下飲完的紅酒杯，悄然從會場另一道出口離去。

他相信命中註定這回事，就好像他被註定要跟她相遇，被她愛著，然後經過多年離別後，他仍然選擇進駐她的生命。

一切都是被註定著的……知道逃也逃不掉的那一刻，他就決定不逃了。

林盈君現身時，潘勳明緩緩駛動車輪，笑著迎她上車。一路上，他們閒聊著她搬到本市來的情況，以及新學校的教學是否習慣。

車子開進連鎖百貨的地下停車場時，潘勳明並未熄火，而是趁機握住了林盈君的手，彷彿有什麼天大的祕密要講。

林盈君認真等著聆聽，對逐漸接近的臉龐毫無拒意，沒想到就在不知不覺中昏迷過去。

預備好的麻醉針已經刺入她的後頸，轉瞬間將她的意識抽離。

潘勳明扶穩她傾倒的身軀，壓低了座椅，讓她躺下，又拿了條被子蓋上，遮掩了她的面貌。

車子開出地下停車場，往舊市街前進。

在進入舊市街的範圍前，潘勳明把林盈君的手機隨手丟進路邊拾荒老人的板車裡。

急速遠離的車子，無視她的意願，筆直進入他瘋狂的靈魂。

林盈君的手機訊號在一分鐘前丟失，一分鐘後，李麟飛和朱晉杰正要向局裡請求支援搜索這個區域，卻發現路邊的拾荒老人神情有異，屢屢朝他們觀望。李麟飛上前盤查，發現手機正被老人捏在手裡。

手機沒電了。

「我不知道這東西是怎麼來的，我還想說怎麼有電話聲音在外面響好久都沒人接……我真的不知道，我正要出門收紙箱，又聽到什麼東西嗶嗶叫才發現的，真的！警察大人要相信我啊……」拾荒老人抓著李麟飛的手臂急著解釋。

朱晉杰替手機接上行動電源，稍微看了一下手機內的資訊，包括通話紀錄與簡訊、新增聯絡簿紀錄等等。

「看來昨天出門過後就沒有再使用手機了。」朱晉杰道：「最近幾天的訊息也很正常，除了上班，沒有跟誰有約。剩下的我讓鑑識組去過濾。」

「該死！就知道沒那麼容易！」李麟飛用力捶了方向盤一下。

他們坐在車裡。

李麟飛露出些許疲態，朱晉杰也意興闌珊地抽著菸。

現在是凌晨五點，天才濛濛亮。

5

熟練地拿出菸咬著，點火之前，朱晉杰不忘把菸盒舉到孫威宇面前。「要抽嗎？」他問。

「……不……我不抽菸。」

孫威宇搖手拒絕，接著看見朱晉杰爽快地點燃香菸，裝模作樣抽了一口。

「呼……」朱晉杰吐出的白煙在偵訊室內的天花板圍繞成霧一般，他一臉倦意，用平淡的語氣說著：「老實告訴你，我們已經……」他舉起空的那隻手，故意掰手指算著。「從十八日凌晨開始，到現在算是一天一夜沒睡了。雖然之前有連續三天沒睡過覺，但一熬夜，心情就會變得很煩，所以我看你還是老實招了吧，雙方都省點力。」

聽了朱晉杰迂迴的說詞，孫威宇愣了片刻才反應過來，他雙手掌心支在膝蓋上，背脊挺起，認真地說道：「我不知道你在說什麼，你要我招什麼？我一點都不明白。」

「唉。」朱晉杰懶懶地嘆著氣，手指跟香菸一起指著孫威宇。「你認識林盈君林小姐吧？」

孫威宇瞪大眼。「林老師嗎？」

「連職業也知道了嘛。好，她失蹤了，從她的通聯紀錄顯示，最近是你跟她之間的聯絡最頻繁，最後一通電話也是你打給她的。」朱晉杰翻開剛才一起帶進來的資料夾，指著上面密密麻麻的文字，道：「這裡有你傳給林小姐的訊息……」

「——所有的嗎？」孫威宇忽然打斷朱晉杰。

「嗯，全部。」朱晉杰隨便一瞥，照本宣科唸了出來：「『今天的課堂要教水彩吧，加油喔』，還有『五點了，下班人車擁擠，要小心喔』。」

「等等，不要唸啦！這是侵犯人權吧！」孫威宇動手把資料夾闔上。

「綁架才是侵犯人權，侵犯人權的人沒資格談人權。這些簡訊擺明了你對林小姐的作息一清二楚。」朱晉杰忽然用力拍了一下桌子。「說！你把林小姐帶去哪裡了？」

拍桌子的聲音太突然，加上孫威宇本來就膽小，他整個人霎時聳了肩，剛才說要追究人權的樣子全沒了，緊張兮兮地問道：「原來……你是在說林老師失蹤了嗎？」

「啊不然是要約你郊遊踏青喔！」朱晉杰又拍了一下桌子。他覺得有點累，明知道犯人不是這傢伙，還得裝腔作勢。

孫威宇嚇得往後退了一點，支支吾吾地說：「可是……這怎麼可能呢？我星期六才看過林老師，她……感覺挺好的呀……」

「星期六你們在飯店有舉辦聚會吧，是那時候？」

「對！這你們也知道喔？」

「就是知道林小姐參加了那場聚會，我們在跟櫃檯小姐打聽之下，發現你鬼鬼祟祟地翻動簽名簿，然後還盯著林小姐的字跡發呆。昨天我們就已經查到你了，你懂嗎？」

「不不不，這是誤會！」孫威宇慌張到直接握住朱晉杰的手，語無倫次地解釋：

「呃，不是，不是誤會，是誤會沒錯，但我看簽名是因為想知道對方是誰……林老師她……之前我看她身邊有個男的，我只是想查查他的名字，我……」

「好了好了。」朱晉杰把手抽回來。「你可以慢慢講，講清楚一點。抽菸冷靜一下，好不好？」

「喔，謝謝，我不抽菸……」孫威宇重新坐定。

「可以說了？」

「嗯嗯……那個，就是我打聽林老師的事，是有原因的，我……對她……嗯，星期六那天我看到林老師跟一個男的在一起，我只是想知道對方的名字。其實我沒有惡意，就是……想知道。」說完，孫威宇抬眸想觀察朱晉杰的反應，不知道這套說法會不會讓警方相信他的無辜。

朱晉杰吐出一口煙。「總之就是你對林小姐有好感，然後看到她跟別的男性在一起，於是嫉妒了，想知道對方是誰。這樣？」

「啊啊，還不到嫉妒那種程度……」

「所以對方是誰？知道沒有？」

「那個……我不知道，我翻了當天的簽名簿，可是沒看到陌生的名字。」

「出席聚會的人員名單，你都有記住？」

「應該說是工會裡的成員。我加入的時候，會內有發一本名冊，為了以防萬一，我有稍微記住名字跟長相……」孫威宇毫無氣勢地說。

不難猜出那所謂「以防萬一」指的是什麼，不過今天他可不是來探究這傢伙加入工會的原因。

「既然工會裡沒有相符合的對象，說不定是工作人員還是其他人吧？」

「但他有拿出邀請函。邀請函是只有工會成員才會有的。」

「然後呢？林小姐在結束聚會之後去哪裡，你知道吧！」朱晉杰道。

孫威宇像是想起傷心事，落寞地說：「我本來想約林老師去吃晚餐的……」

「既然沒約成，林小姐去哪裡了？」

「我看到林老師坐上一輛白色的車子……」

「然後呢？」

「什麼然後？」

「你跟蹤了吧！」朱晉杰煩躁道：「不要一直讓我提醒你啊，你知道現在讓你擺脫嫌疑的辦法，就是把知道的全說出來，我才懶得去管你是不是跟蹤狂！快說！」

「你怎麼知道我跟蹤……啊，不對！」孫威宇連忙改口，偷覷朱晉杰的反應，接著說：「我不知道開車的人是誰，只知道看起來是個男的，好像在之前跟林老師已經認識過。他們很快就離開飯店，我來不及開車跟上……」

「嘖。」朱晉杰道：「你車子什麼顏色？」

「白色。」這時孫威宇反應快了點，連忙道：「可是我是休旅車，對方是轎車。從那之後我就沒看過林老師了，那晚我守在林老師家，也沒看到她回來，傳簡訊也沒回，我不小心撥了一通電話，以為她會回我，結果也沒打過來……嗚嗚……」

沒想到孫威宇居然啜泣起來！有沒有純情到這個地步？還是個跟蹤狂啊，好歹堅強一點！

朱晉杰繼續問：「你跟蹤林小姐已經多久了？」

「我沒有跟蹤……只是剛好同一條路，呃……」看到朱晉杰板著臉，孫威宇放棄辯駁，立刻回答：「大半年了吧……」

「之前跟在林小姐後面的時候，有沒有看過同一輛車？你說白色那輛。」

「沒有，星期六那天，忽然就出現了……怎麼能這樣插隊？簡直犯規……嗚！」孫威宇突然抬起沾滿淚水的臉，又傷心地掩面哭泣。

朱晉杰傻眼了，他敲敲桌面。「喂！喂——」他問：「車牌看到沒有？」

「車牌……」孫威宇哽咽道：「沒有，只看到尾數好像是『18』……嗚嗚，為什麼林老師會喜歡轎車而不是休旅車呢？而且還是福特……嗚嗚……」

……是不是有什麼重點搞錯了？朱晉杰彆扭地走出偵訊室。

6

在聽見孫威宇表示有一輛白色轎車接走林盈君時，李麟飛的腦袋裡隨即聯想到潘動明的座車——確實是一輛白色福特，但車牌尾數並不是孫威宇所述為「1」與「8」。

在第一起斷指案發生的幾天內，他們一直在排查國小停車場出入的可疑車輛，有一輛白色轎車停在停車場好些天不曾移動，直到園遊會當晚才開走，被懷疑有可能是搶占車位。

而這輛車經過查證，車主為潘動明，根據巡警訪問他為何數日未開車，潘動明的回答是：『那陣子身體狀況有異，怕精神不濟，不方便開車。』

但提到他那陣子是否有向醫院求診的紀錄，他只輕笑道：『還不是那麼嚴重，提早就寢就行了。』

會是潘動明那輛車嗎？可是車牌尾數不符。但也有可能是孫威宇看錯，有時候視野反光或者被什麼障礙物遮掩了一塊，都會導致車牌號碼的誤認。

「隊長，想到什麼了嗎？」

看見李麟飛神情有異，夏展霖開口問。

這時，朱晉杰開門走了過來，他一屁股癱坐在椅子上，好像多站一秒就會耗盡體力。魔術鏡另一邊，教師孫威宇似乎還沒從失戀的痛苦裡緩過來。

朱晉杰淡淡道：「潘動明那傢伙的車好像就是白色轎車。」

斷指案一開始，就是由他跟李麟飛負責，關於偵察的所有細節他都記得清清楚楚，何況是搭檔老提在嘴邊有嫌疑的對象。他跟李麟飛一樣，馬上就聯想到潘動明。

「這樣啊。」夏展霖明白這兩位同僚在想什麼，他問：「可是怎麼辦呢？用這種理由就讓他接受偵訊，似乎不太充分，上頭不會依這理由就發搜索票。至於他自己會不會自願把座車交出來接受鑑識，一樣不可預測。」

李麟飛鎮定道：「你先去調查潘動明跟林盈君之間的關係，我跟小朱去找潘動明看情況——」

「稍等一下。」夏展霖打斷李麟飛的話。「還是讓我與你同行吧，副隊長比較善於蒐集偵察資料，而我能推論潘動明本人的臨場反應，這樣分工似乎有利一些，好嗎？隊長。」

李麟飛還在猶豫，朱晉杰便搶白：「這樣挺好，就這樣吧。我先去鑑識組，看之前帶回來那些老師們的茶會簽名簿上有沒有找到什麼。」說完，他叼著菸走了出去。

上午十一點四十分，李麟飛與夏展霖到國小時，學生們正陸陸續續放學。李麟飛在跟警衛室的值班人員進行訪客登記時，問一名警衛為何今天小學生的下課時間這麼早。警衛說是今天段考，中午就回家了。

警衛接著問：「要去哪棟樓？要帶路嗎？」

李麟飛謝絕好意，他之前已經來過很多次。抱持著或許會遇見不尋常的人物在洪薏純失蹤現場走動的想法，他一有機會就會過來，而這其中幾次，難免遇上潘勳明，畢竟教學大樓辦公室就在旁邊。

只要一和潘勳明的目光對上，李麟飛總不放過跟潘勳明對話，甚至遠遠地看見潘勳明的身影，他還會過去扯些有的沒的觀察對方的反應，被下逐客令也無妨。

搜查行動本就是這麼一回事，好聽點說來叫做鍥而不捨，講明了就是纏人。反正無辜者無罪，心中有愧的，一緊張起來正好稱了他的意。

潘勳明看似正和幾位老師同桌閱卷，他瞥見李麟飛時，眉頭不經意地皺了一下。李麟飛朝他點了頭，比個手勢暗示借一步說話，潘勳明看起來不是很樂意，可他顯然更不想當著其他同事的面拒絕警方的邀請。

「學生們已經回家了，老師卻還在學校加班，真是辛苦。」李麟飛寒暄。

潘勳明一開口便說：「我們之前已經交談過許多次，這種客套的招呼就不必了吧。

如你所見，老師們還得待在學校工作，我沒有什麼多餘的時間可以閒聊。」

「好。」李麟飛也不打算廢話。「老實說，我們需要你的配合。」

「什麼意思？」潘勳明露出猜忌的眼色。

「你還記得三月那時候，為了排查載走洪薏純的座車，我們曾調查過這所國小當時所有停放在停車場的車輛，那時你的轎車也有留下調查紀錄。」

李麟飛稍微停頓時，潘勳明沒有催促，只露出等待下文的神情。

李麟飛接著說：「我們現在掌握了一起失蹤案，跟洪薏純失蹤當時的情況類似，而且在這次，有目擊證人指稱案發當時有一輛白色轎車形跡可疑，我們正在比對兩件案子的相似處。」

「也就是說……」潘勳明無奈地輕笑一聲。「有白色轎車的我，現在跟這件失蹤案也扯上關係了？」

「有沒有關係目前還不曉得，不過希望你同意讓我們對你的座車進行鑑識。」

潘勳明問道：「那個目擊證人有說出車牌或車款？跟我的車是一樣的？」

李麟飛含糊地說：「那位證人沒有看得特別清楚，所以我們要調查的範圍會持續擴大。」

「那麼請恕我拒絕。」潘勳明道：「我沒有義務配合警察毫無根據的調查。」

「如果無罪的話，根本不用擔心我們調查吧！」

「我不擔心被調查，可是假如消息洩漏出去，左鄰右舍一人一句，對我的名聲不太好。何況我從事教職，最顧忌人身形象，這一點請你們警察務必諒解。」

把對話壓縮在最簡短的限度，夏展霖覺得潘勳明的防衛意識很強。

這次他第二次見到潘勳明，這個被李麟飛列為頭號嫌疑犯的人物，在應對警方問話的態度上感覺比前一次更有餘裕，然而明明這次是他們在被害人失蹤隔天就掌握到線索，潘勳明應該連斷指信都還沒寄出才對，為什麼還能如此從容？

李麟飛顯然不滿意潘勳明的回覆，他說：「我們在進行鑑識時，車主也會在現場，你若有什麼顧慮……」

「不了，我拒絕。」潘勳明重申。

李麟飛換個方式問：「那麼請你告訴我，十月十四日，你在什麼地方？做些什麼？」

「為什麼要問那天的事？」

「你外出嗎？去哪裡了呢？」李麟飛有些強勢地逼問。

潘勳明頓了一下，回答：「我一直在家。十四日是星期六吧，我一直待在家裡，週休二日，我通常都在家休息的。」

「你的車呢？」

「你是問我那天車子在哪？當然一整天都停在停車場了，我又沒出門。」

「停車場的名字呢？我會去確認。」

說出停車場名稱後，潘勳明道：「兩位警官，我該回座了。」

李麟飛又攔住他。「你會在學校待到幾點？」

潘勳明皺眉道：「還有什麼事嗎？」

「如果有什麼疑問，希望你還能幫忙。」

「到時候再說吧。」潘勳明剛轉身想走，又轉回來對李麟飛說：「這種無聊的對話，希望李警官你能克制。其實你已經影響到我的生活了，我敢說等等也會有同事問我你們兩位的來意。」

「照實說不就——」

李麟飛才脫口，夏展霖就搶白道：「既然如此，潘老師，我有個提議，您願意聽聽看嗎？」

潘動明的目光挪到夏展霖臉上。

夏展霖從口袋拿出一小疊便利貼。「我們玩個小遊戲。」他撕了一張給潘動明，同時解說道：「您寫個數字，我若能猜到，就得請您繼續容忍李隊長的叨擾；相反的，如果我猜錯，我會阻止李隊長找您會面。」

「喂！」李麟飛不滿地喊了一聲。

潘動明質疑道：「你說真的？」

「真的。」夏展霖自信滿滿地說：「可是數字範圍也不能太大，我看……剛好現在是中午十二點，那麼猜數字的範圍就一到十二。如何？」說著，他把筆遞給潘動明。

潘動明把筆接下，把便利貼放在掌心，遮掩著寫下一個數字，接著默不作聲把筆遞回去。

夏展霖同樣寫下一個數字。

李麟飛心想這個年輕晚輩不知又在搞什麼把戲。

「我寫的是『3』。」夏展霖直接公布答案，他問：「您呢？您寫的數字是？」

潘動明感到優越似地勾起脣角，把便利貼交給對方。

夏展霖看見上面寫著數字「10」。

潘動明冷淡說：「希望你們能遵守約定。」

等潘勳明走遠，李麟飛用一種快要發飆的表情看著夏展霖。

「你哪時候有阻止我問案的權力了！」

「我當然沒有那種權力。」

夏展霖的坦承讓李麟飛一時語塞，而且他覺得夏展霖臉上的微笑實在有些過於燦爛，於是勉強耐著性子說：「你最好解釋一下你的行為。」

夏展霖把潘勳明寫下的便利貼「10」轉給他看。「隊長，剛才潘勳明自己招供了一項很重要的線索。」

李麟飛看著這個數字。「什麼？」

「我們之前不是從圖畫的排列猜測出潘勳明的家庭背景值得調查？可是潘勳明今年二十九歲了，二十九年的過去，要從哪裡開始調查為好？」夏展霖接著說：「本來探索一個人的內心，就不是件簡單的事，心理醫生還可以透過多次交談鎖定對方的心態，但我想潘勳明不會主動配合問話，這樣的話，只好讓他不由自主透露出我們想要的訊息。」

「你是說──要調查他十歲的時候？」

「沒錯。」夏展霖拿出自己的那張便利貼，同樣展示到李麟飛眼前。

便利貼上寫著數字「10」。

「……你明明就猜對了！」李麟飛注意到自己的聲音尖銳了一些。「既然你也猜十，幹麼騙他還故意說錯的！」

「其實我早就懷疑十歲對潘勳明而言是個重要的階段。」夏展霖把兩張便利貼收進口袋。「但我還需要本人去證明我的猜測。我剛才說因為是十二點，所以猜數字範圍定決定在一到十二之間，這是一個幌子，最主要是不希望他意識到我已經對他的幼年時期起了疑心。同樣的，我要是當面說自己猜對，這只會讓他往後對我們更加警惕，對案情沒有幫助。」

李麟飛似乎正在琢磨夏展霖的言論。「你剛才說你早就懷疑他十歲曾發生過什麼事，有什麼根據？」

「是他的工作。」夏展霖解釋：「一個人選擇的工作，有一定的機率是來自童年時期的影響，跟成長環境有關。潘勳明現在擔任國小三、四年級的級任老師，或許有一些脈絡可循，而三、四年級又是小孩十歲左右，剛好符合我的假設。」

李麟飛仍半信半疑。

似乎早已習慣面對質疑，夏展霖泰然說道：「當我們感覺自己有被他人偷窺的疑慮時，想要隱藏祕密的欲望就會更高。這時候如果故意設定一個場景進行誘導，讓人誤以為一切都是自然而然發生的，就會鬆懈警惕，以自認最嚴守的祕密去防備。認為對方不會看穿自己，卻沒想到反而透露了心聲，這就是我的用意。」

他們走在離開校園的路上。

李麟飛接受了夏展霖的推斷，說道：「十歲會有什麼事發生嗎……到了二十九歲的時候才犯案？」

「就我們目前手上偵辦的這個案子而言，我得說確實不能用常理去猜測凶手的行為。」夏展霖說道：「前幾天副隊長帶回來有關潘勳明高中時期的資料，我已經觀察過，潘勳明在高中時期沒有表現出任何不尋常的行為，堪稱是模範生。唯一值得引起注意的，就是他在高三時忽然轉變性格，變得較為沉默。」

那些資料李麟飛也大致瀏覽過。「我記得他的導師說是課業壓力。」

「這是一種可能。」夏展霖推測道：「不過若要我說，這是一種警訊。」

「警訊？」

「性格丕變是值得探討的警訊，代表一個人發生了什麼嚴重的事，足以使自己推翻過去的生活模式。」

「你覺得會是什麼？」

「目前我還說不準，但我可以確定在潘動明沉默的同時，也等於是他埋下殺人欲望的未爆彈。這顆炸彈一直到今年二月被引爆，目標則是洪薏純。」夏展霖微微嘆息著。「遺憾的是，我敢說如果我們無法阻止他，他根本無法克制自己。因為那是一種心理欲望的反射，每到欲望被激起，就會有人受害。」

李麟飛問道：「既然這樣，不是直接討論他為何突然爆發殺人念頭的原因比較好？」

夏展霖反問道：「隊長，你知道精神官能症嗎？」

「聽過。」李麟飛道：「之前抓過一個縱火犯，就說是有精神官能症，結果法官從輕量刑。老實說，我對這一點完全不能理解，那個縱火犯明明表現得很正常，白天還照常上班，晚上就變了個人。」

夏展霖點點頭。「其實精神官能症患者大部分都能融入社會，他們不是精神病，只不過在心理上有某些障礙。」

「為什麼突然提到這個？你覺得潘動明那傢伙也有精神官能症？」

「是的，我是這麼判斷。」他說：「實際上我覺得罪犯都有一定程度的心理障礙，只是影響程度多寡，那使他們脫離正常秩序。」

李麟飛聽完罵了一聲：「該死！他不會是想用心理障礙減低罪責吧？」

「那只能交給鑑定結果跟法律去衡量了。」若是有人仔細窺探，也許會發覺夏展霖的表情帶有一絲哀傷。他繼續說：「大部分是童年的創傷導致了精神官能症，而往往是後來發生的事故觸發長久被壓抑的衝突記憶，讓人表現出異常症狀。」

「等、等一下，你說的童年創傷是什麼？」李麟飛停下腳步問。

夏展霖回答說：「依照理論而言，精神官能症的形成，可以劃分成三個階段。」他比出一的手勢。「第一階段，就是剛才提到埋下未爆彈的隱藏因素。也就是說，患者在小時候遭遇過某種痛苦的、難受的事，讓他想逃離現狀，這種想法一直隱藏在患者內心。而通常這個階段會在某一個時間點結束，患者有可能逃離了這個情況，或許得到幫助、或者加害者遠離了等等原因，這讓患者會因為好不容易熬過了這個艱難的時期，而對外界產生嚮往與配合，企圖融入跟普通同齡者一樣的生活。」

李麟飛明白了，道：「繼續。」

「這時候經過第一階段的患者過著普通的日子，也有自己的生活步調。然而，就在他無法預期的狀態下，他的生活中忽然出現了變故，這個變故讓他馬上聯想到幼年曾經受過的痛苦，於是過往的回憶讓他無法繼續正常生活，他陷入跟過去同樣的難題中而不可自拔，於是患者便會漸漸出現脫軌的狀態。這就是第二階段。」

「我知道了。」李麟飛接著說：「第三階段就是他無法繼續接受現實，因此為了突破困境，選擇殺人發洩心中的痛苦？」

「沒錯，第三階段幾乎可以說是成形的階段。」夏展霖答道：「隊長你剛才提到有關引爆殺人動機的理由，那是最後一項『出現症狀』的環節，也就是第三階段，我們在這個部分探討再多也沒意義，必須往回推。」

「往回推的話，可以說潘勳明高二過渡到高三的階段，有什麼激發了他長久被壓抑的記憶，也就是第二階段，這個記憶和他幼年曾遭受的痛苦相吻合，造成他不能再以笑容面對同儕，開始孤立自己，變得離群索居。現在，只要搞清楚一開始他所承受的童年壓力為何，那麼我們距離真相就不遠了。而我們方才已經得知十歲是潘勳明埋下未爆彈的關鍵——我們已經逐漸接近問題的核心。」

朱晉杰一一比對茶會簽到本的字跡，跟教師工會成員留下的個人資料紀錄是否相符。

教師工會發出去的茶會邀請函有七十封，可實際到場人數為四十七人。根據孫威宇的證詞，與林盈君過從甚密的男性不是工會成員，但既然出示了邀請函，就表示那男的與某位工會成員有一定關係，而簽名本上沒有陌生姓名，最有可能就是冒名頂替某個收到邀請函的工會成員現身。

當時茶會負責櫃檯簽到的人並沒有仔細核對邀請函的姓名與到場人的簽名是否一致，也沒有回收邀請函的動作，這確實讓比對資料增加了麻煩。不過他從工會內部的資料填寫單上的筆跡，很有效率地比對出與簽名本的簽名筆跡有異的三名嫌疑人。

將三位嫌疑人的資料列印出來，他決定不先通知，直接到府拜訪。猝不及防的造訪最能讓一個人露出馬腳。

將要離開小學校園時，李麟飛說：「你先回局裡吧，我要繞去別的地方。」

夏展霖看著李麟飛略顯防備心的眼神，似乎從中得知了什麼訊息，便露出一種了然於心的微笑回應道：「那我先去調閱停車場的監視錄影，看潘勳明在十七日有沒有駕車出門。」

「一有結果就通知我。」

「好。」

李麟飛獨自往回走，不一會兒就到了當初洪薏純失蹤的案發地點，第二停車場的側門一帶——犯罪者往往會回到犯罪現場，他們就跟所有圍觀者一樣，好奇罪惡會如何在這個地方激烈地發酵——遠遠地，李麟飛發現有個嬌小人影窩在花圃的磚臺處。

他走近看清楚，原來是洪薏亭，這個小女孩正拿著彩色筆做功課。

大概察覺有人靠近，洪薏亭抬起小臉注視著，可愛的圓眼眨呀眨，好像在思索自己記不記得這個人，怯生生地喊了聲：「警察叔叔？」

李麟飛當然不會忘記這個小女孩，還有她至今仍下落不明的姊姊。她們的長相不停在他腦海閃現，最後變為一截怵目驚心的斷指。

李麟飛猶豫著走過去，他不太擅長跟小孩打交道，但有股力量驅使他去安慰這個小女孩。

他坐在洪薏亭旁邊，盡量把自己的神情放輕鬆，以免嚇到孩子。

「聽說你們學校今天段考。」李麟飛瞥見洪薏亭腳邊的書包。「怎麼不快回家？自己待在外面不安全。」

小女孩有些委屈地噘著嘴巴說：「我想在這裡等姊姊回來。」

李麟飛一時沒說話，又聽見小女孩說：「媽咪說迷路了不要亂跑，待在原本的地方，別人才找得到，所以我在這裡等姊姊。姊姊迷路了，等一下就回來了，對不對？」

「……」李麟飛握緊拳頭，一道滿是遺憾與不甘的情緒讓他的心臟激烈地跳動起來。

他望著小女孩的臉，知道她的母親沒把洪薏純的事情全盤托出。也對，如何讓一個小學生理解自己親愛的姊姊已經永遠回不了家了呢？

「警察叔叔。」小女孩煩惱地抬起頭，想看見李麟飛的臉。「你知道姊姊去哪裡了嗎？媽咪都不告訴我。」

天真的小臉似乎喚起了李麟飛強烈的正義感。他忽然拿起她的書包，偎在身畔的書包好似還殘留女孩殷切的體溫，有一種燙手的感覺。李麟飛想把她送回家，讓她的家人去思索怎樣圓好離別的謊言。

「走吧，我帶妳回家。」

「等一下啦！」小女孩想扯回自己的書包。「我還想在這裡等一下姊姊——」動作間，她膝上的作業本與彩色筆掉落地上。

小女孩發出賭氣似的喉音，蹲下撿起掉落的東西，李麟飛不經意瞥見她作業本上的塗鴉。

「那是聯絡簿？」他問。

「對。」小女孩乖乖地點頭。

「借我看看。」

見小女孩猶豫著，李麟飛道：「馬上就還妳。」她這才不太甘願地把聯絡簿拿出來。

李麟飛翻閱著聯絡簿，稍微瞄過洪薏亭的幾篇塗鴉，大抵在講自己身上發生的事，隔天交回後由導師批閱，李麟飛看見潘勳明都會針對塗鴉回覆一、兩句話。聯絡簿記錄到現在是十月，他很快往前翻，想看看洪薏純失蹤事發那時候二月二十六日前後的紀錄。

這一學期一本的聯絡簿，從七月底開學起始。

李麟飛問：「妳還有沒有留著二月那時候的聯絡簿？」

小女孩想了想。「要問媽咪。媽咪收起來了。」

「那我們現在趕快回去找妳媽咪。」李麟飛二話不說，把聯絡簿塞進書包裡，就牽著洪薏亭回家。

如果他料得沒錯……

李麟飛的臉色返回了堅毅與自信。

如果他料得沒錯，潘勳明早在二月二十六日園遊會之前，便得知洪薏純會到校參加。她的妹妹把一切近況都畫進聯絡簿。

潘勳明根本不是和他所供述的對洪薏純毫無認識，那之前他就透過這滿是塗鴉的聯絡簿知道洪薏純的存在。

7

聽著鄰座的人不耐煩地敲著方向盤，朱晉杰忍不住埋怨：「你乾脆去加入交響樂團算了。」

發出敲擊聲的食指僵住，李麟飛白了朱晉杰一眼，改為雙手環胸，但目光仍注意對面舊公寓某住戶的燈光。

這裡是潘勳明的住所，他那間房的客廳窗戶面對著馬路，讓在馬路邊跟監的李麟飛兩人看得很清楚。

朱晉杰捻熄抽到底的菸，闔上手裡的聯絡簿。

整輛車裡煙霧瀰漫，但過不到兩分鐘就從車窗的縫隙洩出去。

朱晉杰不想再翻開這本聯絡簿，因為從李麟飛拿這東西回來的時候，他們就知道已經戳破了潘勳明的謊言。聯絡簿上有一則心情記事，寫著一個妹妹如何期待姊姊與她一起參加園遊會，妹妹還附上了一張照片，與老師分享姊妹倆的近照，而這位老師在聯絡簿上的回覆：「**老師也很期待唷！**」如今看來，簡直是一種赤裸裸的犯罪宣言。

然而這份證據同時又太薄弱，潘勳明大可宣稱自己只是匆匆掃過一眼，不記得洪薏純的長相。所以他們才會在這裡監視潘勳明的動作。

儘管處於被動，李麟飛一直不願放棄。

照片裡的姊妹是那樣和睦、親密，綻放著少女獨有的純真微笑。因為體貼父母工作辛勞的關係，姊妹兩人一直互相扶持，不願給雙親添麻煩；若說洪薏純有什麼任性的地方，大概是她早早放棄未成年耍賴的特權，始終將自己擺在長女的角色，她照顧妹妹，課業方面也表現傑出。如此善解人意的少女，為何會遭遇這種慘劇？

朱晉杰注意到李麟飛的拳頭緊緊箍在方向盤上，目光透露出憤怒與不甘。車內的氣氛緊繃到令人窒息。朱晉杰又低頭看著聯絡簿封面，看著那方方正正稚嫩的國字。

他總是在想，很多時候警察就是一些良心過剩的人，所以才會甘願戴上正義的光圈卻一直被犯人折磨。

朱晉杰又拿出一根菸。

「你今天過濾了出席茶會的成員吧？」李麟飛問：「有沒有找到可疑的？」

「本來有三個會員的簽名字跡可疑，但最後都確認是本人沒錯。現在從所有成員的名單重新調查，還得多花一點時間。」

這時候李麟飛的手機響起，震動的聲音在寂靜的車廂裡格外響亮。李麟飛認出這是洪薏亭家裡的電話，他趕緊接聽。

「喂？」

「您好，是李警官吧？」

「洪太太？」李麟飛說。他當下猜測洪母虛弱的聲音到底是因為大女兒的事情太煎熬了，還是刻意壓低聲音？

「嗯。不久前您來家裡拿聯絡簿的時候，因為薏亭在場，所以我不好多問……」

「怎麼了嗎？」

電話那頭沉默了一下。

李麟飛耐心地等待著，他隱約可以聽見洪母哽咽吸鼻子的聲音。

「這好幾個月來……一點消息都沒有，我……我簡直要撐不下去了……」

「……」李麟飛本來想要道歉，但尚未發出聲音，就認為自己還是保持沉默最好。道歉是無能的藉口。

「李警官，既然你臨時要蒐亭的聯絡簿，是發現什麼線索了吧？是不是？」

「對，有可能是線索，我們有在很多方面——」

「這樣就夠了，李警官……」電話那頭說：「你們還沒有放棄找我女兒。李警官，告訴我吧，你們可以抓到把我女兒帶走的混蛋，說你們可以抓到！只要你們說了，我就相信，我就可以繼續等……」

朱晉杰從漏音的手機聽到這句話，忍不住轉頭去看李麟飛的神色。這是沒有警察敢打包票的事。

李麟飛直愣愣地盯著眼前某個角落，說：「會，我當然會抓到那個混蛋。一定會。」手機的另一邊似乎已得到想要的結果，無話可說，但李麟飛卻重複說著：「放心吧，我會抓到他。我一定會抓到他。」

夏展霖已經查詢過停車場的監視紀錄，確認在林盈君失蹤當天，潘勳明的白色轎車一直停放在停車場內。

既然自用車清除了嫌疑，難道會是租了車嗎？

夏展霖繼續猜測著，並安排人手去各租車行打聽消息。光用潘勳明的姓名打聽還不夠，必須考慮使用他人證件的可能，於是在林盈君失蹤期間所租出的所有類似白色轎車的款式，都必須清查。

這是個大工程，但夏展霖認為要破案，最好就是穩紮穩打。

心理學所賦予的技巧只是找出破解重重迷霧的一處線頭而已，為了避免線索斷絕，他必須緩慢、謹慎地將線拉住。

朱晉杰發出一聲類似蛇嘶的提示。

李麟飛從通話中抬起頭，看見潘勳明走出公寓樓下大門。

「抱歉，我得先掛斷……」李麟飛匆匆結束與洪母的通話，眼神立刻鎖定在潘勳明的身上。

車子的防窺貼紙讓他們順利隱藏車內的身影。儘管潘勳明走出大門時有特別張望，但似乎沒發現任何不尋常之處。

潘勳明轉向左側的街道走出去。

「我去跟著他。」李麟飛搶先說：「你就待在這裡等我聯絡。」

他小心翼翼打開車門，伏低身體跟上潘勳明。

「小心。」

朱晉杰的提醒剛好被關車門的聲音抵銷。

李麟飛謹慎地跟在潘勳明身後，注意他們走過的街道以及潘勳明扭頭去看的地方，就算只是他隨意一瞥，也可能會是重要的線索。

在跟蹤途中，李麟飛又想起之前洪母的聲音，既顫抖又無助，只能把唯一的希望押在他身上。

這不是單一個案，所有受害者家屬都希望警察幫他們將罪犯繩之以法。他們熱切企盼警方解決自我的困境，唯有揪出犯人，他們才有一個可以憎恨的對象，否則他們會怪罪警方的無能直到自己的情緒找到出路。

潘勳明保持一定的步伐，從騎樓穿越出去，過馬路，經過重重的公車站牌。這趟路程已經持續半小時，而周遭的景色從住宅區轉為商業區，又轉為逐漸沒落的舊市街一帶。

舊市街是昔日繁華的市集交易場所，可隨著商業中心轉移，這裡失去了輝煌的色彩。

李麟飛一發覺潘勳明要往舊市街的方向，心裡就感覺有哪裡不對勁。根據目前調查潘勳明的背景資料中，沒有發覺潘勳明跟舊市街有任何地緣關係。

看來有必要再更深入去調查了。

舊市街有些道路非常空曠，很難藏身，但某些地段卻又狹小得如同鼠巷，導引著通往諸多店家與老公寓的後門。

李麟飛下意識將自己的距離與潘動明拉得更遠一點，以免潘動明察覺他。

潘動明接著走進一座地下道，李麟飛先看一下地下道的出口，發現有三個不同街區的出口時，他當下不得不和潘動明一樣進入地下道。

然而不知是否地下道掀起了腳步聲的回音，李麟飛在拐了一個彎後，發現潘動明竟站在前面等他。

李麟飛一驚，停下腳步，連閃避都沒辦法。

「你在跟蹤我嗎？」潘動明面無表情地說。

「我只是在巡邏而已。」李麟飛辯解。

「巡邏？」潘動明皮笑肉不笑地問：「那為何不繼續走？」

「我當然會繼續走。」

說是這麼說，李麟飛卻沒繼續走。

僵持問，李麟飛看見潘動明的表情忽然變得有點奇怪，那有些蒼白的臉部皮膚顫動著，顯露出威脅的笑意。

「你不應該逼迫我的。」潘動明用強調的口吻說：「你不可以這麼做。」

「不可以？」

「我明明暗示過你很多次，你為什麼不懂？」

李麟飛警惕地瞪著潘動明。「我不懂你在說什麼。」

潘動明詭異的笑臉平復了，低聲問：「你在裝傻嗎？」

「你才不要裝了！趕快認罪吧！」李麟飛壯膽似地揚聲說道。

等地下道裡驟響的回音平息，潘動明彷彿明白什麼似的，掌心捂著嘴，竊笑低喃道：「原來是這樣啊……你不記得……呵呵呵呵！原來是這樣啊……」

盯著潘勳明不正常的反應，李麟飛不解。「你在說什麼？」

「沒什麼。」潘勳明甩甩手。「李警官不是說在巡邏嗎？該繼續了吧？」

「……哼。」

李麟飛鎮定地繞過潘勳明，悄然回頭時，發現潘勳明仍盯著他的背影。

走出地下道後，李麟飛趕緊躲在一旁，想觀察潘勳明是否會繼續過來，不過潘勳明已經沿著原路回去了，李麟飛遠遠看見潘勳明在地下道入口處走開。

「該死！」

李麟飛恨恨罵了一聲，心想自己為什麼會被發現；又走出來觀察地下道這一端出口附近，到底有哪裡是潘勳明原本想去的地方。

觸目所及全是老舊的商店看板、交纏的電線、虛弱的路燈。

是哪裡？

潘勳明原本想去哪裡？

8

夏展霖取得了潘勳明十歲時的國小同班同學名單，以及所有教師們的聯絡資料。他耗費一整個上午向這些人打聽潘勳明的消息，並且旁敲側擊，希望找出跟潘勳明還有在聯絡的人，然而卻沒有誰可以提供任何資訊。

潘勳明在當時是個沉默而內向的男孩子，不僅沒有較為親密的朋友，似乎連老師們也沒有格外注意到他。

儘管還有一部分的名單沒有聯絡到人，但夏展霖已粗略有個結論：十歲確實是造成精神官能症的第一階段。比起潘動明國中時的耀眼表現，國小的他如此不起眼，像是要將國小的過去拋棄，潘動明升國中後不僅當了班長，還成為班上的中心人物。

十歲時，潘動明到底遭遇了什麼？

夏展霖看著自己的筆記，腦海裡陷入沉思，一名國小的男童會遭遇的事件不外乎幾項，家暴、霸凌、人際關係、課業壓力，金錢呢？夏展霖把「金錢」圈起來，認為國小生大概還不會跟金錢掛鉤，但上述的因素或許會跟金錢有關。

目前已知潘動明的父母皆已逝世，潘動明身邊也沒有關係特別緊密的朋友。值得注意的是，在打聽之下，潘動明目前在同一國小任教的同事們，也沒聽說有哪位同僚跟潘動明有深入的交往。

潘動明保持著良性而普通的職場關係，據說也沒有與異性交往過的傳聞，甚至更沒聽他談起任何下班後的休閒活動，這一點讓夏展霖撇除了「共犯」犯案的假設，專注在潘動明以某種手法獨自行凶的觀點上。

下午的時候，朱晉杰先回到局裡，他去檢查教師工會的名單是否有嫌疑者，同時詢問他們有誰認識潘動明，但得到的答案都是否定的。

潘動明沒有加入工會，倘若他是在聚會的場地跟林盈君碰了面，那潘動明手裡的邀請函是哪裡來的？

與林盈君有關的人物，他也一一詢問過。林盈君沒有男友，身為新上任的老師，她的表現顯然很獲得學校欣賞，同事之間頗有好評。對於她這兩天的缺席，她的同事們都沒有頭緒。

「接下來要往哪裡查都不知道。」朱晉杰躲到分局後面的牆角偷抽菸。

夏展霖跟在他身旁。「不過這次林盈君的家屬還沒收到凶手寄來的斷指，也有可能不是她。」

朱晉杰吐出一口白煙。「按照凶手的計畫，家屬會在案發的第三、第四天收到斷指信吧。林盈君失蹤那天是星期六，就算把信投遞到郵筒，郵差最快也是星期一才收信，今天星期二，估計明後兩天就會有結果了吧。」

「嗯。」夏展霖認同朱晉杰的說法，但這也表示就算他們提早料到失蹤者跟案子有關，卻無法及時救出被害者。夏展霖話鋒一轉：「聽說昨天你跟隊長在跟監潘勳明？」

朱晉杰應了一聲。

夏展霖問：「潘勳明有出門嗎？」

朱晉杰將李麟飛獨自跟蹤的情況說了出來，包括被潘勳明發現有人跟蹤。

「這樣啊……」夏展霖低聲道：「這有可能讓潘勳明提高警覺。如果我們想做什麼，都必須加快速度才行了。」

翌日，李麟飛與朱晉杰守在林盈君所住的大樓門口，從早上八點開始等待。

他們表情凝重，心知這是一場艱難的戰鬥，而凶手送來的斷指信會是激起這場戰鬥最高潮的宣戰。

約莫九點，他們看見郵差的機車駛入視野。

一抹綠色的身影，執起一疊信件，往大樓走進。

李麟飛已迫不及待衝過去，朱晉杰則跟在後面，觀察凶手會否躲在附近偷窺——儘管他們一早就確定潘勳明在國小上班並沒有缺席，他們仍保持戒心。

李麟飛忽然現身，讓守衛大樓的管理員露出狐疑的表情，正想過去詢問究竟時，朱晉杰出示身分，並解釋這一切已獲得屋主林淑君本人許可。李麟飛根本不管其他人，他眼裡只有郵差手中夾在信件裡頭的一紙褐黃色信封。

李麟飛慌張地把信封奪過來，要開封時，朱晉杰又搶了過去。

「冷靜一點！」朱晉杰早就戴上乳膠手套，他的眼神難得有一絲責備。

李麟飛默認後，朱晉杰用刀片割開信封，看見裡面有一截斷指時，他愣了一下。

李麟飛拉過朱晉杰的手腕也看了信封裡面。

這是他們在腦中預演過無數次的畫面，也是最不願看見的畫面，就在此刻無情地呈現了。

一截斷指。

李麟飛奔出去。

9

「是嗎……」夏展霖接到朱晉杰的來電，得知凶手寄送斷指給林盈君的家屬。「我請其他同仁去向林淑君小姐解釋，你們先回來吧。局長說我們要開個會，還要把信封交給鑑識組。」

聽到夏展霖的話，朱晉杰發出猶豫的聲音：「這個嘛……」他瞄一眼疾駛的車外景色。

夏展霖眉頭一皺，看似察覺了什麼。「兩位在哪裡？請不要——」

「沒，我們馬上回去。」

朱晉杰打馬虎眼，倉促掛掉電話，剛好車子也停下了，卻不是停在分局前，而是潘勳明住家對街。

「唉……」朱晉杰嘆了一氣。「我是不是該假裝不知道你要幹麼？」

「放心，不關你的事。」李麟飛說得匆忙。「你只是聽見假警報的通報過去確認實情而已。」

「假警報？」朱晉杰扯扯嘴角，乾笑道：「是原子彈還是炭疽熱？」

李麟飛不理會他，從後座拿了一件外套和鴨舌帽，簡單偽裝後就跑到公寓隔壁的大樓。

彷彿為了這一次的行動，李麟飛已經調查妥當。潘勳明的住家是承租的，而房東就在一樓居住，經常在騎樓和鄰居聊天，打聽之下是個相當老實的人。

李麟飛先溜進去的這棟大樓沒有管理員，但是電梯需要感應晶片才能啟動。不過無所謂，李麟飛不必上樓，他走到一樓旁邊的逃生梯前，避開大樓門口的監視器，按了火災警報鈕。

響亮的火災警報器鈴聲立刻溢出大樓，朱晉杰又無奈地嘆了一口氣。他看見潘勳明的房東跑出來觀望旁邊的狀況，這時他才走過去。

大樓的警報響了一下就停了。

朱晉杰走向房東。「我們接到消息，有人誤觸警報。」他拿出證件。

房東瞧了瞧眼前的警察，唯唯諾諾應是：「我就想怎麼一點煙都沒瞧見。」

朱晉杰吸引了房東的注意力，這時候李麟飛從旁邊大樓悄悄竄進公寓。

「就算誤觸警報，但我們還是得到場確認狀況嘛。」朱晉杰拖延時間。

「你們警察也來得很快啊。」

「呃，剛好在附近巡邏！」

李麟飛已經跑到公寓裡了，故計重施，一樣按了警報器，接著迅速躲到牆後。這時，房東立刻轉頭看自己的房子，果然看見火災警報器正在發光。

「失火啦！」似乎從沒碰過這種事，房東慌張地喊。

「等等！」朱晉杰跟了過來。「你這裡警報器的型號跟隔壁一樣，有可能也故障了。」

「故障？」

「先把警報關掉。」

房東照著朱晉杰說的拉下警報閥，他接著問：「是不是該報警？」

「我就是警察啊。」朱晉杰說。「我們現在得檢查大樓裡面是不是真的有狀況，也有可能真的出問題，警報器才一直響。你跟我去繞一圈。」

朱晉杰正要上二樓，李麟飛脫掉帽子和外套，假裝臨時到場支援。朱晉杰說：「不然我檢查二樓，你從三樓開始。」他轉向房東說：「你跟他去。住戶鑰匙有帶嗎？如果遇到緊急狀況可以立刻協助處理。」

「緊急狀況？」

「從門縫底下竄出白煙之類的。」朱晉杰都覺得自己講得有些心虛。

「知道了，我去拿。」房東懵懵懂懂，只得依著朱晉杰的吩咐，取了住戶鑰匙後跟李麟飛一起爬樓梯上三樓。

三樓的第一間房，正是潘勳明的住所。李麟飛刻意按電鈴，發現沒人後，他對著房東說：「請把門打開。」

房東一頭霧水。「為啥要開？」

「怕裡面的人有意外無法應答。」李麟飛強調：「這是公務，我會負全責。」

縱然感覺不太對勁，房東還是挑了鑰匙，打開潘勳明的家門。

「你在這邊等。」李麟飛吩咐一聲，快步進入屋內。

這間房子的格局，李麟飛早就調查清楚並深印在腦海裡。他的視線掃過客廳、開放式廚房、浴廁，然後快速走進潘勳明的臥室。

一進臥室，李麟飛不由得僵住身體。

臥室的四面牆上，掛滿大小不一的油畫，畫中清一色是個小女孩的身影，什麼樣的姿勢都有，身上還穿著不同的洋裝。

油畫數量之多，讓李麟飛心底忽然冒出一種夾雜著恐懼與噁心的感覺。

「警察先生，怎麼樣啦？」

房東在門口大喊的聲音找回了李麟飛的意識。

李麟飛大聲回應：「稍等！」

他先隨便挑了一張油畫，利用手機拍下，接著趕緊戴上乳膠手套，開始挨個打開抽屜、衣櫥，以及所有可以打開的櫃門，但他沒有找到任何想要的、可以稱得上殺人證據的東西。

李麟飛稍作停頓，目光返回潘勳明的床鋪，有種吸引力迫使他去掀開潘勳明的枕頭與棉被。

而他也如此做了。

10

律師之前囉哩囉嗦講了一堆，但最後一句侯振岳聽得最清楚：「假如你們再繼續騷擾我的客戶，那麼我們不排除對所有相關人等提告。事情鬧大的話，我相信這對警方的聲譽來說是相當負面的事。」

的確是相當負面的事，但不只對警方的聲譽，對他升遷的官途也大有影響，侯振岳感覺頭疼不已。等潘勳明聘僱的律師離開警局，他怒氣沖沖地把李麟飛和朱晉杰喊來辦公室。

「真是太神奇了！」侯振岳誇張地做了個手勢。「我居然還沒被你氣死！」

李麟飛沒說話，朱晉杰也識趣地閉上嘴巴，一旁的夏展霖沉靜深思著，不知在想些什麼。

「你們到底是怎麼想的？」侯振岳繼續開罵。「為了進入姓潘的傢伙家裡，居然謊稱火警？好吧，如果騙騙管理員就罷了，但連消防車都來了，你知道消防隊出勤一次要花多少稅金嗎？就算說是誤觸警鈴，也得搞清楚是哪個不長心的蠢蛋！」

侯振岳乾巴巴地哈了一聲：「哈！現在倒好，原來兩個蠢蛋都在我局裡！結果嫌疑犯變成被害人，我們警方被扣上了騷擾民眾的帽子。奇怪耶，你們做事情之前怎麼不想想後果？還是覺得無所謂呀？啊？」

李麟飛不甘願地癟嘴。「事情是我幹的，我會負全責，跟小朱無關。」

「當然是你負責！不然你指望誰扛？說得可真豪氣。」侯振岳氣得連連搖頭。

朱晉杰跳出來打圓場：「唉唷，局長，事情都發生了，別氣。」

「小朱啊，我讓你跟在這傢伙身邊是讓你看住他，不是跟他一起亂來的！你不是一向很懂事情該做與不該做的分際嗎？怎麼這次也糊塗了！」侯振岳說：「算了、算了，說再多都是枉然，人家律師都來局裡了，恐怕事情都被督察往上呈，我想瞞也瞞不住。」

「局長，我——」

「別說話，去寫悔過書！」侯振岳打斷朱晉杰的話，然後看向李麟飛說：「我要把你撤出這個案子，我想上頭的人也會這樣決定。」

「不行！」李麟飛激動起來。「我已經快查出案子的真相了，我必須繼續參與這個案子！」

「我們辦案找證據有個東西叫做搜索票，用搜索票找到的證據才有法律效力。自己找理由闖進對方家裡找的證據都沒用，你難道不懂嗎？」侯振岳擺擺手。「我已經決定了，你不可以再插手這個案子，你把這案子所有的資料全部交出來。」

「老侯！」

「不要再說了！難道要等懲處下來，你才會比較甘願嗎？」

李麟飛咬牙切齒。

「三隊的連續竊案要收網了，你去那裡。」侯振岳轉過頭，下了逐客令。「沒商量的餘地，都出去吧。」

李麟飛當先衝出去。朱晉杰與夏展霖對看一眼，前者也跟著李麟飛走了。

侯振岳略顯疲倦地坐下，對夏展霖道：「接下來這案子就交給你主導，小朱繼續跟你合作。」

「好。」夏展霖頷首，走到侯振岳面前站定，謹慎地開口道：「其實我有一件事，希望局長可以幫忙。」

侯振岳下意識擰起眉毛。「嗯？」

「根據過往的統計，偵辦連續殺人案的刑警，有一定的機率會遭到凶手報復。」夏展霖提出要求：「簡單來說，我需要李隊長的家庭背景資料，他的親戚關係、家庭組成、財力以及職業狀況。」

「遭到報復？」侯振岳對這個字眼非常敏感。「難道你也認為那個姓潘的是凶手？所以這次他們的行為惹到他了？」

「我只能說潘勳明先生的嫌疑不小，而且李隊長的懷疑有合理的理由，可惜眼下沒有證據。」

侯振岳嘆著氣。「我知道你的顧慮，但是把他全家人都調查過，有必要嗎？有名單就好了吧？」

「如果能掌握確切的資料，會更有利於進行分析。凶手一定是透過某些管道接觸目標。找到雙方的交集，對推動案情有幫助。」夏展霖補充：「當然，我們都希望這種事情不會發生，而且為了避免造成李隊長不必要的負擔，還請局長對我這個要求保密。」

當晚，夏展霖就收到了有關李麟飛的家庭成員資料。資料從自家的傳真機源源不斷傳進來，夏展霖仔細排好順序，開始瀏覽。

李麟飛是獨生子，直系血親有父親與母親。父親曾擔任議員，目前已卸任；母親婚前從事金融證券業，婚後離開職場，沒有工作。兩人居住在中部，原本北部的住宅留給了兒子李麟飛。

李麟飛有婚配，劉晏珊，三十二歲，與李麟飛相差了六歲。兩人在六年前結婚，沒有兒女，一起居住在父親的舊宅裡。

劉晏珊的母親住在療養院，父親早逝。劉晏珊為獨生女，婚前是在飯店擔任現場演奏的鋼琴師，婚後辭職在家。

夏展霖的目光隨文字挪移，將所見的一切資訊暗暗記在心裡，隨後列舉出一些他想要再調查的事，譬如李麟飛的求學生涯、擔任刑警的過程。因為他相信憑李麟飛的脾氣，一定會在偵辦過程中犯下不少爭議，而大部分大概都由他的議員父親遮掩掉。

父親的議員光環也是一大疑問，為何李麟飛沒有從政？夏展霖又聯想到他們的父子關係，他寫下「**聯絡頻率**」，如果能知道他們父子之間的感情，或許能窺知李麟飛的成長脈絡。

夏展霖將這些問題打成文字稿，接著撥通了柯凡的電話，請柯凡私下協助他。

此事稍歇，夏展霖拿起另外一份資料，那是李麟飛利用火災警報非法進入潘勳明家中得到的唯一線索。

根據李麟飛的描述，潘勳明的房間掛滿了某一位女童的油畫，數量之多令人咂舌，而李麟飛趁機偷拍了一張油畫。

油畫的用色很鮮明，女孩是一副坐在學校桌子上的姿勢，表情淡然。

夏展霖盯著畫看了好幾分鐘，總感覺心裡瀰漫說不出的情緒。

畫中的女孩與其說是女孩，不如說是穿著洋裝的稚齡學童，畢竟這名孩童是短髮，眉宇之間也有幾分俊俏，只是穿著洋裝，所以觀者很自然將模特兒歸類在女生。

或許真的是女孩，但……

夏展霖心裡浮現了一個念頭：這畫中的人物該不會是潘勳明自己吧？

如果是的話，又代表什麼？

夏展霖腦中思考的事觸及了他這兩天都在過濾潘勳明十歲的資料。

潘勳明國小的畢業紀念冊在他手裡。他開始從資料堆裡把東西找出來，翻到潘勳明的班級，對照著潘勳明的小學畢業大頭照。

比對之下，他發覺自己的設想沒錯。儘管畢業時又多了兩歲，臉型變瘦，但畫中的女孩正是潘勳明小時候的樣子。

夏展霖精神一振，注意到油畫的角落簽著一個署名的英文草寫「Ling」。

玲？靈？或是任何音似「林」的字眼？

這就是作畫者的簽名了吧。

到底會是誰？

11

把門窗全部鎖好，潘勳明回到房間，望著床鋪那被掀開的棉被以及掉落地上的枕頭。

他知道今早李麟飛和同伴找藉口闖了進來，而為了宣示主權，他聘請律師做出反擊。聽說李麟飛已經被撤出斷指案了。潘勳明心想：被撤出案子的李麟飛，會不會真的放棄？

潘勳明並不急著收拾床鋪，相反，他打開買來的便當吃了起來。他同時翻閱晚報，看見一則斗大的社會新聞標題寫著「**斷指案進度未明，警方疲於奔命**」，文字配圖還有李麟飛閃躲鏡頭的模樣。

潘勳明握住了手裡的筷子，直接刺進那張報紙配圖的李麟飛臉上。

12

劉晏珊知道李麟飛的情緒很焦躁，她看得出來，同時意外有案子會將他逼成這樣。他一直都是很有自信的樣子，尤其是在工作上，這也是她很仰慕他的原因；然而斷指案卻讓他感到挫敗。

不久前，李麟飛的搭檔朱晉杰才打電話給她，偷偷告訴她有關李麟飛被撤出斷指案的消息。

朱晉杰是丈夫的好搭檔，也來家裡吃過幾次飯，對於他總是在工作上協助李麟飛，劉晏珊備覺感激。

終於清楚緣由，她努力想安慰他：「今晚你想吃什麼呢？我準備了好多喔！」

「都好。」李麟飛心不在焉地按著電視遙控器。

可實際上李麟飛毫無胃口，吃沒幾口就停了筷子，在屋子裡心焦地來回踱步。劉晏珊看到他這樣子，著實感到不安，於是逮到機會就想和他說說話，設法讓他開心一點。

「抱歉，讓我安靜一下。」李麟飛忽然說。

劉晏珊當場僵住，扯出苦笑道歉：「對不起，我不是故意的……那、那我先出去，有事情你再叫我。」說完，她離開了房間。

之後一連好幾天，他們之間的互動莫名多了一層隔閡。

劉晏珊望著未曾被動過的飯菜與衣物，想不通其中的理由。雖說他以前也曾經為了案子勞心勞力，卻從沒落入如此狼狽的境地。斷指案對李麟飛來說竟有這麼重要？

她疲倦地坐在沙發上，仰頭望著天花板，想起了朱晉杰。劉晏珊假設自己若是也對刑偵拿手的話，或許就能像小朱那樣幫上李麟飛的忙，而不是枯坐在這裡，望著親愛的人一天天疲憊下去。

有什麼是她可以做的嗎？

懷抱如此強烈的念想，劉晏珊每天都在為李麟飛祈禱。然而，對他們而言都過於殘酷的事情發生了。

那是在剛邁入十一月的時候，天悄悄轉涼，一切都變化得毫無徵兆。

劉晏珊出門後被緊急送醫，在醫院待了好一會兒，才剛得知自己懷孕的喜訊，下一瞬，卻無可挽回地流產了。

第七章

現今，十一月

第三夜

男人關上門，然後上了鎖。

這是個不容許他人打擾的時刻，只有他獨自一人，處在藏滿祕密的空間裡，將道德與無謂的良知屏除在外。

奇怪的是，平日生活未曾感到落寞的思緒，會在這種四下無人時強烈地撲襲而來。

男人離開門扉，擇位坐下。那是一套書桌椅，鮮少用過，只在他特定時候會打開檯燈用來思索著瑣事。桌面已經積了一些灰塵，他用袖子輕拂過去。

這件事他先前已模擬過，這是第四次。

男人在陰暗的空間裡，專心地處理手邊的事。一整疊褐色八開的牛皮紙袋放在桌上。

偶爾他需要釋放壓力。

每經過一段時間，會有那麼幾天，需要格外的慰藉，用以療癒藏在心底的祕密。

還好他有他的愛人。

沒有人可以奪走他心愛的人，男人想著，嘴唇同時咧出了上揚的角度。

所謂的男人、女人，最後在一起的時候總需要一些諾言，儘管承諾這回事在現在的時空並不具備太大的效果，但決定相守終身的伴侶們依然趨之若鶩。而他此刻正在進行的便是這種許諾的儀式，當儀式完成，便證明他的愛如此膽大，如此奮不顧身。

他先把泡棉鋪在信封裡，而後輕輕拿起一截小指頭——這是那位女子的左手小指。

當他剪下這截小指時，女子的神情完全沒有改變。冰凍的環境已經將她的生命定格在最後一刻——同樣放入信封裡密封。

他的手掌墊著一塊白布，執物的態度就像捧著一枚結婚鑽戒，仔細不讓自己指上的油脂汙染到它。

最後，他又望了信封內部一眼，這是女子身體的一部分。當有人發現這截斷指時，最後終會明白他在這段感情裡所付出的，遠比那瘋狂追趕他的傢伙更龐大。

1

夏展霖聯絡上陳志傑時，他正在挨家挨戶拉保險業務。

年終業績壓力與不甚景氣的經濟市場顯然讓陳志傑傷透腦筋，他數度透露自己不想浪費時間接受訪問，也「沒有必要」接受訪問，還稍微提到之前被一位刑警拜訪時惹出了不太好的傳聞。夏展霖費了好一番功夫才引誘陳志傑答應會面，條件是豐厚的稿費以及他會在同仁之間介紹他的保險業務。

他們約在一家咖啡廳碰面，地址位於巷弄內，上班時間顯得格外安靜。

夏展霖裝成一位新聞記者——他有不少記者的名片，全是因為接受訪談而收到的。

他在心理學方面頗有成績——他想這是一個善意的謊言，不會害任何人受到傷害。

他遞出一張標示著他人姓名的記者名片，陳志傑收下，只瞄一眼。

「您要喝什麼？」夏展霖和善地問。

「咖啡就好，不加糖。」陳志傑簡單地吩咐服務生，等服務生離開後，陳志傑立刻對夏展霖問：「你說你想要知道潘勳明在高中時的狀況？」

「對，我們雜誌社推出了一個專欄，是專門介紹各校的代表性老師，我們收到了推薦，說潘老師在國小的名聲不錯，也曾上過該校的校刊專訪。」夏展霖將準備好的說詞道出。「除了他本人的訪問之外，我們也希望藉著他人的想法來跟他本人做比對，這樣的專欄內容才會顯得比較公正。當然，以下談話若寫成文字，我們不會透露您的名字，也不會影射到您，請您放心。」

「代表性的老師？」陳志傑笑得有點勉強。「他有什麼好代表性的？」

夏展霖沒有直接回答，而是反問：「您不知道嗎？我以為你們經常聯絡。」

「哪有啊，高中畢業之後我們都沒有任何聯絡耶。」陳志傑說。

「我聽說您是潘老師在高中時期交情還不錯的朋友。」

「就高中而已啦。」

服務生送上咖啡。

夏展霖等服務生離開後才接著問：「潘老師在高中的時候是怎麼樣的人呢？」

陳志傑飲了一口咖啡，微微抿下嘴角，像是在思考該怎麼說。「他高中表現得很好啊，成績總是前三名，還一直當班長，在同學之間也滿受歡迎的。」

「當班長呀……」夏展霖抓住關鍵字，延伸詢問：「是因為具有領導意識，所以才決定將來要當老師的囉？」

陳志傑笑了一下。「其實我還真的不知道他當老師，要不是之前有個刑警來找我問話——喔，就是我之前跟你說過，前陣子有個刑警來問他的事，那時我才知道潘勳明當了國小老師。」

想必是朱晉杰吧。夏展霖接著問：「這一點我也滿好奇的。刑警來找您問什麼？」

「說是潘勳明好像跟一些案子扯上關係。」陳志傑語中略顯埋怨。「反正我問了什麼，那刑警都用偵察保密來回我，原本我也是不太想說的啦，但畢竟是警察辦案嘛，不好意思不配合。」

「有問到什麼特別的問題嗎？」夏展霖老早就看過朱晉杰的報告書，朱晉杰當初在找陳志傑談話時，並沒有問出什麼有用的線索。

「沒什麼特別的啊，也是問潘勳明他高中是怎樣的，有沒有什麼不尋常的舉動，對他的印象怎樣。」

夏展霖邊聽邊點點頭，僅是附和對方的說法，但這個小舉動會在無形間加強對方對自己的信任感。「照你的說法，潘老師在高中時候表現優異，是個標準的優等生囉？」

「嗯，對啊。」陳志傑漫不經心地說。

「那當時他有沒有什麼有趣的八卦呀？譬如交女朋友，或者成為學生會的風雲人物之類的？」夏展霖用近似聊天的輕鬆口吻說道。

陳志傑又笑了一下。「被你這一提醒，我還真的想起來了，那小子高中三年都沒有想說要去追女生耶，我——」

說到這裡，陳志傑臉色卻忽然僵住了。

「嗯？怎麼了嗎？」夏展霖問。他認得出這種表情，陳志傑肯定聯想到什麼重要訊息了。

「沒、沒什麼啦！」陳志傑乾笑回應，拿起咖啡喝。

兩人之間短暫沉默。

夏展霖心想這下子再不想辦法套話是不行的。

「其實我們都知道，一個人要成功，肯定是經過一些磨練的。」夏展霖開口說：「我們調查過潘老師的家庭狀況，他其實滿清苦的。母親很早就過世了，父親也臥病在床，當時的潘老師想必很不好受吧。」

「哦，對呀。」陳志傑應聲道：「以前高中我也去過他家，他爸看起來真的滿糟的。他們家桌上都是藥袋跟醫院、療養院的宣傳單，感覺挺可憐的。」

「這也是潘老師努力生活的某種推力吧？」

「大概吧！他很少跟我提家裡的事情，但看他在學校的表現，根本難以想像他的家庭狀況，還以為會是什麼富二代或是校長的孫子咧，你懂嗎？就是很強的樣子。所以我很意外他其實出身沒有那麼顯赫。」

「當時潘老師在學校是很順利的嗎？」

「順利？」陳志傑不懂夏展霖的用詞。

「因為表現亮眼的學生，其實還滿會受到別人嫉妒的嘛。」夏展霖說：「那時候的潘老師是不是有辦法應付同儕的挑釁或者冷言冷語呢？」

陳志傑不疑有他，在他的認知裡，或許大家的心中都有一串過酸的葡萄。

「這也是沒辦法的啦，因為他不僅受女生歡迎，也被老師信任，所以有時候的確會讓其他人不爽吧。」

正中紅心。夏展霖道：「其實之前訪問過潘老師，他有透露自己被人為難，但是他並不是很想提到具體的內容……」

陳志傑鼓起下嘴唇，不說話。

「您有什麼可以透露的嗎？」夏展霖用充滿期待的目光看著陳志傑。「您放心，我們不是什麼八卦雜誌，只是想瞭解得更詳盡一點，如果您有疑慮，可以說得模糊一點也沒關係。」

人都有想吐露祕密的本能，夏展霖確定陳志傑也不例外。

陳志傑先是猶豫著，左顧右盼，似乎在擔心有沒有其他人窺視，過一會兒才說：「我不能說具體內容，但是可以告訴你，有人真的把潘勳明當作欺負的對象。」

「哦，是誰呢？」

儘管周遭沒人，音樂聲也掩蓋了他們的談話，陳志傑還是身子前傾，小聲說：「是一個叫做姜威群的同學。」

「姜威群嗎？」

「嗯。他還有個外號叫飆風，很酷炫吧！」陳志傑點頭。「也不知道是不是他手段越來越過分的關係，潘勳明到高三的時候就不太愛說話了。」

2

夏展霖對姜威群這個名字有印象。

離開與陳志傑會面的咖啡廳，他一邊開車、一邊思考到底是在哪裡曉得的，然後他想起來，那是在潘動明的國小同班同學裡的其中一個名字。而他之前想找國小同學問話時，也沒有聯絡上姜威群，因此將這個人列入需要再度聯絡的名單之一。

會是剛好同名同姓嗎？倘若是同一人，那麼潘動明與姜威群兩人國小同班，到了高中又重逢，算得上有某種「緣分」吧？國中時候，不知道兩人是否也在同個學校？居住在同個學區的話，或許很有可能都會遇見。

姜威群。

據說他與潘動明有敵對的意識，那麼也有可能在無意間引爆了潘動明埋在心中的未爆彈，造成潘動明性格丕變，使潘動明恢復到第一階段、也就是國小時候的性格。

被硬生生拽回從前不願面對的時刻，會影響一個人的心態到哪種程度……

夏展霖決定接下來要從這裡下手。

花了二十分鐘回到分局，夏展霖準備找柯凡再幫忙查詢姜威群的背景資料，經過昔日李麟飛辦公的位置時，他看見有人在翻動李麟飛的東西。

「找什麼嗎？」夏展霖走過去問。

眼前穿著制服的年輕警員先是瞄到了夏展霖的名牌，認出是特聘來的顧問，才愣愣地開口：「之前李警官有協助處理三隊的一件竊盜案，現在隊上要資料，隊長讓我自己來找。」

夏展霖記得這回事。大概是兩個月前，也就是九月的時候，因為斷指案遲遲沒有進展，侯振岳為了不影響其他案子，所以讓李麟飛跟朱晉杰抽身去辦的其他案件。

「我來幫你找找。」夏展霖動手挪開李麟飛桌上的一疊卷宗。「要找什麼？有寫什麼標題的資料嗎？」

「謝謝！」大概是新來的警員，一舉一動看起來都生澀得很。「說是要找一份有關分析竊盜集團暗號的表格。」

「竊盜集團的暗號……」夏展霖喃喃自語，但手上的動作挺快，翻開資料夾掃過一疊疊文件，沒看到有表格的東西就繼續找。「不得不說，小偷們在某些方面倒是很聰明。」

警員笑了笑。「對啊，現在竊盜集團也講究分工合作，踩點歸踩點，開鎖歸開鎖，因為怕被抓，通知同夥的記號真的是『推陳出新』。」

夏展霖認同警員幽默的言論，他露出笑臉。

「找到了！」警員慶幸地說。

夏展霖扭頭去看。「沒錯吧？」他問，順手把警員手上的紙接過來瞄一眼，又馬上還給對方。

「應該沒錯。那我先去三隊那裡了，謝謝您。」警員道謝離開。

夏展霖也把整疊文件歸回李麟飛的桌面，繼續他自己的事。

3

潘動明蜷縮在畫室地下室一隅，抱著頭，陷入了極大煩惱般渾身顫抖。

「老師……我覺得不太對勁……」

他嘴中低喃了一會兒，有些慌亂的視線掃過眼前三個裝著屍體的低溫防潮箱。

這些防潮箱內的女子屍體腐敗程度不一。儘管起初都因為腐敗的關係而開始膨脹、長出小蟲，但當防潮箱內的空氣耗盡以及低溫乾燥的狀態下，屍體的皮膚會逐漸乾癟，維持一種瀕臨爆炸卻緩慢消風的狀態。

不管她們成了什麼樣子，都是屬於我的——潘動明心想。不管那些警察多麼想從他身上找出線索，奪走屬於他的愛，那些警察都不可能成功的。

潘動明如此想著，接著有些狂亂地笑了出來。

他抬起頭來，目光隨即看見她微笑的臉。

「老師……」他抱住她的大腿，求救似地說：「有什麼不對了！我覺得……有一種不好的預感！」

她仍然微笑著，好似在詢問他的恐懼來自何處。

潘動明鬆開手，站了起來，在這狹窄的地下室裡走來走去。

「老師妳也覺得我應該想辦法嗎？我是不是……未雨綢繆？該死！那個邪惡騎士又想阻撓我了！不……不行！我必須提早他一步！他休想再害我！休想再從我這裡奪走任何東西！」

潘動明的腳步在第四個防潮箱前停下，剎那後臉上露出恍然的表情，咯咯笑了幾聲。

他知道，這是他戰勝邪惡騎士的最大籌碼。

4

來到潘動明的國小母校，夏展霖立刻獲得校方的幫助。負責與他接洽的是莊姓教務主任，一位打扮得體的中年女性。

兩人在簡單的寒暄後，夏展霖又再次訴說來意：「莊主任，我今天來是想要向貴校打聽一位學生。」

莊主任和氣微笑道：「剛才已經有人知會我了。您請說！是哪位學生呢？」

「應該是第七屆的畢業生，名字叫做潘動明。」

數分鐘後，拿著畢業生名單與畢業紀念冊的莊主任返回了會客室。

「不好意思麻煩您了。」夏展霖首先道謝。

「不會啦，前陣子才剛整理過，資料馬上就找到了。」莊主任翻開畢業紀念冊裡頭潘動明的班級。「這是他們班上的照片。我們這裡也有留所有學生的聯絡資料，但之後若是有變動的話就沒辦法了。」

「好。」夏展霖拿起紀念冊瀏覽，很快找到了潘動明的大頭照。「有這位學生當初的註冊資料嗎？或者他以前留在學校紀錄裡的地址登記？」

莊主任想了想。「應該有。」

夏展霖繼續指著級任老師的照片說：「還要這位蔣婉玲老師的聯絡方式。」

莊主任將紀念冊拿遠一點看，似乎有點老花的徵兆，眼睛瞇了瞇。

「這位蔣老師，我好像有一些印象，退休了呢……我找找喔，我記得是美術老師，還滿有名氣的。」

她開始翻閱聯絡人名單，然後將蔣婉玲留下的地址謄寫一份給夏展霖。

「謝謝。」夏展霖心懷感激地收下。

紀念冊也差不多翻到了最後一部分，忽然他看見最後有一張照片，是蔣婉玲和學生的合照，合照背景是看似畫展的場合。吸引他目光的是油畫右側的作者簡介署名「Ling」。

夏展霖趕忙問：「這幅畫的作者難道是——」

莊主任看了一眼。

「就是蔣老師呀。蔣老師參加過不少美術競賽，成績都不錯呢，不過啊……如果我沒記錯的話，蔣老師她曾經傳出一些風言風語……」

「哦？是有關什麼的？」

莊主任露出為難的神情。「這能說嗎？」

「請不用擔心，警方辦案絕對保密。」

莊主任猶豫片刻，才小聲說：「我也是聽說的啦！聽說這位蔣老師會體罰學生。不過在當時那個年代誰不會體罰學生？只是她體罰不是罰站那些，而是夾手指。」

「夾手指？」隱約聯想到什麼，夏展霖眼睛一亮。

「對啊，就像這樣……」莊主任拿起兩枝筆，自己示範了起來。「拿兩枝筆夾住小指，用力施壓，就像夾棍一樣。因為挺奇怪的，所以我現在還有印象。」

5

夏展霖按照教務主任給的地址，來到了蔣婉玲位於舊市街的公寓。他按下電鈴對講機後，過了好幾秒才有個女子的聲音回應。

「請問哪位？」

「我找蔣婉玲女士。」夏展霖說。

「沒有這個人喔。」

對講機通訊的雜音停止了，夏展霖不甘心又按了一下鈴。

「誰啊？」

「不好意思，我想請問您知道蔣婉玲女士搬到哪裡去了嗎？或者她是房東嗎？」

對方的聲音憤怒起來：「不知道啦！我對你說的名字完全沒印象！房東也不是她！你不要再按對講機了喔，不然我要報警了！」

對講機再度掛斷。

夏展霖看了看紙條上的地址，一時之間苦無對策。他在原地思考了一會兒，腦海閃現蔣婉玲的體罰模式，以及那幅署名 Ling 的油畫。接著就像靈感一閃，他趕回分局，翻出了教師工會的茶敘名單。

林盈君失蹤前參加的茶敘。

先前朱晉杰沒有從裡面找出奇怪的假名，他彷彿理解是怎麼回事了。他隨即在名單內找到了蔣婉玲的名字，在備註欄上，標示著主辦單位有發邀請函給蔣婉玲、實際狀況為未出席的紀錄。

確認了這一事實，他接著再打電話給教師工會，想拿到蔣婉玲登記的住址。遺憾的是蔣婉玲在工會登記的住址正是舊市街那份，因此失去了參考價值，不過卻因為軍公教人員停車有提供優惠，所以工會那裡額外登記了蔣婉玲的車牌號碼。

緊接著，夏展霖用蔣婉玲的車牌號碼打電話給監理所詢問詳情。

「……是一輛白色福特嗎？」

監理所的人客客氣氣地回答他：「沒錯，車牌是××18，車主是蔣婉玲小姐，這幾年都有正常繳牌照稅啊，發生什麼事了嗎？」

「只是參考資料。」夏展霖露出一抹笑意。「感謝您的幫助。」

掛上電話後，彷彿拼圖只剩一片，即將組裝出完整的圖案。夏展霖利用「油畫」、「蔣婉玲」、「Ling」這些字眼進行搜尋。半小時後，他順利找到蔣婉玲曾經營過的一間畫室。

也在舊市街。

但在那之前，他必須跑一趟療養院。根據潘勳明在高中時期的註冊登記，他患有精神疾病的父親就住在「泰安療養院」接受照護，住院費是從妻子車禍死亡的賠償金而來。

從潘父的病症與潘母車禍的案子來看，或許會發現新視角來檢視潘勳明的行為也說不定。

6

陳志傑照常搭公車回家，站在公車後門一上來的那處空間，倚著玻璃板，緊鄰著安全門。

他站著，儘管後頭有空位也不去坐下，一路跟著公車搖搖晃晃到終點站那處遠離市區、租金便宜的住處。

上一回跟一位朱姓刑警對話的過程又浮現腦海，但沒頭沒尾的，只記得對方意興闌珊的樣子，好像只是為了工作而不得不來與他交談。

真是很好笑，陳志傑心想，他才是真正嫌麻煩的人。因為他有個關於潘勳明的祕密已經藏了好幾年了，久到幾乎已經遺忘，現在不知為何，那段記憶又冒了出來。

與記憶並存的，還有一份愧疚。

他自認自己跟潘勳明算是交情不錯的朋友，他隱約知道潘勳明家裡的情況，所以聊天的時候也沒有朝那方向去講。潘勳明是班長，辦事俐落，而且非常大方，這麼說或許不太好，但潘勳明是那種會借作業給別人抄的好人，甚至會偶爾偷偷透露幾次小考題目。

如果遇到班上要分組辦活動或者做報告，潘勳明永遠都不會落單，雖然大家有可能是想藉著潘勳明的責任心替自己的成績撈到好處，但這確實讓潘勳明大受歡迎。此外，他還有著一張斯文好看的臉，身上彷彿隨時掛著一條印著「**模範生**」的紅色彩帶。

啊，對呀！陳志傑想起來，當時班上長得比較好看的女生都很喜歡潘勳明，尤其是當初綽號叫玫瑰的班花，對潘動明的好感幾乎是赤裸裸的，甚至還自告奮勇擔任英文話劇的女主角，就是為了跟擔任王子的潘動明演對手戲。

英文話劇……對了，一切都是從英文話劇結束時開始。陳志傑知道，上午接受記者訪問時，他想到英文話劇這件事，但他沒有說出口。

英文話劇是高中二年級的班際活動，話劇表演結束當天下午，潘動明正在倉庫整理話劇的道具，與他在一起的似乎還有被老師指定幫忙的三人組──那三人是出了名的不良學生，經常在網咖流連，在學校樓梯偷抽菸。為首的那人就是姜威群，還有個很酷的外號叫飆風，至於其他兩人是誰，陳志傑已經記不太清楚，而他之所以到現在還記得姜威群，正是因為這段往事。

當時，在體育館倉庫整理話劇道具的潘動明，不知道做了什麼，惹火了飆風他們三人。他當時想找潘動明放學後去吃冰，找不到人，走到倉庫時從窗口往裡面看，才在不經意間撞見這一幕。

飆風的兩個跟班抓住潘動明，將人壓在地上，而飆風硬要脫掉潘動明的衣褲。

陳志傑在外窺視，很意外自己居然沒有想去阻止，而是從心底透出一股異樣的感覺──想看那總是頗有餘裕、表現優異的模範生出糗。

友情在這一刻變成無聊的點綴，陳志傑悄然偷窺，看見潘動明被扒開制服，正要被脫下褲子，潘動明一副受到委屈的狼狽樣，幾乎已經要哭出來了，而飆風不肯罷手。忽然間，飆風大吼一聲：『幹！這變態硬了！』

陳志傑一愣。

在人影之間，陳志傑看見潘動明驚慌的神情，拉著褲頭，不敢抬頭反抗飆風跟其他人的辱罵。

那時候陳志傑忽然意識到，為什麼面對女同學的示愛，潘勳明始終沒有做出回應……

潘勳明是同性戀。

是飆風嘴裡噁心的死變態。

陳志傑不想再看下去。他搶先一步離開，回到教室把書包背上，要走之前，刻意把自己的桌子跟旁邊拉遠一點──那是潘勳明的位置。

如果繼續跟潘勳明扯上關係，大概會被飆風他們罵得很慘，會被形容是娘炮，是變態吧！

陳志傑匆匆返家，心裡決定之後要跟潘勳明切割開來，他們不再是好朋友，只是普通同學。

也許潘勳明本人也意識到他的排斥，後來找他搭話時，感覺被排擠了，之後就不再跟他說話。到了高三，潘勳明不當班長了，整天就坐在位置上讀書，不然就是趴著睡覺。

如今回憶起來，在倉庫發生的事情，在班上似乎沒有聽到任何耳語。飆風他們大概沒有故意放出謠言的樣子，然而他卻早早選擇一條背棄友情的路。

幾年過去的現在，大家已高喊愛情平等的口號，但在那個當下，陳志傑不明白自己為何會如此焦慮。

他在害怕什麼？說真的，他也不過是想在這個世界有一塊不受威脅的立足之地罷了。

「唉。」陳志傑嘆息著，下了公車，往租屋處緩步而行。

上午接受的媒體記者訪問，聽說潘勳明是個被介紹到雜誌刊登的好老師，陳志傑不禁鬆了口氣。

潘勳明是個好人，但似乎命運最愛和這種人開玩笑。他猜想潘勳明要是在富裕的家庭，肯定早就出國留學成為高階主管了吧。

所謂的人生呀……豈非就是如此可笑？

不然他何以拿著保險單去說服大家相信生活中的諸多意外？

7

夜漸深。

朱晉杰在陽臺抽著菸，感覺身體隨著寒風在隱隱發抖。他望著暗下的街道以及從來不算是美景的城市天空，徐徐吐了一口白煙。

身後，傳來落地窗推開的聲音。

李麟飛走了出來，悶不吭聲拿走朱晉杰指間的香菸，吸了一口，不是很滿意地咂了舌，然後把菸擰熄。

「你知道現在健康捐多貴嗎？」朱晉杰嘆了一口氣。

「嫌貴還抽？」

「沒辦法。」

李麟飛苦笑一聲。「是啊，生活裡……就是有那些無論好壞都想去做的事……」

朱晉杰覷著李麟飛的側臉。

「你該走了。」李麟飛輕聲說道。

「去哪？」

「搜查。」

「……」朱晉杰一時詞窮。

李麟飛緩緩道：「這是第三個夜晚了。按照我們之前的推論，如果凶手有犯案，第一天晚上是殺害被害人並將其剪指、冰凍，第二天寄送出去，最快第三天，有斷指的信件就會寄到被害者家屬手上了吧……」

第八章　十九年前

1

小學的美術教室在鄰近外掃區的那棟教室一樓，窗外種了一整排欖仁樹，落葉的時候，泥地上像鋪了一張紅色的毯子。

潘勳明靜靜看著熟紅的葉子落下來。

十歲的他，身材比其他同齡學生還顯得瘦小。此刻他動也不動，雙眼直視窗外，專注在計算飄落了幾片葉子。根據之前的經歷，大概等他數到第五十片時，他就可以鬆開這種彆扭的姿勢，也可以換掉這身該給女生穿的洋裝。

第十三片葉子，他在心裡默唸。今天沒有風，葉子似乎掉落得比較慢。

事情從數月前的一場課餘活動開始，班長的母親提議萬聖節應該來場角色扮演，於是那總是噴灑強烈香水味的女人開始穿梭在課堂上，利用班會的時間指導學生製作鬼面具與服裝，而老師反倒輕鬆地坐在一旁批閱聯絡簿。

聽說班長的母親是家長會的會長，一旦有什麼「寓教於樂」的想法，總是迫不及待親臨到校。

潘動明對這種班級活動興趣缺缺，年紀稍長才想到原因可能是沒有可以分享手作作業的家人。他的父親臥病在床，母親在晚間工作，與他的作息一直錯開。沒有正常交流的家庭，像不流動的水，很快就會發臭。

在萬聖節之前，學生們的角色扮演服裝早就準備好，擺在教室後面的櫃子上。潘動明自己製作的那張有著通紅雙眼的熊面具被壓在最底下，而旁邊是班長的吸血鬼服裝，那顯然就是由專業裁縫做出的黑色豎領斗篷，讓潘動明疑惑這場角色扮演的用意。到了萬聖節當天，潘動明又彷彿證實了自己的想法，默默盯著班長披著製作精良的吸血鬼服裝，在所有人的鏡頭前微笑，而他則戴著面具，捏著手裡為數不多的糖果。

活動結束後，他拿掉面具，獨自返回教室。已經放學了，他想趕快回家。

蔣婉玲就是在這時候走出來。她是他們的級任導師，正捧著聯絡簿過來教室，潘動明這才想起原來聯絡簿還沒發還，而他聽見蔣婉玲說：「動明，幫忙把聯絡簿發下去吧。」

他點頭，依照姓名把聯絡簿放在各自的桌上。

外面還持續著萬聖節的討糖活動，鬧哄哄的，潘動明莫名感覺教室裡靜得可怕。當手裡的聯絡簿只剩下自己的，他聽見蔣婉玲說：「動明，你不急著回家吧？跟老師去美術教室，老師有東西要給你看。」

她知道他家裡的情況。潘動明曉得老師懂他，畢竟他的聯絡簿經常沒有簽上家長的姓名。教務主任曾經關切過他，後來還是默許他的聯絡簿可以空下簽名欄。

潘動明跟著蔣婉玲走。

美術教室有一種水彩顏料的氣味，潘動明買不起水彩，所以調色盤總是不洗，讓乾掉的顏色可以留著下次用。他順著蔣婉玲勾動的手指往前進，並注視她將門關上，上鎖。

「動明啊，老師知道你媽媽很忙，也沒有零用錢給你。」蔣婉玲矮下身來，臉孔與他正對。「老師給你零用錢好不好？可是你不可以跟別人說喔，爸爸、媽媽都不可以說。你可以拿零用錢去買你喜歡的東西。」

他沒有回話，眼睛眨巴著還想不懂這是什麼意思，就看見蔣婉玲從抽屜拿出一套洋裝。

滾著蕾絲花邊的紅點洋裝。

「你換上這件衣服讓老師畫畫，好不好？畫好之後老師給你十塊錢。」

潘動明順手把洋裝拿過來，很疑惑地說：「這是女生穿的。」

「沒關係，你很可愛呀，可以穿！」蔣婉玲說服他。「而且沒有人會看到，沒關係的。」

如她所說，美術教室的門已經上鎖，窗戶也垂放了厚重的窗簾，另一邊雖然沒有窗簾，但那是偏僻的外掃區，只有早上才會有負責掃地的學生來。

潘動明看著手裡的洋裝，嘴上沒說，但實際上已經對蔣婉玲說的十塊錢感到心動。

「只要穿這個就好了嗎？」他問。

「然後坐著，讓老師畫畫。」蔣婉玲微笑著說：「不能亂動喔！不然老師就不給你零用錢了。」

之後，他順著蔣婉玲的意思，換上洋裝，坐在椅子上整整兩個小時。

那天離開學校時已經很晚了，他拿著十塊錢，去便利商店買了棒棒糖，回到家之後才拆開來吃。一邊吃，他一邊決定下次要買什麼零食。

不遠處，素描筆的聲音沙沙作響，持筆的女性繪出一位只穿上衣、看似攀爬到高桌上的孩童，孩童上半身穿著學生制服，下半身卻是赤裸的。那尚未發育的性器，生嫩地垂在胯下，半遮半掩在白色的制服下襬。

這裡是小學的美術教室，照理說不該出現有任何裸體人物的畫作，因此每次畫完，蔣婉玲總會小心翼翼把東西收好。這裡是她身為美術老師的專任教室，她擁有這間教室的鑰匙，有權力不讓任何人進來。

畫布上的人物才粗具輪廓，蔣婉玲便忍不住在右下角早早簽上了英文名字，她仔細睇著畫作，更多時候是用覬覦般的神情在看眼前的男童模特兒。潘勳明偶爾會察覺自己被如此注視，視線交會時，他會很快挪開，假裝自己沒有注意到。

他只是覺得心裡有一股不舒適的感覺，被「師生關係」這四字緊緊壓住。

整點到了，小學的鈴聲悠揚響起。儘管已經過了下午的放學時間，每天的鐘聲仍會持續到晚間八點才結束。

蔣婉玲放下素描筆的細碎聲響，將潘勳明從數葉子的精神喚回現實。

潘勳明轉過頭，看著蔣婉玲朝自己走近。隨著距離縮短，他漸漸仰起頭，才能看見她的臉。

「勳明今天表現得很棒喔！」蔣婉玲放軟了聲音，以近似鼓勵的語氣說著。

潘勳明眨著眼睛看她，同時注意到蔣婉玲的手摸上了自己的制服裡面，又順勢往裡面探。

他感覺她長長的指甲好像戳到了他的皮膚……有點疼。

「把腳張開一點，動明。」蔣婉玲用氣音說。

潘動明這才發現自己併攏了腿。

「老師……我想尿尿……」

「忍耐一下。」

「……唔……」

他略帶哭音的應著，腦海浮現媽媽拿著塑膠衣架，大聲責罵他要是敢再尿床就打死他。

忽然間，他回過神來，感覺自己的腳上有熱水流過去。

低頭一看，原來他失禁了。

尿液沿著大腿往下滴。

蔣婉玲伸出沾上尿水的手。「你真不乖……」說著，她轉過身，在原本是用來清洗水彩的水槽洗手，轉頭看過去時，潘動明已經拿起旁邊的抹布在擦地板。

「站起來。」蔣婉玲再度接近潘動明，順手拿了兩枝原子筆。「把手伸出來。」

「老師，我會擦乾淨……」

「手伸出來！」

潘動明緩緩伸出手，被蔣婉玲粗魯地拉過去。

蔣婉玲用兩枝原子筆夾住潘動明的小指根部，接著用力在原子筆上施壓，潘動明立刻叫了出來。

「會痛！老師！我不敢了！」

「不乖就要受到處罰。」蔣婉玲說：「不准哭！不准說話！老師是愛你才會這樣做，你懂嗎？」

潘動明咬嘴唇，小指有一種快要斷掉的感覺，但他不敢抬頭懇求蔣婉玲的原諒。

大概過了一、兩分鐘，蔣婉玲終於鬆手。

潘動明用另一手捏著發痛的小指，心想事情還沒結束。

蔣婉玲拉來一張椅子，讓他的上半身趴在椅子上，等他的雙眼剛好對上椅背，蔣婉玲的手已經從股溝摸上他的陰囊。

脆弱的器官被觸碰，潘動明呻吟出聲，又記起蔣婉玲的吩咐趕緊閉上嘴巴。蔣婉玲一手壓著他的背，一手捏著他的陰囊與陰莖，直到它發紅浮腫。他因為害怕而不敢動彈，彷彿總是怒喝他的母親就站在旁邊。

那原本拿著粉筆的手指，在他的腿間肆意玩弄，反覆撫摸那裡的排尿孔，有時候還會從後面伸進去。

他又想小便了。

「不可以跟別人說，包括你的爸爸媽媽，知道嗎？動明。」

蔣婉玲一邊揉弄，一邊在他耳邊交代。

潘動明知道自己不敢說。他只會跟之前的每一次一樣，勉強抬起頭，望著窗外，數著落下的葉子。

第二十片葉子。

……快要數到五十了。

2

李麟飛已經在夜店三小時了，時間是凌晨一點，他的大學同學醉得東倒西歪。十九歲的青春在夜店音樂裡狂躁地舞動著。

李麟飛推開躺在他胸前的女人，決定到外面抽根菸。但他才走沒幾步，就聽見朋友喊他：「你要走了喔？記得把帳結一下！拜託、拜託……」說著，頭又趴了下去。

李麟飛把手裡的菸咬進嘴裡，繼續往出口走，離開之際，他回頭看一眼那桌一起徹夜狂歡的朋友，決定不再久留。他掏出皮夾，刷卡之後離開這裡。

他的車子是賓士跑車，就停在夜店附設的地下停車場。發動的時候，路過的人總會朝他瞧，露出一種滿懷欣羨與嫉妒的神色。

這是他爸買給他的車，上大學的禮物，此後他幾乎每次出門都開這輛車。

李麟飛把菸點燃，踩下油門。儘管剛才喝得很多，但覺得自己不僅沒醉，意識還清楚得很——所有看著他的人，其實不是在看他，是看這輛車，看他老爸。關於這一點，他清楚極了，但那又怎麼樣？

他從地下停車場拐出去，沿著家的方向直線前進。

金錢、權勢、人脈、名車、豪宅，哪怕汲汲營營工作一輩子，很多人還是不能擁有其中之一。而他一出生就擁有這些，縱然不是最頂級，卻已足夠使人垂涎。那些尋常人追求的，都在他的手上，將來會被他繼承，至於圍繞在他身上的所有風言風語，都是酸葡萄心態的人的自我安慰罷了。

天色太晚了，路上沒有什麼車，李麟飛拉下車窗，將菸蒂高高拋了出去。

他的頭髮在風裡雜亂地飛揚，車內灌進呼嘯的聲音。這個晚冬不算太冷，他如此感覺，也或許是體內的酒精還在發揮作用。

前面的交通號誌轉成黃燈，李麟飛減速停下，等候片刻，看見周圍沒有半個行人，便直接疾駛而去。

紅燈遠遠落在他身後，如同徒勞無功的勇者，被無視正義的壞蛋打垮。

李麟飛還知道，勇者才不是正義的化身，是他，因為正義站在他這邊，而不是那些窮酸的人民。

跑車在夜裡奔馳，再過幾條路就可以到家，但李麟飛發現遠方隱約出現警燈灑下的閃爍光幕。他暗呼一聲麻煩，隨即把車轉向，剛好從旁邊的小路轉進去。

前陣子他父親特別交代他不要再酒駕，雖然是開幾張罰單了事，但若是有好事者洩漏出去，難免會牽連到議員的形象。他的父親一直扮演著替人民申冤的角色，與不公不義的官僚作對，因此已經高票連任好幾屆的市議員；託這個職位的福，李麟飛一出生就享受到很優渥的待遇。

車子轉進去的小路是李麟飛第一次經過，兩邊都是民宅的巷子又停滿了車，路上顯得非常擁擠。李麟飛放慢車速，看著標示牌的指引，兩旁的景色轉變，忽然左方一空，看見了一座公園。

李麟飛無意間看過去，正想繼續開走時，眼角餘光看見公園內的沙坑坐著一個小孩。李麟飛愣了一下，以為自己看錯，於是踩了煞車，又轉頭過去看一次。

的確是一個孩子，正坐在坑裡玩沙，孩子看起來大概十歲左右，兩手正拍著攏起的沙堆。

李麟飛又往那孩子的附近看去，沒看到任何一位大人。現在已經是凌晨了，為什麼有一個小孩獨自在公園裡？

李麟飛忽然感覺頭皮一陣發麻，正想催動油門離開前，他看見那孩子朝他看過來。他看不清楚孩子的五官，但總覺得那孩子像在哭。

李麟飛愣愣片刻。跑車奔馳出去。

3

為什麼那些大人就是看不起小孩？

潘勳明把處方箋放在櫃檯上。

才十歲的他，身高搆不到領藥櫃檯，新來的女藥劑師回過頭來望著桌上的處方箋，還以為是旁邊一位男子遞來的，那男子搖搖頭，指尖點著身前一個背著大背包的小男孩。

藥劑師俯下身體，這才瞧見有個小男孩站在那兒。男孩的臉蛋好小，身材非常瘦，但一雙眼睛很沉穩地觀察著周遭，好像隨時可以應付任何事。

男孩仰起臉凝視新藥劑師陌生的臉孔。

「小朋友，你要來拿藥嗎？」

潘勳明點頭。

藥劑師看著那張處方箋，發現全是治療精神疾病的藥物。她朝男孩的左右張望，發現沒有成年人陪同，不由得發問：「沒有人陪你來嗎？」

潘動明搖頭。

藥劑師露出略顯困惑的表情。「可是……你應該要讓你的爸媽來拿，這樣子我不可以把藥給你，因為你還是小孩子。」

「我爸爸生病了。」潘動明想盡量把事情說得清晰一點，不然很多大人都以為他年紀小所以在胡言亂語。「他的藥沒有了。我媽媽沒有空來。」

藥劑師皺起眉，一臉為難地再度看著那張處方箋。

想排隊領藥的人又增加了，後面的客人似乎也發覺這種情況，紛紛把處方箋放在櫃檯上暗示藥劑師趕快把那小男孩打發掉。

藥劑師用著安撫的笑容道：「小朋友，你等我一下喔。」接著就去忙其他人的藥單。

潘動明就站在那兒，抬頭望著這些瞥他一眼又匆匆把目光挪開的大人。他的大背包裡不知道裝了什麼，漸漸滑落到屁股。潘動明扯緊背包帶，整個人輕輕往上跳，好讓背包的重量回到最省力的位置。

「小朋友，要不要借你電話？你打電話回去叫你家的大人過來？」藥劑師抽空對潘動明說。

「我們家的電話沒有了。」潘動明說：「沒有付錢。」而且家裡也沒有可以到這裡的大人。他心想，自己剛剛已經說過了，為什麼又要重複一次？

藥劑師愣了愣。「那你再等我一下。」

潘動明不知道這個新藥劑師要他等什麼？

領藥的客人陸陸續續進門，她一味忙著，大概還沒想到該對他怎麼辦。

他望著藥局裡牆上的時鐘，下午三點十八分，他想再過不久，母親就會從被窩裡轉醒，先是嚷著宿醉頭痛，然後猛灌冰水，發現冰水沒有效果後，便會翻箱倒櫃找藥來吃。

但是抽屜裡的藥已經沒有了，這就是他到藥局領藥的原因。潘勳明希望這位新來的藥劑師可以快點放棄這種尷尬的對峙，趁著沒人的時候，把處方箋的藥物給他。

為什麼這些大人總是看不起小孩？潘勳明在內心發問無數次。為什麼總認為他無法獨自完成很多事？他已經十歲了，可以肩負起照顧家人的責任，而且他也正在照顧著他的雙親。

四點的時候，牆上的咕咕鐘跳出一隻塑膠小鳥，潘勳明被它吸引了目光，藥局門上的鈴鐺也再度被敲響。

藥局老闆提著大包小包的東西回來，看見潘勳明待在那裡，還有新僱的女藥劑師求救般的神情，他就知道是怎麼回事了。

他走過去，把剛買給自己女兒的糖果分給潘勳明。「等我喔，馬上把藥給你。」潘勳明把糖果捏在手心裡，那是個畫著卡通圖案的麥芽糖，他捨不得馬上吃，但真的很想當場把透明糖果包裝紙拆開來。為了轉移注意力，他抬頭數時間。

咕咕鐘的彩色小鳥已經關上了它的門。

女藥劑師趁著背對小男孩時，對正準備拿藥的老闆竊竊私語道：「那孩子這麼小，可以拿藥嗎？」

藥局老闆溫柔地笑道：「他們家的情況比較複雜啦，不過不用擔心，這個小孩很乖，以後直接把藥給他就好了，出什麼事情的話我會負責。」

「喔……」女藥劑師幫忙把藥丸打包，不時往潘動明瞧一眼，發現那小孩似乎在喃喃自語。

這孩子看著時鐘在唸什麼呢？

從藥局回到家裡大概要十五分鐘，潘動明惦記著母親，所以走得比較快。但一到家還是來不及。開門時，他聽見客廳傳來翻箱倒櫃的巨響，母親已經醒了，正在翻找屋裡所有的抽屜，沒找到自己要的東西，她就把抽屜整個拉出來丟在地上。

「媽媽！」心想待會兒又得整理好久，潘動明趕緊跑到母親身邊，大聲說話好吸引母親的注意：「藥在這裡。」

他放下大背包，從裡面掏出剛從藥局領回來的處方藥。

母親停止了撒氣般的舉動，低頭望著兒子，眼神渙散得像在夢遊。但在一接觸藥物的包裝袋時，她隨即露出飢渴的樣子，一把將兒子手裡的藥袋全部拿走。

她從袋子裡把一片藥丸包裝倒出來，掰開小格子，捏出一枚膠囊丟進嘴裡，用力嚥下去。之後，她的表情多了一分詭異的愉悅感，手裡其餘的藥丸被她順手往旁邊一扔。

潘動明默默地把藥收好，這些藥很重要，他知道這能讓母親至少「快樂」一點。這同時也是父親的藥，他必須斟酌給父親吃藥的時間，才能讓缺失的部分彌補過來。

屋子一下子又靜了下來，剩下外頭偶爾經過的摩托車呼嘯而過。

潘動明看著母親躺在客廳的廉價沙發上，蜷縮著，像一隻發狂後疲憊的貓。

一道斜陽穿透屋內，照在雜亂不堪的地板，映出飄盪在空氣裡無所不在的粉塵。恍惚間，潘動明聽見細微的哀號。

哀號聲讓他懈怠的心情立刻緊繃起來，他轉身走進父親的臥房，看見父親正想翻身拿床頭櫃上的一杯水。

潘動明連忙撐起父親的頭，才用另一隻空下的手餵水給父親。

父親艱難地啜著，忽然嗆到，又發出一聲刺耳的呻吟，身子隨著咳嗽狂顫。他嚇了一跳，把父親放下後，又待在床邊好久，確定父親繼續睡了才輕手輕腳地走出去。

父親患有精神病才兩年，但外表看起來卻好像經歷了數十載。

潘動明知道，父親臥病在床的原因不是因為精神病，而是發病的時候外出遊蕩，被一些看不順眼的人們打得遍體鱗傷。

他有一次恰巧遇見打破窗戶想溜出去的父親，阻擋的時候，父親像喝醉的士兵，又像無理取鬧的老小孩，嘴裡喃喃說著詭異的人生道理，一面將他推開。

這也難怪血氣方剛的年輕人會毆打父親。每回他都眼睜睜地看著警察把父親帶回來，問母親是否需要提告。母親揮揮手，趕走了警察，回到床邊會再狠狠踹父親幾腳，大聲責備如此失態的丈夫簡直讓她抬不起頭。

這次父親的肋骨斷了一根，小腿也骨折，躺在床上已經半個月了，定期到精神科的門診暫時停擺，用處方箋頂替，跟傷勢的消炎止痛藥得錯開兩小時間隔服用。

潘動明計算著父親用藥的時間，同時預估母親接下來會拿走父親的止痛藥多少次。如果母親吃得太凶，他得拜託醫師提早開處方箋，不然父親發病時，可能會像隻毛蟲一樣爬出去。

自從父親生病，母親就不與父親同床了，這個家只有兩間房，於是他被迫跟父親共寢。

夜晚，聽著父親若有似無的痛苦呻吟，潘勳明總在夢裡以為那是自己的呼喊，掙扎著想逃離這窒息般的牢籠。而在他掙扎時，母親在聲色場所上班，等他晨間上學後，才會恍恍惚惚地回家。

4

李麟飛自認可以勝任在交際應酬方面的工作，但每次陪父親出席活動，他總是會被問：「你將來也想跟爸爸一樣當議員嗎？」

每當遇到這個問題，他必然會含糊笑著打發過去。

克紹箕裘這件事，到底是怎樣在這個社會裡變成既定觀念的？

聚會上，李麟飛趁著父親刻意支開他時，索性離開會場。要走出去時，擔任父親第一祕書的姜祕書過來攔住了他。

「李議員交代不要讓您偷溜出去。」

「我只是去洗手間。」李麟飛一直覺得父親的這位祕書很煩，明明只是他們李家養的一條狗。

「是嗎？」

「嘖。」面對質疑的臉色，李麟飛不耐煩地撞開對方，往洗手間去。

今天的洋裝是露背式的，在袖口和領口都點綴著立體的毛線花，潘勳明按照蔣婉玲的要求低頭望著地板，裝出好像在欣賞花圃的樣子。

可是低頭的視線就無法計算窗外的落葉了，潘勳明心想，這樣他要如何認知時間的流逝？

前幾天的半夜，他跑到公園去玩，因為父親的呻吟吵得他怎麼樣也睡不著。就算是在陰暗寂寞的房子裡，父親依然昭示存在感一般拚命掙扎。潘勳明受不了這種聲音，何況家裡也沒有其他人阻止他，他索性走到外面去。

外面的世界還比較安靜。

公園離家中有段距離，但鄰近母親工作的酒店，他記得自己在更小的時候，曾被母親帶到這個公園來打發時間。母親隨口交代他「就在這裡等」的時候，並沒有明講要等多久，不過他可以判斷，當母親走出這座公園，彷彿就踏進了他還未被允許探知的另一個世界。

那個世界大概比家裡還要骯髒吧！潘勳明總是注意到母親的衣服會磨蹭得特別難洗。

公園果然沒人，誰會像他一樣在半夜過來這裡？

他起先抓了單槓，也爬了攀登鐵架。他在鐵架高處坐了一會兒，靜靜假想白天看見的同齡孩子此刻也在這裡歡笑嬉戲。他們看起來好快樂，他想加入他們。於是他爬了下來，選了最熱門的盪鞦韆，背部彷彿感覺有雙雀躍的手在幫他推。當鞦韆盪高時，口袋裡的糖果掉出來，他整個人也撲倒在地上。

孩子們的身影消失了。

糖果滾動到他眼前。

那些糖果是蔣婉玲給的「獎勵」，將他的口袋塞得滿滿的。

潘勳明緩慢站起，發現自己的膝蓋與手肘都磨破皮了，他感覺有些痛，卻又硬把那些殘餘的表皮完全剝下來，露出殷紅的肉。他花了一些時間這麼做，回過神來時，他已經流出了淚。

四周依然寂靜無聲，不像以前他總會聽見其他家長大吼小孩不要亂跑，也沒有誰安慰哭泣的孩童。

潘勳明撿起糖果，捏在手裡，看到沙坑時，直直地走了過去。

他坐下，將糖果埋入沙堆中，然後捧起更多的沙子，將糖果埋進深處。

他不知道自己為什麼要把糖果埋起來。可是他心裡覺得，如果不想讓糖果不小心掉出來，他得埋得深一點才行。

李麟飛緩緩下床，穿妥數小時前因激情而脫下的衣服。

房間就在聚會場地的飯店內，不久前，他正想著接下來要用什麼藉口逃離這個虛偽的交際場合，有個女人走了過來，神情挑逗地暗示她醉了。

醉了，當然。李麟飛清楚，在這個地方的人不是沉醉於金錢就是權勢，而他想不醉也不可能。他順勢拉過女人的腰，去櫃檯要了一間房。

儘管這個女人看上去至少比他年長五歲，但具有美貌與優雅的身姿，確實很吸引男性遐想。李麟飛一將房卡插進感應槽，那女人便逢迎地褪下他的西裝外套。

之後的發展如同李麟飛先前經歷過的幾次經驗一模一樣，發洩性慾，聽那些女人訴說自己的理想，請他在議員父親的眼前提示她的存在。

真是無趣，李麟飛想問那些女人為何不直接勾引他的父親？不過他總是沒有問出口。

他一邊著裝，一邊看著時間。晚間十一點。

「你要走了？」女人剛醒來，也瞥了一眼時間。

「嗯。」

「可以一起待到明天嘛！」她撒嬌。

李麟飛沒應聲。看著她赤裸地走近他，手裡拿著一條領帶。是他的，父親送的那條獨一無二的特製領帶。

女人將領帶勾到他的後頸，又獻上一吻。

而李麟飛的默許只到這個程度。

他將領帶拉走，轉過身去，把杯子裡的高檔紅酒一飲而盡。他需要醉一點，才能繼續忍受這種與愛無關的肉體關係，但顯然今天已經夠了。

離開了房間，李麟飛走向他的賓士跑車。

把領帶隨意塞到外套的口袋裡，他開了車。

潘勳明沒有處理手肘與膝蓋上的傷口，他想試試看那些徘徊在他身邊的人，看到這些傷口時會有什麼反應。

蔣婉玲發現這些傷口時，五官明顯皺了起來。

「怎麼搞的？」

「我跌倒了。」

蔣婉玲又皺了一次眉。「小心不要把裙子弄髒了。」

潘勳明把露背洋裝脫下來時，格外注意別沾上血跡。之後，像是將他手腳上的傷口當作他的一部分，蔣婉玲視若無睹地拿著水彩筆在他的大腿內側作畫。

終於結束這一切要回家時，他整個人跨進水槽內沖洗，冰水加上顏料，流過膝蓋上的傷口時，他感覺受傷的部位好像更痛了一點。

這天潘勳明沒有直接回家。

他帶著滿滿一口袋的糖果，直接到了公園，一個人傻傻坐到晚上。看見有巡邏的警察時，他就躲在溜滑梯下面的空洞裡頭，可能不知不覺睡了一覺，醒來時天色已經完全暗了。

又或者他在做夢？潘動明搖搖有點昏沉的腦袋，從溜滑梯底下爬出來。可他還沒完全把身子探出去，就發覺前面的草叢好像有人。

潘動明又把身體縮了回去，悄悄往那邊偷窺。

草叢後面有一棵樹，一個男人靠著樹；視線往下看，他身前似乎蹲著一個人，頭髮很長，應該是女人。男人兩手摸著女人的頭，嘴裡發出小貓般的叫聲。

不久，男人挺起背，身體一前一後地抖動著，潘動明看見那個人的動作緩下來，然後拉拉皮帶，把褲子穿好。

蹲下去的女人扭過頭，似乎在嘔吐。當她站起來時，潘動明認出了她。

是母親，穿著那套被他洗過好幾次的連身裙。

母親從男人手裡接過錢。

男人走得很快，臨去前還張望左右，才踏著大步離開。

母親這時才從草叢緩緩地走出來，把鈔票塞進包包。

潘動明僵住了，他不曉得自己為什麼不走出去。

母親搖搖晃晃地走著，高跟鞋踩出蹣跚的腳步聲。

潘動明繼續望著母親的背影，腦海忽然想起往昔一幕幕，母親獨留他在公園時的模樣。

母親的行為是應該被譴責的吧？他在想，不然其他人為何會指著母親的背影竊竊私語？又為何不讓自己的小孩跟他一起玩？

全都是母親的錯，對不對？所以他才一直感覺那麼孤單。

如果犯錯的話，是不是應該要道歉？學校都是這樣教的，做錯事就要道歉，潘動明心想。

不過下一瞬間，他停止了思考。

一輛車從旁邊開過來，撞倒了剛走出公園的母親——

母親沒有發出任何聲音，整個人軟綿綿地飛了出去……

李麟飛嚇了一大跳。

他坐在駕駛座上，腳掌用力踩著煞車。在車燈籠罩的前方路面，他看見一個瘦弱的女人就躺在那裡。

為了躲避半夜的攔路酒測，他才又拐到這條小路來的。想起女人總帶有目的地接近他，他不禁感到惱怒，心裡一煩，油門便變得不受控制。

他想快速穿越這條小路，逃回自己構築的堡壘，將自己牢牢鎖在裡頭，但是忽然間從路旁閃出了一道人影。他還沒反應過來，車子就這樣撞了下去。

李麟飛還在發愣，直到那被撞的女人顫抖地伸出了手。

她的頭髮披散在臉上，皮包甩落一旁，身上的連身裙看起來髒汙點點，不知是血還是泥。

李麟飛當場把車燈關了，懷著緊張的心情下車，他緩慢而安靜地往女人的方向走過去，心想要報警嗎？要叫救護車嗎？這場事故不能怪他，都是這個女人自己忽然跑出來！

女人不動了，她趴在地上，看不出還有沒有呼吸。

死了？死了嗎！

李麟飛站在她前方，感覺自己好像罰站在這裡似地站了好久。突然，他又看見公園裡的一個小孩，不知為何，他認出那個孩子就是前些天在半夜玩沙的小孩。

小孩站在公園裡，一動也不動，讓人懷疑到底是人類還是鬼魂。李麟飛跟小孩四目相交，接著，他逃了。

李麟飛回到車上，刻意不開車燈，往後倒車，離開這個地方。由於視線不佳，又或者他太忐忑了，車子不時擦到民宅的水泥圍牆，好不容易他才開出這條小路，加快速度往反方向逃逸。

不能被發現是他，不能被發現是他撞死了人！李麟飛滿腦子都是這個念頭。不然的話，他原本擁有的一切，可能會就此消失。

車子刮到圍牆的聲音很大聲，但似乎沒有引起附近鄰里的注意，潘勳明站了一會兒，發現這周遭還是黑漆漆的，也沒有其他人經過。

從公園往外看，他看不見母親的全身，只看到一隻手，慘白的一隻手。

他慢慢朝那隻手走過去，視線才一步一步看到母親整個身體。

母親躺在地上。潘勳明蹲下來，搖晃母親的肩膀。

他沒有喊她。

母親沒有反應。

潘勳明感覺膝蓋的傷口好像裂開了，因為他蹲了下來，有點結痂的傷口又開始痛。

但潘勳明還是蹲著，猶豫要不要叫醒母親。他的視線往剛剛跑走的車子那方向看，看見有個東西就在那裡。

他走過去，看見一條領帶。

那個領帶飄散著某種香味，潘動明聞了不禁皺皺鼻子。他知道這一定是剛才開車的那個人的。

他把領帶藏起來，藏在沒有裝糖果的口袋裡。

這條領帶，想必也是一種「獎勵」吧。

潘動明的心底如此認為。

第九章 現今，十一月

1

照往前的經驗，阿楊認為只要五分鐘就夠了。開鎖，進屋，把值錢的東西全塞到包包裡，離開。最多五分鐘，一切都可以完成，當屋主發現家裡失竊，他早就離這一帶遠遠的。

這就是分工合作的好處，有人負責踩點、有人動手、有人接應、有人洗贓，所有成員分擔了風險，也同時獲取最大利益。

阿楊加入這個竊盜集團已經一年多了，儘管前兩個月有幾個下游洗贓的人手被警察抓了，但這並不影響他們繼續運作。因為他們之前就已經約好了，每天若是沒有在凌晨四點時互相知會，就表示失風，那時就是其他人轉移根據地的第一時機。接著到了早上七點，沒有進一步確切的聯絡，那麼那個失聯的人就會被切割出團體，並受到打手的監視，以確認到底是真正失手還是想要出賣他們。

今夜的範圍在舊市街一帶，雖說舊市街已逐漸沒落，居住人口也高齡化，但根據大多數經驗，老人手邊的有價飾物都較會存放在家，也較傾向於在方便的地方固定放一筆現金以備不時之需，這些反而都是容易下手的目標。

在確認過住宅門口的行動暗號後，阿楊正準備翻過這戶人家的圍牆，然而當他的右腳才勾上圍牆的頂部，一道突兀的光線就照了過來。

「別動！」

光線來自於巡邏警察手裡的手電筒。

阿楊暗呼不妙，正想逃跑，卻被當場抓個正著，不久前才行竊過的贓物隨著扭打從他的口袋裡掉出來。巡邏的警察有兩名，其中一個見狀立刻將阿楊上銬。

「年紀輕輕不學好！為什麼去當小偷！」較年長的警察忍不住出聲責備。

阿楊懶得回嘴，擺了一張臭臉，不情願地扭動著肩膀。

另一名年輕警察用手電筒照了照這間屋子的門牌。「你偷了這家人嗎？」

「才沒有咧！我都還沒進去！」阿楊不耐煩地反駁。

「真的嗎？不要說謊喔！」

「不然你不會自己去看喔！」阿楊甩甩身體。「放開我啦！吼……倒楣死了……」

那年輕警察先是按了按門鈴，想確認屋主的狀況，可無人回應。然而用手下意識推了推大門，卻發現這間房子的大門只是輕掩著，並未上鎖。

他走了進去，就怕剛才的竊賊其實傷害了屋主，於是大聲喊：「有人在嗎？我是警察。非常抱歉我擅自進來了。有人在嗎？」

他一邊在屋裡走動，一邊注意動靜。他想打開電燈，卻發現不知是燈座損毀還是斷了電，整間屋子還是黑漆漆的。就在這時，他忽然感覺好像聽到碰撞的聲音。

順著有異響的方向走去，年輕警察用手電筒照了照這間房間，沒看到任何人，正打算和同伴撤退時，他感覺好像有哪裡不對——

轉過頭，手電筒的光照向房間的書桌上，如同聚光燈般照亮了這件物品。

桌上放著一只牛皮紙袋，在袋口半掩下，有一截手指。

2

夏展霖走出分局的會議室。

稍早查到了蔣婉玲經營的畫室地點，他打算請侯振岳幫忙申請搜索票，然而他卻看見分局裡異常忙亂的景況。

朱晉杰大步流星走進局裡，對前來會合的柯凡吩咐道：「立刻優先檢測這次發現的斷指跟牛皮紙袋！樣本在會議室，就照我剛剛跟你說的。」

柯凡比了ＯＫ手勢。「我知道了！」

當柯凡領命而去，夏展霖偷偷攔住他。「發生什麼事了？」

柯凡一見夏展霖，立刻面現驚喜。「我還想說怎麼沒看到你呢！發生大事啦！發現第五名斷指案被害人！」

夏展霖一驚。「……什麼？」

「應該說發現一模一樣的牛皮紙袋跟斷指，還沒有寄出去，可能這次凶手還在準備階段。我剛剛看了一下牛皮紙袋，上面有殘留指紋，副隊長讓我跟潘勳明的指紋做比對。」

潘勳明的指紋？

「我們怎麼有——」

話說到一半，夏展霖突然想起，在國小時曾與潘勳明進行一場簡單的數字遊戲。難道是利用了那張便利貼上面的指紋？

柯凡興高采烈地說：「就是那張便利貼啊！你忘了喔？這可不算是私下調查，那是嫌疑人自己給我們的。真厲害呀！難道都是你計算好了嗎？」

語罷，柯凡與有榮焉般笑了笑。

但夏展霖無意回應柯凡的奉承，他的模樣看起來像是陷入了深思。

指紋對比無須耗費太多時間，結果一下子就出來了。在竊盜案現場發現的斷指信封上的指紋與潘勳明的相符。

當柯凡將結果告訴朱晉杰後，朱晉杰立刻緊急逮捕了潘勳明。

一群警察衝進了潘勳明的住家，甚至驚擾了鄰居，就這樣將潘勳明逮捕回分局。

此刻，潘勳明坐在偵訊室內，手腕上的手銬綁了一條金屬鍊子，以避免逃脫。他臉上的表情十分平靜，閉目假寐。

半夜趕來的侯振岳快步來到偵訊室旁邊的小房間，對著朱晉杰問：「聽說指紋比對確認是潘勳明的沒錯？」

朱晉杰點頭。「指紋比對很快，立刻就出現結果了。」

「沒錯吧？不會又鬧烏龍吧？」

「分局長，這次這傢伙沒有叫律師了。你說呢？這不是心裡有鬼嗎？」

「那現在呢？」侯振岳看似稍稍放下心來。「要偵訊他？」

「沒，他拒絕夜間偵訊。」朱晉杰說。「無所謂，反正鑑識組也正在他房子裡找證據。」

「發現斷指信的地方是哪裡？」

「房子在潘勳明的父親名下，在舊市街那邊。他爸死後，潘勳明沒有將財產過戶，之前才一直沒有注意到那棟房子。」

夏展霖這時候過來了。他與朱晉杰相視一眼，隨即對侯振岳道：「不好意思，分局長，能借一步說話嗎？」

侯振岳不疑有他，跟著夏展霖走出去。「看來這次勝算很大啊，是不是？夏博士？」

比起侯振岳的緊張之情，夏展霖神色凝重。「分局長，請幫我申請搜索票。」

「如果是緊急逮捕的犯人，因為有嫌疑，所以不用搜索票也能在一定範圍內——」

夏展霖打斷侯振岳的話。「不是潘勳明。」他說：「我想搜查的地方是蔣婉玲的畫室。」

接下來的幾分鐘內，夏展霖把搜查畫室的理由盡量簡潔明瞭地說出來。

3

李麟飛一夜未睡。

他呆呆地坐在客廳，望著落地窗外的天際露出一絲白光。他靜止在座位上，甚至連眼睛也很少眨，看起來好像他和他的家，整個時間都靜止了。

夜間偵訊的規定範圍是日落後到日出的這段時間。朱晉杰一確定氣象局發布的日出時間點，便即刻進入偵訊室。

原本在閉目養神的潘動明聽到開門聲就張開了眼睛，看著朱晉杰走進來並坐下。

朱晉杰絲毫不浪費時間，他的神情比起過去，不知嚴肅了幾百倍。他沉聲說道：「你殺害了五名女性，並將被害者們的手指寄回去給家屬。你以為做得神不知鬼不覺，但這次你露餡了。」

潘動明饒有興致地勾起脣角。「哦？」

「我們發現了第五名被害者的斷指，以及與前四起犯案相同款式的牛皮紙袋。牛皮紙袋不僅驗出了你的指紋，還放在你的老家，這是你絕對無法辯解的罪證。」

「老家……」潘動明呢喃。不知想到了什麼，他笑得有些傲慢。

「對，發現斷指的空屋登記在你父親名下。令尊過世之後，屋子的所有權人就是你。」朱晉杰先是靜靜地看著潘動明，然後壓低聲音問：「為什麼，要殺害李警官的妻子？」

「是啊……」潘動明歪著頭。「為什麼呢？」

朱晉杰看到潘動明漫不經心的態度，馬上就火大。他怒道：「交出他妻子的屍體！」

「那就叫李警官過來。」潘動明接話道。

朱晉杰皺眉。

潘動明語帶玄機似的，慢悠悠地說：「你叫他過來，快喔，時間不多了……呵呵呵呵……」

侯振岳掛上電話。

他在辦公室內，對著在一旁等待的夏展霖搖了搖頭。「法官沒批准。」

搜索票是由法官簽發的，想來是他的理由無法說服法官相信蔣婉玲和命案之間的關係。

夏展霖似乎是預料到這一步了，臉上沒有太多失望，倒是一抹苦笑。

「原本不想靠這種關係的……」他喃喃說一句，接著對侯振岳說：「沒辦法了，如果法官的搜索票不行，只好請檢察官答應緊急搜索了。」

緊急搜索的意義在於檢察官若在偵察中確信有相當理由認為情況急迫，二十四小時內證據有偽造、變造、湮滅或隱匿之虞者，得逕行搜索。

不過這法子完全就變成了檢察官的責任，尤其現在民眾都講究隱私，若是只憑著懷疑而搜索對方，恐怕引來社會大眾不好的觀感。

看穿了侯振岳的遲疑，夏展霖直接說道：「別擔心，請去檢察署第三辦公室找一位秦檢察官，他會願意協助我們的。」

就在侯振岳與檢察署第三辦公室取得聯絡時，朱晉杰也打了電話給李麟飛。

一切都在如火如荼地進行著。

柯凡在鑑識組替第五名斷指案受害者進行ＤＮＡ檢驗。排除了其他案子，優先檢測的ＤＮＡ報告書在過了一整夜後終於出爐。

ＤＮＡ檢測儀器發出提示聲響。柯凡坐在辦公躺椅上仰頭打瞌睡，聽到聲音馬上醒來，抹抹唇邊的口水。

「大功告成！」柯凡將鑑定書列印出來，快馬加鞭去往偵訊室。

李麟飛比柯凡早兩分鐘來與朱晉杰會合。

他一來到這間小房間，就透過魔術鏡觀察潘勳明的神態。

「你臉色真差。」朱晉杰說。「要咖啡嗎？」

李麟飛默然拿了一杯沖泡即溶咖啡的免洗杯子。「他有說什麼嗎？」

「沒。只說找你過來。」

「我停職中，老侯知道了會暴怒吧。」

「別擔心，是我讓你來的。」

朱晉杰剛說完，就聽到敲門的聲音。

柯凡開門進來，興奮說道：「ＤＮＡ比對結果出來了！這次斷指上面的ＤＮＡ，跟李夫人信封裡面夾雜的第二者血液ＤＮＡ是一致的！而且殘留在斷指上的不明黏狀物，我認為是油畫顏料，我記得你們說過潘勳明的房間裡有很多畫作吧！說不定對照顏料成分之後會是一致的！」

「嗯，做得好。」朱晉杰說。

「不過斷指上面有一部分跟之前不太一樣。」柯凡又說。

李麟飛聞言，目光轉而注視柯凡。

「……不一樣？」

「這次的斷指切口有活體反應。」

「你說什麼！」朱晉杰不禁吼了出來。

李麟飛手裡的咖啡杯掉落了，發出巨大的聲響。

咖啡濺了一地，嚇了柯凡一跳。

柯凡愣愣道：「你們……這麼驚訝喔！我因為怕是自己驗錯，所以特別檢查兩次。這次發現的斷指的確是有活體反應，是被硬生生剪下來之後才拿去冰凍——」

他話剛說完，李麟飛就衝了出去，闖進偵訊室，一把揪住潘勳明的領口。

「我老婆在哪裡？」李麟飛怒吼。

潘勳明狡猾地笑著：「就說你會來找我吧。」

見到這一幕，柯凡有些傻了。

朱晉杰隨即正經八百地對柯凡說：「你出去，這件事千萬不要告訴任何人。」

「這件事……是指？」

「全部！」

接著，柯凡就被朱晉杰趕出了小房間。柯凡感覺一頭霧水。

朱晉杰立刻關閉偵訊室的錄影系統。

從魔術鏡看著偵訊室內的兩人。他知道，如果斷指上有活體反應，說不定這次潘勳明並沒有將人殺死。

李麟飛揍了潘勳明一拳，潘勳明整個人摔倒在地上，唇角流血。李麟飛又過去用力拉住他的領口。

「把我老婆交出來！」

潘勳明有些虛弱地咧開嘴笑。「剛剛一直讓我交出來的，不是屍體嗎？」

「你──！」

「這樣好嗎？」

李麟飛的拳頭停在半空。

潘勳明得意洋洋。「你應該是要求我吧？求我……把你妻子還給你。」

李麟飛的拳頭在顫抖。

4

一獲得檢察官的搜索許可，夏展霖便和一隊人馬直奔蔣婉玲的畫室。

這間位於舊市街的一樓店面掛在蔣婉玲名下，歇業已久。夏展霖在開鎖人員撬開大門後，只吩咐讓兩名鑑識人員跟著入內，以免破壞重要跡證。

畫室的一樓並沒有值得注意的地方，他很快發現地下室的入口。

打開地下室的門，開啟電燈。一條樓梯呈現在眼前。

夏展霖率先下樓，一步一步緩慢而仔細地前進，在這不到一分鐘的時間內，眼前所見證實了他的推論。

三具被防潮箱裝起的屍體，正以殘酷的姿態呈現他們眼前。狹窄的防潮箱擠壓著曾經美好的女性胴體……

他身後的一名鑑識人員不禁發出細微的嗚咽。

「就是這裡了。」夏展霖低聲道：「潘勳明的藏屍處。」

夏展霖靠近防潮箱，發現地上有一道很新的拖拽痕跡，他的目光開始在這地下室內逡巡，想找出潘勳明最近是否挪動了什麼。

他看到了潘勳明用來剪斷被害人小指的大型園藝剪刀，也看到一罐雙氧水。意外的是，在雙氧水旁邊還放著一管針筒。

「麻煩給我一雙手套。」

跟鑑識人員要了乳膠手套，夏展霖拿起針筒，打開推針聞嗅著針筒內部。

他聞到了雙氧水的味道，腦海霎時有一個謎團解了開來——潘勳明不是將斷指浸泡在雙氧水裡，而是將雙氧水注射到被害人體內，致人於死。在雙氧水順著血液來到心臟時，產生的氣泡足以使被害人心肌麻痺。

想來發作的過程是相當痛苦的……夏展霖放下針筒，暗暗對潘勳明的所為感到厭惡。他接著觀察此處，看見有幾幅油畫沒和其他的堆疊在一起。

仔細將油畫端起，夏展霖看出這三幅油畫的人物像畫的分別是洪薏純、錢誼萱、林盈君，油畫的背面還標示著日期，全部都是被害者家屬收到斷指信封的那一天——潘勳明在完成寄送斷指這個儀式後，如同宣告紀念一般，將她們的面容繪出。

夏展霖吩咐鑑識人員優先檢測這些畫作。

一一將畫作拿出時，夏展霖發現第四幅油畫上畫的是劉晏珊的輪廓。

這下沒錯了。夏展霖心想。劉晏珊是斷指案第四名被害者，畫作反面的日期也與李麟飛收到斷指時的日期沒有出入。

他將劉晏珊的畫放妥，想從第五幅的畫作上找出被害者的線索，卻連空白的畫布都沒看見。

是因為第五名被害者的家屬們尚未收到斷指的關係，所以潘勳明沒有作畫？夏展霖開始猜測。

半夜因為竊盜案而發現的斷指信封，那第五名被害者的身分成謎，到目前為止還沒有頭緒。夏展霖以為可以藉著這處藏屍處找出一些線索，而且不久前柯凡也來聯絡，說斷指上有活體反應，或許這次潘勳明改變了行凶方式，將被害人關在某處？

可是……

「改變行凶方式……嗎？」夏展霖低吟。

每個犯人都有屬於自己的行為模式，一種近乎病態的堅持。

如果說潘勳明真的改變了他的行凶方式，到底又是因為什麼？

5

偵訊室內，李麟飛緩緩鬆開拳頭，後退了。

潘勳明站起來，拍拍自己身上的灰塵，又主動把椅子撿起來擺好，坐定。

「請坐啊，李警官。」潘勳明呵呵笑道。

李麟飛瞪著潘勳明，動作僵硬地坐在潘勳明對面。

靜寂的空間裡，只聽到李麟飛略帶顫音的嗓音：「我老婆……她還活著嗎？」

「我以為你會很快發現的，沒想到拖那麼久，我真是意外！結果我剛剛忽然瞭解為什麼了。」潘勳明不懷好意地笑了笑。「李警官啊，你覺得斷指案的第五位被害人，是誰啊？」

朱晉杰的電話響了。是夏展霖打來的。

「我找到屍體了。但是只有前三起案子的被害者。」

朱晉杰隱忍聲音裡的顫抖問：「劉晏珊呢？」

夏展霖說：「這裡沒看見。」

說完，夏展霖聽見朱晉杰低低咒罵了一聲。

夏展霖聽著那充滿懊惱與怒意的聲音，抿了抿嘴，以非常沉穩的聲線說：「我去過潘動明他父親曾待過的療養院了。」

朱晉杰沒有馬上回應。「……幹麼突然說這個？」

夏展霖忽略了朱晉杰的提問，逕自說道：「在他父親還在世時，潘動明經常推著輪椅，帶父親去療養院後院的一棵樹下晒太陽。他們會在那裡看著風景、聊天，直到院內有人催促他們該回房了。」

「我現在沒時間聽這個，我——」

「你知道潘動明直到現在仍然繼續這件事嗎？」夏展霖似乎聽見了朱晉杰倒抽一口氣後屏息的氣音。「他父親已經去世三年了，可是潘動明依然沉浸在與父親共度的光陰裡——推著空輪椅，待在樹下，對著幻想中的父親談心。」

「那又怎樣？」

「你知道在結束與父親的會面後，潘動明必定會做的一件事是什麼嗎？」

「你要說就快說吧！」

「他會借用療養院的電話，打回去給當時擔任監護人的親戚，說他要回去了。」

朱晉杰沒有任何回答，直接掛斷了電話。

夏展霖沒對這無禮的舉動生氣，他只是心想，朱晉杰大概也懂了。李麟飛交出潘動明在療養院打電話給劉晏珊的監視器畫面，根本不是來自福安療養院，而是潘動明父親曾待過的泰安療養院。證據若是沒有經過複查，也許永遠不會有人發現。

而李麟飛也可能早就知道潘動明精神有問題，卻因為某些私心，決定掩蓋這個事實。

潘動明對李麟飛露出興致盎然的表情。

「李警官……殺人的滋味如何？」

李麟飛渾身一凜。

「為了把我帶來這裡，肯定耗費你不少心思吧。不過呢，我想現在你也突然領悟到了，我動了一點小小的手腳，尊夫人……」

說到一半，潘動明刻意掩嘴偷笑。

「你放了她吧！她是無辜的！」李麟飛著急道。

「那被你殺掉的那個女人呢？」潘動明問：「她是無辜的嗎？」

李麟飛咬牙。

「你也用不著那麼生氣地瞪著我，我給過你機會的。」潘動明道：「有時候，很想生活就這樣過下去，雖然有點不如意，但是這樣也好，不是嗎？」

被潘動明繞圈子般的言論惹得非常煩躁，李麟飛問：「你在說什麼？」

潘動明沒有正面回答。

「那條領帶……你拿去了吧？」

李麟飛嚥嚥口水。腦中不由自主浮現那一天他和朱晉杰以檢查失火的理由，進入了潘勳明的住處。

床上，枕下，他看見的那條領帶……

他將它拿走了。

「那是我留了很久的東西，一直想著有一天物歸原主。可是它不見了，這讓我很困擾，我只好另外找東西帶給你驚喜呀，李警官。」

李麟飛有些手足無措地抓著頭。「拜託你不要跟我打啞謎了！快跟我說我老婆的下落！」

「呵呵……」潘勳明背往後躺，翹起椅子前腳，頭微仰著，椅子也前後輕微搖擺。「李警官，你還記得嗎？那一天夜晚你撞死我的母親。你慌慌張張逃跑了，過沒幾天，我家裡就收到一筆現金……

「哈哈，一整袋的鈔票呢！果然有個議員老爸撐腰，這些錢算不了什麼……我不知道頂替你問罪的是誰，反正我也不在意。其實我還很感謝你幫助我拋棄過去，重新開始生活，但後來，我發現我實在太天真了。」

潘勳明視線往上，記憶來到了被姜威群欺負的畫面。勃起的屈辱、朋友的背叛、殘缺的家庭……他再度把焦距集中到李麟飛臉上。

「我們所有人的命運都是互相牽扯的，你跟我的命運尤其綁在一起。李警官，你知道我接下來要做什麼嗎？」

李麟飛啞口，過往的瘡疤被揭穿讓他的神情極為震動。

潘勳明忽然把椅子坐穩，用戴著手銬的雙手狠狠打向李麟飛的腦袋。

李麟飛當場被打得額際流出一行血。

朱晉杰氣得差點要衝過去，但他發現李麟飛沒有反抗，於是也按捺住自己的性子。

李麟飛把視線回正。察覺劉晏珊可能有一絲生還的希望，李麟飛再也不敢輕易動彈。

潘勳明抬高了手銬，用舌頭舔著手銬上沾的鮮血。

「原來你的血，跟其他人也沒什麼不同。」

「夠了吧！我老婆——」

「——明明就沒有什麼不同啊，為什麼你可以得到那麼多的恩寵呢？」潘勳明的情緒漸漸激動起來。「你就是這樣才肆無忌憚地挑戰我吧？所以我總是想啊，把你變得跟我一樣！現在，終於！終於！終、於、成、功、了！」

「你！」李麟飛憤怒地瞪著潘勳明。

「最後讓我告訴你吧！」潘勳明哈哈笑道：「你離家出走的妻子是怎麼落入我的圈套。其實那也沒什麼大不了的，我不過是打電話說想提供有關命案的線報。她馬上就答應了喔！雖然我開價要求一百萬，還要她避開別人的耳目跟我見面，可她竟然一下子就答應了！哈哈，世界上怎麼會有這麼愚蠢的女人？」

李麟飛跳起來，抓住潘勳明的喉嚨。

「還要我告訴你這女人死去的樣子嗎？」潘勳明忍著咽喉處的不適感，硬是扯出邪笑。「那樣子真可憐……我在她還沒死掉的時候就剪下她的手指……呃！」

李麟飛重重掐著潘勳明，魔術鏡另一邊的朱晉杰立刻趕過來阻止他。

「放手！」朱晉杰把李麟飛的手拉開。「你清醒一點！」

李麟飛氣得渾身顫抖。

終於可以呼吸的潘動明嗆咳幾聲，再度狂笑起來。

「你騙我的！」李麟飛大吼：「你剛剛說我老婆沒死！你說她還沒死！你為了看我發瘋，故意沒殺死我老婆，對不對？你還沒殺死她！」

「就像你說的，我本來有讓她多活一天喔！可是你沒有按照規矩來，是你的錯，我只好殺了她。」

「你胡說！」李麟飛想再衝上去揪住潘動明，被朱晉杰擋住。

「憎恨我吧！李麟飛，儘管憎恨我吧！你就會知道我這些年來到底是怎麼過的！我的心情、我吃東西的滋味，你都一點一滴去感受吧！」

如此說完的潘動明，忽然用手腕上的手銬抵住自己的喉嚨，他的脖子往下壓，雙手往上抬。

他們怔怔看了數秒，才發現潘動明是想扼死自己。

朱晉杰立刻阻止他，潘動明使勁地壓住自己的喉嚨，力道之大，使得整張臉逐漸往上仰，彷彿沒有感覺喉嚨受到壓迫，只看得見一道美麗的幻影……他的老師，離開了地下室，站在這裡陪他迎接死亡。

「住手！你還沒告訴我我老婆在哪裡！」

李麟飛也跑過來阻擋潘動明自殺，但潘動明翻了白眼，幾乎就要昏死過去。

場面陷入混亂。

救護車來了。

6

夏展霖持續搜索畫室，因為物品繁多，一時之間分不清到底何者較有參考價值。然而事情發生得很偶然，他注意到有一面斑駁的牆壁凸了出來，彷彿牆後面被充氣。這情況讓他瞬間聯想到自己曾經手過的一件案子，而這懷疑也讓他感到驚悚。

為了證實他的直覺，他讓人拿了鑿子，撬開了這面牆。還不到十分鐘，他們就從破碎的水泥裡看到了白骨。

水泥不是新砌的，屍體化為白骨的時間顯然也不符合劉晏珊的狀況。夏展霖大膽推測這或許就是蔣婉玲的屍骨。

蔣婉玲的幻影，是否至今也存在於這間地下室呢？

當他們繼續將屍骨挖掘開來，赫然發現有張紙條輕飄飄地從水泥縫隙掉下來。

夏展霖拾起一看，發現那是一張物流託運單。交易日期是昨日，託運地點是……李麟飛的家。

7

救護車離開後，朱晉杰不動聲色地走進鑑識中心。就在不久前，李麟飛接到夏展霖通知潘勳明託運了某件行李到他家時，他二話不說衝了出去。

柯凡已經被他支走了，以協助搜查畫室的名義。

朱晉杰知道，那一天，當李麟飛拿著妻子的斷指要求侯振岳祕密偵辦時，可以稱為證據的斷指都存放在特定位置，包括斷指、灑了威士忌的信封、帶有指紋的梳子，這都是只有他們幾人知道的證據。

朱晉杰已經來到柯凡的辦公位置了，他看見這些證據的同時，左右張望，確認附近沒人，接著打開了證據箱。

「小朱隊長，請就此罷手吧。」

身後突然響起的聲音，讓朱晉杰雙肩一震。

他轉過身去，看見了夏展霖，乾笑道：「你說什麼？我查一下資料而已……」

「我已經搞懂這是怎麼回事了。」夏展霖認真說道，直盯著對方。

朱晉杰還在裝傻：「你在說什麼？」

「從一開始，李隊長他交出來讓我們鑑識的斷指，根本就不是他的妻子劉晏珊的斷指。不，或許該說，潘勳明確實是寄了劉晏珊的斷指過去，但是那一晚李隊長收到斷指信封的時候，就決定開始施行他的計畫。」

隨著夏展霖的語速，朱晉杰臉上的笑容漸漸僵住，又漸漸消失。

夏展霖繼續說道：「李隊長交出另一個女人的斷指，仿照斷指案的犯案模式：這根斷指是被害者死後才被剪下的，經過冰凍，而且有雙氧水殘留。只要隊長再拿出與斷指相符合的ＤＮＡ樣本作為比對，說這是他的妻子，我們幾乎不會察覺當中有異。」

「李隊長他留下了原本潘勳明寄來的信封，將斷指替換，又為了掩蓋信封上的某組指紋，將烈酒灑在信封上——這樣我們就不會發現，原來斷指的主人，就是好心送信給李隊長的女人。之後也不會利用這組指紋去比對其他受害者。」

朱晉杰皺眉，咬緊牙根。

「沒錯。」夏展霖徐徐說道：「那個被李隊長殺害並替換劉晏珊斷指的受害者，就是湛可欣。我估計，當初李隊長收到劉晏珊斷指的瞬間是這麼想的：如果這次跟之前一樣又找不到任何線索，劉晏珊就白死了，為了讓潘勳明伏法，必須讓他跟斷指之間產生聯絡。」

「於是李隊長利用替換斷指，造成凶手殺害兩個人的錯覺，畢竟他無法偽造列印收件人地址的文字墨水，但只要下一封信件有斷指跟指紋就可以了。先前在偵訊潘勳明的過程中，曾給他碰過牛皮紙袋，那封牛皮紙袋，李隊長一直收著吧。」

「李隊長將劉晏珊的斷指跟牛皮紙袋放在潘勳明的舊宅，接著利用竊盜集團的暗號，吸引下游人手去行竊，同時透過匿名線報，請求巡邏員警調查潘勳明的老家。結果一切如同隊長的設想，我們意外發現了潘勳明犯罪的跡證。」

「不過這個手法最重要的一點，就是劉晏珊跟湛可欣的DNA證據，兩者的順序應該要前後交換。因此，若想要最後在找到屍體時不被發現破綻，勢必要將先前斷指檢測到的DNA對調。」

夏展霖說完後，雙方陷入一陣沉默。

朱晉杰低下頭，不屑笑道：「說完了？」

「我察覺得出來，你不是共犯，你也是後來才發現李隊長的計畫吧？」

「……」

「不要幫李隊長圓謊，事情已經走到最後一步了，李隊長的計畫已經失敗——」

「住口！」朱晉杰用力吼了出來。他恨恨地對夏展霖說：「你明明什麼都不懂！少在那裡說這麼冠冕堂皇的話！」

如同負傷的野獸，夏展霖看著朱晉杰的模樣如此想著。

「都到這個地步了……為什麼你要出來攪局……」朱晉杰語似哽咽。

夏展霖上前幾步，與朱晉杰對視。

「我知道。」夏展霖忽然說。

「……」

「李隊長停職那個晚上，你的車子在他家樓下停了一整夜不是嗎？因為是警用公務車，所以ＧＰＳ顯示得清清楚楚。後來你帶我去拜訪李隊長家時，我也注意到停車位那裡滿地的菸蒂，所以我知道。但我不明白你想在李隊長的身上追尋什麼。」

朱晉杰的嘴開開闔闔。「可惡……我……」

「你從一開始就發現湛可欣沒有走出李麟飛的公寓，察覺了李麟飛的計畫。是不是？」

朱晉杰沉默，雙肩顫抖，竟不由得又想起初次見面，李麟飛把名牌丟給他時那意氣風發的模樣。

夏展霖低聲道：「李隊長的父親，當初在兒子車禍肇事時，讓自己的祕書頂罪，而那位祕書的兒子也因此備受旁人歧視，對世界感到忿忿不平。那個祕書的兒子就是姜威群，他和潘勳明是高中同學，高三時對潘勳明罷凌，成了引爆潘勳明第二階段未爆彈的人。潘勳明因此成了無法克制欲望的殺人凶手，當他謀殺劉晏珊，也掀起了李隊長內心曾有的黑暗。」

李麟飛和潘勳明是一樣的，他們同樣想拋卻過去，卻又不得不在痛苦的記憶裡沉淪。他們都試著為自己設定停損點，但過去並不放過他們，將他們心中對良知的掙扎逐步侵蝕殆盡。

所有的事情都連接上了。

那些曾被人層層掩埋的悲劇，終於再也隱藏不住……

尾聲

李麟飛駕車，飛快趕回住所，遠遠就看見一輛物流車停在大樓前。

他不管有沒有停好位置，直接衝下車，腳步有點軟弱又顯得倉促。他跑到物流車敞開的貨斗門，剛好看到物流人員在卸貨。

不管三七二十一，李麟飛爬上貨斗，一個一個察看貨物的收件人姓名。

旁邊的物流人員被李麟飛的舉動嚇傻了，愣了愣，才知道要趕緊阻止。

「這位先生！你不能這樣！」

然而他卻被李麟飛推了一把，整個人跌落物流車，重重地摔在地上。他痛得齜牙咧嘴，心裡來氣便立刻報了警。

「警察局？我這裡是……」

李麟飛完全不理會物流人員的舉動，他在貨斗內翻找貨物，動作忙亂，卻也終於找到署名給他的東西了。

那是個大約半個人大小的箱狀物。

李麟飛慌慌張張撕開紙箱膠帶，又用力將紙箱也扒開。

在略顯陰暗的貨斗內，李麟飛看見了裝在防潮箱內劉晏珊的屍體。物流人員注意到這一幕，嚇得大叫，後退逃跑。

李麟飛一瞬脫力，緩緩蹲下身，像是全身的希望已洩盡。他摸著防潮箱的表面，看著劉晏珊緊閉的雙眼。

「啊……老婆……」

他低喃，視線從劉晏珊的臉龐來到斷了小指的手。冰冷的溫度彷彿從屍身上透出來，穿透到他的心臟。

「妳不要再離開我了……」

劉晏珊美麗的身影閃現腦海，一幕幕全是往昔親密相處的日子。餐桌、陽臺、街上、河堤邊，她的笑容與她炙熱的體溫……

李麟飛抱起裝著屍體的防潮箱要往外走。防潮箱有點大，所以李麟飛抱起來有些狼狽，下貨斗時，防潮箱撞了一下，但是沒有破。

「老婆……我們回家吧……回家……說了要接妳回家的……」

李麟飛失神地拉著箱子，想將它拉下車。

說時遲那時快，有輛大車的視線死角沒注意到突然從貨斗後冒出的李麟飛，車子沒煞住，直接將李麟飛撞飛了將近三公尺遠。

低溫防潮箱則重重地摔在地上，裂出一條縫隙。

煞車聲刺耳響起。

李麟飛渾身是血，趴在地上，痛苦掙扎。他看著防潮箱內的妻子屍體，感覺周遭的聲音頓時都遠去了，包括三天前他殺害湛可欣時、她痛苦的呻吟。

藏在房子酒窖的冰櫃內，湛可欣的屍體。

臥房裡，那張和妻子甜蜜的婚紗照。

他也想起偵訊室內，潘勳明惡毒的詛咒。

李麟飛看著防潮箱內的劉晏珊，絕望地流出一行淚，感覺劉晏珊的樣貌跟著呼吸逐漸模糊……

番外　那一夜

三天前，夜晚。

一開始只是想知道他可以撐到什麼時候。

下班後，朱晉杰駕車，來到李麟飛住家樓下。這天早上李麟飛剛被革除偵一隊隊長的職務，加上老婆離家出走，朱晉杰知道李麟飛心裡鐵定很不好受。其實放著不管也是可以，但這就違背了他的初衷，因為他想知道這個男人可以撐到什麼時候，為了這個目的，他得待在李麟飛身邊。

車子剛熄火，朱晉杰就看到一輛計程車駛來，停在李麟飛住宅樓下。走下來的女人看起來很熟悉，是湛可欣，警局人事室那個暗戀李麟飛的女人。朱晉杰看到她來就知道自己應該識趣一點就此止步。

湛可欣的身影走進大樓。

朱晉杰下車，點菸，深深吸了第一口。抬頭一望，李麟飛住家那層燈還亮著。

李麟飛是個令人羨慕的傢伙，朱晉杰思忖。李麟飛有顯赫的家世、安定的職業、美好的家庭、有挺他的長官朋友、有愛慕他的年輕女人。但李麟飛擁有了這一切，卻依然像隻飢餓的狼，拚命尋找獵物。

李麟飛心裡有個難以滿足的欲望，而那奮不顧身的姿態深深吸引了他。

早在更年輕的時候，遇見李麟飛前，朱晉杰就該升遷了。當時他和搭檔是表現最亮眼的一組，兩個人都該晉升。然而某一天，他發現他的搭檔原來一直瞞著他收取賄賂、替換贓物，美好的願景就是從這一刻開始轉變。

起初，他勸搭檔罷手，然而那個人有他萬不得已的理由。朱晉杰心軟了，但無法容忍自己同流合汙，於是選擇分道揚鑣。其後，朱晉杰領悟，對某些汙點視而不見，不代表那些汙點不會髒了自己的手。

一些流言蜚語傳了出來，朱晉杰被長官叫去，詢問私人行程。他開始被孤立，被以猜忌的目光對待。他知道這是誰幹的好事，但他試著解釋時卻發現自己只是越描越黑。

失望，痛心。

孤獨。

他對正義的嚮往逐漸變質，變成積存的煙灰。

成為李麟飛的搭檔純屬偶然，不過朱晉杰曾想過也許這是命運。他想知道李麟飛在追求正義的過程中，將會蛻變成什麼。李麟飛會成為救世主嗎？他的正義感在承受一次一次的折磨後，還會完好如初嗎？

他想從李麟飛面對挫敗的行為裡找尋一絲可供借鏡的線索，藉此告訴自己仍該對這個世界抱持希望。

朱晉杰將抽到底的香菸彈到腳邊，用腳踩熄。腳邊的菸蒂逐漸堆積。朱晉杰又抬頭望著李麟飛住家的燈光。

夜深了。

如果真有那麼一天，他想自己應該會試著幫助他吧。他會攔截每個岔路的出口，直到李麟飛找到一個方法完成他的正義。完成正義的方法有些拙劣也不要緊，反正這個世界本來就他媽的不怎麼完美，不是嗎？

朱晉杰拿起盒裡最後一根香菸，點燃，深深吸了一口。煙霧在風中散去。

逆思流
罪人

著　者／金
榮譽發行人／黃鎮隆
總經理／陳君平
協　理／洪琇菁
總編輯／呂尚燁
企劃宣傳／楊玉如、施語宸、洪國瑋
美術總監／沙雲佩
美術編輯／方品舒
執行編輯／陳昭燕
國際版權／黃令歡、梁名儀
文字校對／何文君、施亞蒨
內文排版／謝青秀

出　版／城邦文化事業股份有限公司 尖端出版
台北市中山區民生東路二段一四一號十樓
電話：（〇二）二五〇〇－七六〇〇
傳真：（〇二）二五〇〇－二六八三
E-mail：7novels@mail2.spp.com.tw

發　行／英屬蓋曼群島商家庭傳媒股份有限公司城邦分公司 尖端出版
台北市中山區民生東路二段一四一號十樓
電話：（〇二）二五〇〇－七六〇〇（代表號）
傳真：（〇二）二五〇〇－一九七九

中彰投以北經銷／楨彥有限公司（含宜花東）
電話：（〇二）八九一九－三三六九
傳真：（〇二）八九一四－五五二四

雲嘉經銷／威信圖書有限公司 嘉義公司
電話：（〇五）二三三－三八五二
傳真：（〇五）二三三－三八六三
客服專線：〇八〇〇－〇二八－〇二八

南部經銷／威信圖書有限公司 高雄公司
電話：（〇七）三七三－〇〇七九
傳真：（〇七）三七三－〇〇八七

香港經銷／城邦（香港）出版集團有限公司
香港灣仔駱克道一九三號東超商業中心1樓
電話：（八五二）二五〇八－六二三一
傳真：（八五二）二五七八－九三三七
E-mail：hkcite@biznetvigator.com

新馬經銷／城邦（馬新）出版集團 Cite（M）Sdn. Bhd.
E-mail：cite@cite.com.my

法律顧問／王子文律師　元禾法律事務所
台北市羅斯福路三段三十七號十五樓

二〇一八年六月一版一刷
二〇二二年一月一版二刷

■中文版■

郵購注意事項：
1.填妥劃撥單資料：帳號：50003021戶名：英屬蓋曼群島商家庭傳媒(股)公司城邦分公司。2.通信欄內註明訂購書名與冊數。3.劃撥金額低於500元，請加附掛號郵資50元。如劃撥日起 10～14日，仍未收到書時，請洽劃撥組。劃撥專線TEL：(03)312-4212 ・ FAX：(03)322-4621。E-mail：marketing@spp.com.tw

國家圖書館出版品預行編目資料

罪人 / 金作. -- 初版. -- 臺北市 : 尖端,
2018. 06
面；　公分

ISBN 978-957-10-8176-2（平裝）

857.7　　107006384